영웅기(英雄記)

초판 1쇄 : 2016년 3월 20일

지은이 : 이원호
펴낸이 : 박경미

펴낸곳 : 도서출판 황금물고기
등록일자 : 2003년 12월 5일
등록번호 : 제2013-000213호
주소 : 서울시 마포구 모래내로 83 (성산동, 한올빌딩 6층)
전화 : 02 • 326 • 3336
팩스 : 02 • 325 • 3339
e-mail : raindropis@hanmail.net

ISBN 978-89-94154-50-3 (04810)
ISBN 978-89-94154-49-7 (세트)

英雄記

영웅기 1권

신의주특구

이원호 기업소설

황금물고기

저자의 말

영웅기(英雄記)는 서유기(徐遊記)의 제2부에 해당됩니다.

현재 '문화일보'에 연재되고 있지요. 서동수의 인생을 현실과 접목시켜 소설화한 '인식'이 작가의 집필 목적입니다.

재미와 감동을 추구하며 소설을 쓰지만 때로는 자신도 모르는 사이에 주관에 빠지고 어깨에 '힘'이 들어가는 경우가 있습니다. 그렇게 되면 이야기가 부자연스럽게 이어나가게 되지요. 영웅기(英雄記)에는 현실 정치와 국제관계가 많이 비유 됩니다만 부드럽게 읽으시도록 자주 조연을 등장시켰습니다.

기업가에서 소설가로 전업한 지 25년, 그동안 80여 종, 170여 권의 소설을 출간했습니다. 1년에 7권 정도의 소설을 출간한 셈이 되겠습니다만 다작(多作)이라고 해서 건성(?)으로 만들지는 않았습니다. 25년 동안 단 한 번도 한눈팔지 않고 쓰고, 쓰고, 또 썼을 뿐입니다.

제 닷컴(www.LEEWONHO.com) 회원이 5천 명입니다. 지금도 닷컴에는 매일 읽을 거리가 올라오며 조회수가 1천만 건이 넘습니다. 따라서 저는 소설가로서의 삶과 직업의식에 충실했다고 자부합니다.

앞으로도 더욱 정진하여 여러분께 감동과 재미를 드리도록 노력 하겠습니다.

2016년 2월29일 이원호 배상

목 차

꿈꾸는 세상

전에는 대통령이 같이 식사하자면서 사람들을 부른 모양이지만 한대성 대통령은 다르다. 청와대 비서관은 서동수에게 저녁식사를 하고 오라는 것이었다. 시간도 오후 8시로 적당했다. 대통령 앞에서 밥이 제대로 들어가는 인간은 좀 덜되었거나 간이 배 밖으로 나왔거나 중의 하나일 것이다. 한대성은 그렇게 실용적이었다. 서동수는 8시 정각에 청와대 대통령 관저 안 다과실에서 대통령과 비서실장 양용식, 국정수석 장경수와 넷이 둘러앉았다. 서동수는 오늘 국정수석 장경수의 얼굴을 처음 본다. 대통령과 비서실장 양용식이야 언론에 자주 비쳤지만 장경수는 못 보았다. 그리고 애당초 청와대 조직에 관심도 없었고 국정수석이 무엇을 하는 직책인지도 모른다.

"TV 잘 보았습니다."

대통령이 웃음 띤 얼굴로 말을 꺼내었다.

"아주 유익했습니다."

"감사합니다."

서동수가 앉은 채로 머리를 숙였다. 가문의 영광이다. 대한민국 대통령이 거저먹는 자리인가? 요즘 정치인이 가장 비난받는 무리지만 정치는 정치인이 해야 한다. 그래야 난맥 같은 국정이 풀린다. 말 몇 마디, 공약 몇 개에 풀리는 정치라면 나도 하겠다. 그것이 서동수의 신념이다. 한대성의 시선을 받은 서동수의 가슴이 뛰었다. 한대성 또한 산전수전 다 겪은 정치인이다. 이 '오리발'의 머릿속에 지금 무엇이 들었는지 아무도 모를 것이다. 이것이 한대성의 장점이자 무기다. 그때 한대성이 말을 이었다.

"서 회장님은 대중의 심금을 울리는 재능이 있습니다. 주변에서 누가 정치 해보라고 하지 않던가요?"

"있었습니다."

한대성의 시선을 받은 서동수가 입술 끝만 올리며 웃었다.

"하지만 저 자신을 잘 알기 때문에 사양했습니다."

"어떤 점 때문에 사양하신 겁니까?"

"첫째 공부를 안 했기 때문이지요."

한대성이 잠자코 있는 것은 계속하라는 신호다. 서동수가 말을 이었다.

"정치도 자산이 있어야 합니다. 형체도 없는 유권자의 지지만 얻고는 견뎌 내기가 힘들다고 생각했습니다."

"……."

"조직을 갖추고 뜻을 함께하는 심복을 키우고, 자금력을 확보한 후에 국민한테 덤비기에는 시간이 너무 들 것 같고 남는 장사가 안 될 가능성이 컸습니다."

"왜요? 누구는 30, 40년씩 노력하는데……."

웃지도 않고 한대성이 말하자 서동수는 머리를 저었다.

"대통령이 되어야만 애국하는 것이 아닙니다. 떡볶이 아줌마도 세금으로 애국합니다. 저는 대통령 5년 하려고 그렇게 투자하는 것이 낭비라고 생각하는 사람입니다."

"국회의원을 몇 십 년씩 하는 사람도 있지 않습니까?"

"연봉이나 면책특권, 다른 특전을 다 없앤다면 과연 몇 사람이나 하겠습니까?"

"그렇군."

"제 분수를 아는 것이 중요합니다. 저는 기업가로 족합니다. 아직 신념도 굳지 않아서 대기업도 과분한 사람입니다."

"겸손하시군."

혼잣말처럼 말한 대통령이 머리를 들고 양용식과 장경수를 번갈아 보았다.

"역시 내가 예상했던 분이야."

그러자 장경수가 당장 뭘 적으려고 덤벼들었지만 막상 적을 것이 생각나지 않는 모양으로 다시 머리를 들었다. 그것을 본 대통령이 말을 이었다.

"앞으로 장 수석을 통해 연락드리겠습니다만 내 자문을 맡아주시면 고맙겠습니다."

그날 밤, 서동수가 이태원에 위치한 요정 '이화'의 방 안으로 들어섰을 때는 11시가 되어갈 무렵이다.

"어이구, 어서 오너라."

반색을 하면서 맞는 사내는 물론 고교 동창 강정만이다. 강정만은

10시 반에 약속을 했는데도 9시부터 와서 기다리고 있던 참이다. 제 파트너는 물론 서동수 파트너까지 방에다 불러놓고 야금야금 술을 마신 것이 양주 한 병을 다 먹었다.

"어서 오십시오."

서동수가 방 안 아랫목에 앉자마자 마담과 함께 중년 여자가 들어와 정중하게 인사 했는데 척 보아도 이 집 사장이다.

"제가 이 집 대표 양선화입니다."

그렇게 인사한 여자가 정성이 깃든 표정으로 말을 이었다.

"이렇게 뵙게 되어서 영광입니다. 최선을 다해서 잘 모시겠습니다."

대표는 서동수를 TV에서 본 것이다. 이어서 새 상이 들어왔고 아가씨들이 각각 자리에 앉는 것이 한 치도 중복되지 않고 물 흘러내리는 것처럼 진행된다. 특급 요정은 이런 데서 표시가 나는 것이다. 이곳은 대기업 회장, 장관급 이상 관료, 정치인도 3선 이상급만 온다는 특급 요정이다. 아가씨도 티가 나게 연예계에서 픽업해온 것이 아니라 산에서 산삼을 찾아내듯 마담들이 시중에서 데려온다고 했다. 물론 소문만 듣고 이곳을 예약한 강정만도 처음이다.

"인사해라."

대표는 나갔고 상 끝에 앉은 마담이 아가씨들에게 말했다.

"오수정입니다."

서동수의 파트너가 치마를 부풀리면서 큰절을 했다. 연분홍 치마저고리를 입은 여자는 그야말로 그림 같다. 가슴 밑의 잘록한 허리를 보자 치마 속에 감춰져 있는 풍만한 하체가 눈앞에 떠올랐다. 서동수의 입에서 저절로 탄성이 터졌다. 대통령을 만나고 온 흥분이 뜨거운 열기로 덮이면서 기쁨과 욕망의 시너지로 증폭되었다. 인사를 마치고 서동수의 옆에 앉는 오수정을 마담이 소개했다.

"스물다섯인데요. 경선대학 영문과를 졸업하고 오양상사에서 2년 동안 근무하다가 이곳에서 일한 지 두 달 반 되었습니다."

서동수는 숨을 들이켰다. 이것은 영업사원이 제품을 건네주면서 품질 내역을 설명하는 것이나 같다. 이것은 또한 품질보증을 의미한다. 옆에 두고 묻고 자시고 할 과정을 생략까지 해준 터라 약간 삭막하긴 해도 일석삼조다. 마담은 이연숙, 30대 중반쯤으로 보였는데 농염했다. 요정에서는 파트너 대신 가끔 마담하고 연애하는 서동수가 혹할 만한 상대다. 서동수가 바닥이 보이는 술병을 보더니 마담에게 물었다.

"저놈이 벌써 한 병을 다 마셨군. 저거 얼마짜리야?"

대기업 회장은 그런 것은 안 물어보는 모양인지 이연숙이 주춤하다가 대답했다.

"300만 원인데요, 회장님."

"제일 비싼 술이 있을 텐데, 얼마지?"

"500만 원짜리가 있습니다."

이연숙이 겸손하게 술 이름을 말하지 않는 것이 마음에 든 서동수가 머리를 끄덕였다.

"그놈을 마시자고."

소리 없이 일어서는 이연숙의 치마에서 물컹한 향기가 맡아졌다. 색향(色香)이다. 모두 서동수가 대통령을 만나고 온 것을 아는 것 같다. 서동수가 강정만에게 말해줄 때 입 다물고 있으라고 하지도 않았다. 어떤 대통령은 소문이 나면 하루 전에도 장관 임명을 취소했다지만 서동수는 다르다. 그래서 서동수가 술잔을 들고 말했다.

"자, 대통령의 건강을 위하여 건배다."

"민족당 백기현 의원실에서 전화가 왔는데요."

다음 날 오전 서울 본사로 출근한 서동수에게 비서실장 유병선이 보고했다.

"백 의원이 꼭 통화를 하고 싶답니다."

유병선의 눈빛이 강한 것을 보면 거부감이 일어난 것 같다. 백기현은 야당인 민족당 원내총무로 4선 의원이다. 이 정도면 둔갑만 못할 뿐이지 반절은 귀신이 되었다고 봐도 될 것이다. 그 반귀반인(半鬼半人)이 찾는 것은 분명히 곡절이 있다. 그리고 좋지 않은 사연이다. 이렇게 유병선의 얼굴에 적혀 있다. 오전 9시 반이다. 머리를 끄덕인 서동수가 말했다.

"전화 연결해."

시선을 든 유병선이 잠자코 핸드폰을 꺼내더니 버튼을 눌렀고 보좌관을 통해 서동수와 백기현이 연결된 것은 10초도 걸리지 않았다.

"어이구, 서 회장님."

서동수가 인사를 했을 때 백기현이 수십년지기처럼 반갑게 맞았다.

"이거, 전화로 실례가 많습니다. 회장님."

"아닙니다. 찾으셨다고 해서요."

"서울에 계신 줄로 아는데 한번 뵈었으면 합니다. 꼭 좀 부탁합니다."

"어이구, 제가 막 중국으로 떠나려는 참이어서요. 이거 어떻게 하지요?"

"이런, 약속이 있으시군요."

"예. 그쪽 정부 인사들이어서요."

"그럼 공항에서 뵐까요? 제가 공항으로 가도 되겠습니까?"

"아니, 그렇게까지."

힐끗 옆쪽에 서 있는 유병선에게 시선을 주었던 서동수가 말을 이었다.

"무슨 일이십니까? 대충 윤곽부터 알고 의원님을 뵙고 싶은데요."

"아아, 그래 주시겠습니까?"

백기현의 목소리가 밝아졌다.

"제가 영웅캠프를 감명 깊게 보고 나서 꼭 뵙고 싶었지요. 한국당은 대통령부터 서 회장께 관심을 갖고 계시는 줄 알지만 우리 민족당도 마찬가지올시다. 30분만 이야기하면 됩니다."

"좋습니다. 그럼 공항 가는 길에 제가 여의도 근처로 가지요."

"예. 기다리겠습니다."

이렇게 해서 서동수는 백기현과 11시에 만나기로 약속을 했다. 그러고는 서동수가 핸드폰을 들고 직접 버튼을 누른다. 이제 회장실에는 서동수 혼자뿐이다. 신호음이 세 번 울렸을 때 곧 응답소리가 울렸다. 어젯밤 전화번호를 받은 국정수석 장경수다.

"예, 회장님."

장경수의 목소리는 밝다. 55세이며 재선 의원, 행안부 장관, 대학교수를 거친 대통령의 측근. 이제야 알았지만 인맥이 넓고 사교성이 많은 인물이다. 서동수가 백기현과 만나기로 했다는 사실을 전해 주었더니 장경수가 웃음 띤 목소리로 말했다.

"곧 접촉해 오리라고 예상했습니다. 만나기로 약속하셨다니 할 수 없군요. 하지만 말씀드릴 것이 있습니다."

서동수가 핸드폰을 고쳐 쥐었고 장경수의 말이 귀를 울렸다.

"오늘 만나면 별 이야기가 없을 겁니다. 하지만 곧 회장님을 만났다고 언론에 발표할 겁니다. 이른바 김빼기 작업이지요."

"무슨 김 말씀입니까?"

"민족당이 무슨 큰 제의를 한 것처럼 터뜨려 한국당 내의 서 회장님 지지 세력을 흔들어 놓는 것이지요. 회장님이 부정하셔도 이미 만난 것으로 김이 빠진 겁니다."

이제는 쓴웃음만 짓는 서동수에게 장경수가 말을 이었다.

"그것을 역이용하는 방법이 있지요. 제가 바로 손을 쓸 테니까 회장님은 모른 척하고 만나시지요."

이것이 정치란 말인가? 군사작전보다 더하다.

여의도의 한강호텔 라운지에서는 한강이 내려다보인다. 라운지의 밀실에 서동수와 백기현이 둘이서 마주앉아 있다. 인사를 마치고 나서 막 자리에 앉은 것이다. 테이블 위에는 잔과 서너 종류의 음료수 병이 놓여 있어서 종업원이 들락거릴 필요도 없게 되었다. 오전 11시, 맑은 날씨여서 한강 건너편의 아파트 단지도 선명하게 보인다. 백기현은 50대 초반으로 단정한 용모에 웃음 띤 인상이다. 물 잔을 든 백기현이 웃음 띤 얼굴로 말했다.

"제가 서 회장님 만났다는 것이 곧 알려질 것이고 우리가 입을 열지 않아도 갖가지 설이 돌겠지요."

서동수는 웃음 띤 얼굴로 듣기만 했고 백기현의 말이 이어졌다.

"회장님도 난처하셨을 겁니다. 만나자는 데 거부하기도 그렇고 만나서 할 이야기도 없으실 테니까 말입니다."

백기현이 서동수를 보았다.

"회장님이 정치를 하신다면 제가 따라가지요. 우리 민족당에서도 저하고 같이 행동할 동지들이 있습니다."

"……."

"물론 여당 쪽에서도 나서겠지요. 대통령께서 지원해 주실지도 모릅니다."

"……."

"이 말씀을 드리려고 뵙자고 했습니다."

어느덧 정색한 백기현이 말을 이었다.

"물론 오늘 이 회동을 비밀로 할 수는 없습니다. 아마 여당 측에서는 회장님이 공항에 도착하시기도 전에 우리들의 회동을 언론에 알려주겠지요. 제가 무슨 말을 하건 물타기를 하려는 의도인데 저는 회장님이 민족당에 입당하도록 권고한 것으로 하겠습니다. 그럼 믿을 겁니다."

"……."

"제가 말씀드린 내용을 언론에 이야기하셔도 상관없습니다. 약속드리지만 전혀 원망하지 않겠습니다."

그러고는 백기현이 얼굴을 펴고 웃었다. 서동수는 어깨를 늘어뜨리면서 가늘고 긴 숨을 뱉었다.

"저는 정치에 맞지 않는 사람입니다."

백기현의 시선을 받은 서동수가 천천히 머리를 저었다. 어느덧 서동수도 정색하고 있다.

"그리고 저는 그런 과분한 제의를 받을 자격도 없습니다."

"평가는 국민이 하는 겁니다."

부드럽게 말한 백기현이 지그시 서동수를 보았다.

"가끔 자신의 잠재된 능력을 모르고 지내시는 분들이 많습니다."

다시 심호흡을 한 서동수가 손목시계를 보는 시늉을 했더니 백기현이 자리에서 일어섰다.

"공항에 가셔야지요. 만나주셔서 감사합니다, 회장님."

예의바르고 분명한 성격 같았다. 백기현과 헤어진 서동수가 공항으로 달리는 차 안에서 장경수에게 전화를 했다. 기다리고 있었는지 장경수는 신호음이 두 번 울렸을 때 전화를 받는다. 서동수가 인사를 마치자마자 바로 말했다.

"백 의원이 저한테 민족당에 입당하는 것이 어떠냐고 제의했습니다."

서동수가 말하자 장경수는 웃음 띤 목소리로 대답했다.

"예상하고 있었습니다. 그래서 기자들한테 그렇게 보도자료를 보내려고 준비해 놓았습니다."

장경수의 말이 이어졌다.

"오히려 회장님의 주가가 상승될 겁니다. 백 의원도 그쯤은 알고 있겠지요."

그러자 사실대로 말하지 않은 것에 대한 죄책감이 스르르 사라진 느낌이 들었으므로 서동수의 머릿속 말이 울렸다.

"내가 정치인이 되어 가는가 보다."

칭다오행 비행기는 '한국항공'을 탔다. 자가용 동성1호를 이용하지 않은 것이다. 그래서 비즈니스석에는 서동수와 비서실의 민혜영이 나란히 앉았고 뒤쪽에 경호원 겸 수행비서 최성갑이 탔다. 비행기가 서해상에서 순항고도에 들어섰을 때 서동수는 민혜영에게 물었다.

"미스 민은 어떤 정치인을 좋아하나?"

"없습니다."

대답이 바로 돌아왔으므로 서동수가 쓴웃음을 지었다. 민혜영은 이제 중국 본사의 비서 임청과 함께 서동수의 최측근 비서가 되어 있다. 인사기록에 의하면 화명여대 영문과 졸업, 학원 강사로 근무하다가 동성에 입사한 지 2년차, 부모가 고교 교사인 교육자 집안의 장녀다. 26세, 168센티, 50킬로, 빼어난 미모에 8등신 체격이다. 물론 그래서 비서실장 유병선이 측근 비서로 발령을 냈다. 이것이 회장의 월권이며 특혜라고 대드는 인간이 있다면 명왕성에서 왔다고 봐도 될 것이다. 서동수가 다시 물었다.

"그렇다면 좋아하는 정치인이 없는 이유를 말해주겠나?"

"정치인이 입법기관이라지만 특전이 너무 많습니다. 그러니 권세를 부리고 군림하는 인간들이 되더군요. 그래서 싫습니다."

다시 민혜영이 거침없이 말했으므로 서동수가 정색했다.

"그렇지 않은 정치인도 있을 텐데."

"있겠지요."

민혜영이 맑고 또렷한 눈으로 서동수를 보았다.

"하지만 그들이 대세를 뒤집기에는 역부족인 것 같습니다."

서동수가 시선을 돌리고는 의자에 등을 붙였다. 민혜영도 서동수가 정치권의 유혹을 받고 있다는 것은 눈치채고 있을 것이었다. 그것은 회장님이 나선다고 해도 어려울 것이라는 말처럼 들렸다.

"네 꿈은 뭐야?"

다시 불쑥 서동수가 물었더니 민혜영의 얼굴에 웃음기가 떠올랐다.

"작은 기업이라도 경영하는 CEO가 되고 싶어요."

민혜영의 눈동자가 반짝였고 볼이 조금 상기되었다. 그 순간 가슴이 막힌 느낌이 든 서동수가 숨을 들이켜고 나서 다시 묻는다.

"꿈을 위해 노력하고 있나?"

"배우고 있습니다."

"어떻게?"

"회장님을 모시면서요."

"나한테서?"

"네."

"배운 점이 있으면 듣자."

그랬더니 어깨를 부풀렸다가 내린 민혜영이 똑바로 서동수를 보았다.

"용기가 있으셨어요."

"만용일 수도 있지."

"미련 없이 나서시는 것에 감동받았습니다. 이만큼 이루시고도 그렇게 나서는 사람은 드물다고 생각합니다."

"그렇다고 치고, 또 있어?"

"정직함이요."

서동수의 시선을 받은 민혜영이 얼굴을 붉히며 웃었다.

"회장님은 정직하시다고 회사 내에서도 소문이 났습니다. 저는 그런 회장님을 존경합니다."

"음, 그만하면 됐다."

"진심으로 말씀드린 것입니다."

"애인은 있니?"

"있었지만 작년에 헤어졌습니다."

이번에도 거침없이 대답한 민혜영의 얼굴이 다시 상기되었다. 그러나 시선을 떼지 않는다. 그 순간 서동수는 레이의 모습을 떠올렸다. 민혜영이 레이가 되어 있는 것이다. 서동수가 얼굴을 펴고 웃었다.

"그래 너도 정직한 성품인 것 같다."

산둥성 당서기 리정산은 52세로 세련된 차림에 말쑥한 용모였다. 나이보다 대여섯 살 젊게 보였는데 서동수의 중국어를 듣더니 환하게 웃었다.

"중국어 잘하신다고 들었는데 과연 그렇군요. 제 보좌역보다 낫습니다."

오전 11시, 리정산이 수행원들을 이끌고 칭다오의 동성 본사를 방문한 것이다.

예전에는 당서기가 기업체를 방문하는 경우는 아주 드물었다. 그런데 근래에 들어서 경제에 이득이 된다면 격식이나 체면도 벗어던지는 것이다. 회장실에는 서동수와 왕창귀 사장, 리정산과 보좌역까지 넷이 둘러앉았다. 리정산이 녹차 잔을 들면서 서동수를 향해 지그시 웃었다.

"회장님, 내가 한국 TV 보는 재미를 붙였습니다."

서동수가 말없이 웃기만 했다. 예상했던 것이다. 리정산도 영웅캠프를 보았다. 다시 리정산이 말을 이었다.

"회장님의 인기가 하늘로 치솟고 있다는 뉴스도 들었습니다. 축하합니다."

"과찬이십니다."

이제는 정색한 서동수가 앉은 채로 허리를 굽혔다.

"그저 한때의 분위기지요, 그리고 많이 편집이 되었습니다."

"천만에요, 그대로 나간 것도 제가 압니다. 그래서 더 인기가 높아졌다는 것도 말입니다."

리정산의 두 눈이 안경알 안에서 반짝였다. 서동수도 리정산에 대해서는 안다. 당 서열 20위권이며 떠오르는 별 중의 하나이다. 국가주석의 신임을 받고 있는 측근이라는 것이다. 그때 리정산이 서동수를 보았다. 어느덧 얼굴의 웃음기가 지워져 있다.

"회장님, 정치를 하시지요."

서동수와 시선이 마주치자 리정산이 한마디씩 차분하게 말을 이었다.

"저희들이 적극 지원하겠습니다."

"지원이라니요?"

"회장님만 한 적임자가 없습니다."

다시 서동수가 입을 다물었고 리정산은 심호흡부터 했다.

"이곳 사업도 저희들이 지원해드릴 것입니다."

리정산의 시선이 왕창궈를 스치고 지나갔다. 서동수는 왕창궈의 표정에 변화가 없는 것을 보았다. 리정산의 말을 예상하고 있었던 것 같다.

"그런 말씀을 하시리라고는 전혀 예상하지 못했는데요."

어깨를 늘어뜨린 서동수가 웃음 띤 얼굴로 말했더니 리정산도 쓴웃음을 지었다.

"때를 놓치시면 안 됩니다, 회장님."

"생각해주셔서 감사합니다, 서기님."

"회장님은 북한에도 필요하신 분입니다."

서동수는 숨을 들이켰다. 예상은 했다. 리정산이 말을 이었다.

"중국에 기반을 두신 채로 북한으로도 사업을 확장하시는 것입니다. 그와 동시에 남한에서 정치적 입지를 굳히게 되지 않겠습니까?"

"……."

"북한에 뿌리를 굳히는 데 '동성'만큼 조건이 좋은 기업이 없습니다. '중국 동성'은 아예 북한 내부에 진출하는 것이지요. 북한도 거부감 없이 받아들일 것입니다. 다시 리정산의 얼굴에 쓴웃음이 번졌다.

"그렇게 된다면 회장님은 남북한 양국에서 지지를 받는 유일한 인물이 되지 않겠습니까?"

리정산의 시선을 받은 서동수가 천천히 머리를 끄덕였다. 정치를 하라고 권할 때부터 감을 잡았다. 서동수는 어깨를 부풀리며 숨을 들이켰다. 과연 그런 세상이 올 것인가? 그때의 한반도는 어떤 모양이 될 것인가?

인생사(人生事)에는 예고 없이 닥치는 사건들이 많다. 따라서 준비 없이 그 사건들을 맞는 인간상(人間像)도 천차만별이다. 서동수에게 리정산의 제의는 바로 그런 경우였다. 이야기하는 도중에 감은 잡았지만 전혀 상상하지도 않은 미래를 펼쳐 보인 것이다. 리정산이 떠나고 나서 서동수는 한동안 사무실에 혼자 앉아 있었다. 이것은 리정산 혼자만의 제의가 아니다. 가볍게 이야기를 했지만 국가 차원의 작업이다. 문득 서동수는 심장 박동이 빨라졌고 몸의 원기가 증가해 있는 것을 느꼈다. 아직 뼈대만 내놓은 리정산의 제의에 저절로 살과 피부를 붙이고 있는 자신을 발견하고는 쓴웃음이 지어졌다. 그렇다. 임기응변, 적응력이 빠른 서동수다. 반사적으로 이해득실을 계산하는 것은 당연한 일이다. 손을 뻗친 서동수가 벨을 누르자 곧 민혜영이 들어섰다. 민혜영은 중국과 한국에서 교대 근무를 하는 중이다. 다가선 민혜영에게 서동수가 말했다.

"유 실장을 오늘 오후에 여기서 만나자고 해."

"예, 회장님."

"출장 준비는 다 되었나?"

"예, 회장님."

민혜영이 서동수의 가슴께에 시선을 준 채 말을 이었다.

"한 감사님께도 비행 스케줄을 말씀드렸습니다."

서동수가 머리를 끄덕이자 민혜영은 몸을 돌렸다. 내일 경성건설의 한수정과 함께 케냐의 나이로비로 가려는 것이다. 나이로비는 동성건설이 정부의 관광단지 공사 입찰에 참여한 상태다. 동성건설은 한국의 경성건설과 컨소시엄을 형성한 상태인 것이다. 중국 정부의 강력한 지원을 받는 동성인 데다가 한국 경성의 기술력이 바탕에 깔려 있었으므로 입찰은 낙관적이다. 한·중 합작사업이다. 그날 오후 5시가 되었을 때 방으로 비서실장 유병선이 들어섰다. 인천에서 칭다오까지는 비행기로 한 시간 거리지만 공항 입출국 시간 때문에 다섯 시간은 잡아야 된다. 인사를 마친 유병선이 앞쪽 소파에 앉았을 때 서동수가 말했다.

"오전에 산둥성 당서기 리정산이 다녀갔어."

그것까지는 알고 있는 터라 유병선은 시선만 주었고 서동수가 리정산의 제의 내용을 말해주었다. 이야기가 진행되면서 유병선의 눈빛이 강해지더니 마쳤을 때는 달리기를 끝낸 사람처럼 호흡까지 가누었다. 그러나 바짝 긴장한 채 서동수를 주시하고만 있다. 끼어들 수가 없는 것이다. 이윽고 서동수가 말했다.

"서울로 돌아가 이 내용을 국정수석께 전하도록."

"예, 회장님."

"그런 제의를 받았다고만 전해."

"알겠습니다, 회장님."

"일단은 전하는 것이 예의니까. 내가 그렇게 말하더라고 해."

"알겠습니다, 회장님."

서동수가 입을 다물었고 유병선도 외면한 채 움직이지 않는다. 말할 것을 기다리는 태도가 아니다. 다시 서동수가 입을 연 것은 한참 후였다.

"정치도 비즈니스와 맥이 통한다는 생각이 들어. 서로 주고받는다는 것 말이야."

"……."

"일방적인 관계는 없어. 있다고 해도 곧 끝나게 되지."

눈을 가늘게 뜬 서동수가 앞쪽을 보았다.

"서로 이용가치가 있어야 만나게 돼."

이윽고 눈의 초점을 맞춘 서동수가 유병선을 보았다.

"내가 중국, 한국, 북한으로부터 가치를 인정받았다면 얻는 것은 무엇일까?"

비서실장 유병선에게도 말하지 않은 내용이 있다. 그것은 민족당 총무 백기현의 창당 제의다. 백기현은 이야기해도 상관없다고 했지만 서동수는 입을 다물었다. 국정수석 장경수한테도 민족당에 입당하라는 제의를 받았다고만 한 것이다. 나이로비에 도착한 지 사흘째 되는 날 오전에 서동수는 케냐 정부로부터 35억 불 공사 승인을 받았다. 동성과 경성의 컨소시엄이 공사를 수주한 것이다. 장관과 함께 계약서에 사인을 마친 서동수가 호텔방에 돌아왔을 때는 오전 11시 반이다. 방으로 따라 들어선 민혜영이 말했다.

"비서실장한테서 전화가 왔었습니다."

서동수의 저고리를 받아든 민혜영이 말을 이었다.

"급한 일이라고 했습니다."

넥타이를 풀어 건네준 서동수가 소파에 앉으면서 물었다.

"무슨 일이라고는 안 했어?"

"네, 회장님."

민혜영의 표정이 굳어져 있었으므로 서동수가 쓴웃음을 지었다. 유병선이 말해주었을 리는 없지만 분위기가 심각한 모양이었다. 서동수가 손목시계를 보았다.

서울은 오후 6시 반이다.

"전화 연결해."

민혜영이 핸드폰 버튼을 누르는 것을 보면서 서동수는 35억 불짜리 오더를 수주했다는 언론보도는 내일쯤 나갈 것이라고 생각했다. 장관과 계약서 사인하는 장면까지 KBC 방송팀이 취재해간 것이다. 카이로 오더에 이어서 또 한 번 터뜨렸다. 그때 민혜영이 핸드폰을 내밀었으므로 서동수가 받아서 귀에 붙였다.

"여보세요."

"회장님, 유병선입니다."

유병선의 목소리는 가라앉아 있다.

"응. 무슨 일이야?"

"문제가 생겼습니다, 회장님."

"……."

"백기현이를 만나셨지 않습니까?"

그 순간 서동수가 숨을 들이켰다. 유병선이 백기현의 이름만 부른 것으로도 대충 짐작을 한 것이다. 유병선의 목소리에 점점 열기가 올랐다.

"그자가 회장님 하고 신당을 창당할 것이라는 정보를 뿌렸습니다. 한 시간 반쯤 전부터 언론이 떠들고 있는데 백기현은 부인하고 있지만 그자가 흘린 것입니다."

"……."

"제가 추적을 했는데 백기현의 보좌관 하나가 총대를 멘 것 같습니다. 며칠 전에 보좌관을 그만두면서 소문을 낸 것인데 백기현과 짜고 한 짓입니다."

"……."

"한국당은 곧 반박 성명을 낼 것 같습니다. 모두 분개해서 구태 정치의 표본이라느니 지저분하다느니 하고 벌써부터 몇 명이 성명을 발표하고 있습니다."

서동수가 심호흡을 했다. 비서실 전화는 불이 나 있을 것이다. 그렇다. 백기현이 흘렸다. 백기현으로서는 내가 만나러 간 것만으로도 이제 되었다고 무릎을 친 것 같다. 얼마든지 말을 만들 수가 있었기 때문이다.

"회장님, 어떻게 할까요?"

유병선이 그렇게 물었을 때 서동수의 얼굴에서 웃음이 떠올랐다. 비스듬한 옆쪽에서 옆얼굴을 보이고 선 민혜영의 모습이 그림처럼 아름답다고 느껴졌다. 그때 서동수가 말했다.

“내 이름으로 유 실장이 발표를 해.”

“예, 회장님.”

“내가 기자회견을 하겠다고.”

웃음 띤 얼굴로 서동수가 말을 이었다.

“그리고 언론사 기자들을 칭다오로 불러. 거기에서 하는 것이 낫겠다.”

“알았습니다.”

유병선의 목소리에 활기가 살아났다.

“아, 서 회장님.”

기다리고 있었던 것처럼 국정수석 장경수는 신호음이 두 번 울리고 나서 응답했다. 서울은 지금 오후 7시다. 서동수가 미처 입을 열기도 전에 장경수가 물었다.

“연락받으셨군요?”

“예. 방금.”

“그 말 사실입니까?”

“예. 사실입니다.”

그때서야 장경수가 잠깐 쉬었고 서동수의 말이 이어졌다.

“도의상 이야기하면 안 될 것 같아서 말씀드리지 못했습니다. 저쪽에선 상관없다고 했지만요.”

“아아. 네.”

어쩐지 석연치 않은 느낌이 드는 대답이다. 그러나 서동수는 개의치 않고 말을 이었다.

“그런데 그쪽에서 오히려 터뜨린 것 같습니다. 믿을 사람이 못 되는 것 같군요."

"본래 그런 의도로 회장님을 뵙자고 했던 것입니다."

장경수가 가라앉은 목소리로 말했을 때 서동수는 길게 숨을 뱉었다.

"그래서 제가 기자회견을 하려고 합니다. 언론사에 통보를 했으니까 모두 밝히겠습니다."

"기자회견을 말입니까?"

놀란 듯 장경수의 목소리가 높아졌다.

"어떤 내용으로 말씀이죠?"

"모두 털어놓는 것이죠."

핸드폰을 고쳐 쥔 서동수가 말을 이었다.

"이 기회에 매듭을 짓겠습니다."

"어떻게 말입니까?"

그때 서동수가 잠깐 말을 멈췄다. 장경수는 당황한 모양이다. 쓴웃음을 지은 서동수가 말을 이었다.

"있는 그대로를 말하는 것이죠. 제가 무슨 잘못이 있다고 피하겠습니까?"

"……."

"그럼 다시 연락드리지요."

"아아. 예."

장경수의 애매한 응답을 들으면서 서동수는 핸드폰을 귀에서 떼었다. 아직도 옆쪽에 서 있는 민혜영의 옆얼굴이 더 굳어져 있다. 서동수는 소파에 등을 붙였다. 장경수에게 보고할 의무도 없는 입장이었으나 대통령 체면을 봐서 연락을 했다. 말은 다시 연락한다고 했지만 앞으로 안 할 것이다. 머리를 든 서동수가 민혜영에게 말했다.

“여기 앉아.”

서동수가 옆쪽 자리를 손바닥으로 가볍게 두드렸다.

“다리 아프겠다.”

“괜찮습니다.”

사양했던 민혜영이 힐끗 시선을 주더니 다가와 조심스럽게 옆에 앉았다. 옅은 향내가 맡아졌다. 거리는 50센티 정도.

“편하게 앉아.”

“네, 회장님.”

민혜영의 엉덩이가 뒤쪽으로 10센티쯤 들어갔다. 그러나 시선은 앞쪽을 향한 채이고 몸은 나무토막처럼 굳어 있다.

“다 들었지?”

서동수가 묻자 민혜영이 머리만 끄덕였다.

“지금이 어떤 상황이라고 생각하나?”

기대하고 물어본 것은 아니다. 그리고 이미 이쪽은 마음을 굳혔다. 그때 민혜영이 대답했다.

“전형적인 물 뿌리기 작전입니다. 저쪽은 이미 옷이 다 젖은 처지라 손해 볼 일이 없습니다. 회장님만 밖으로 끌어내면 성공이라고 생각한 겁니다.”

붉은 입술이 움직이는 모습을 홀린 듯이 바라보던 서동수가 빙그레 웃었다.

“난 이제 물벼락을 맞은 것 같나?”

“저쪽은 그렇게 생각할 것입니다.”

이제는 민혜영이 똑바로 서동수를 보았다.

“성공했다고 믿겠지요.”

의원회관 복도에 멈춰 선 민족당 원내총무 백기현이 곤혹스러운 표정을 지었다. 주위에는 수십 명의 기자가 제각기 마이크와 핸드폰까지 백기현을 향해 내밀고 있다. 앞이 막혀서 한 발짝도 떼기 힘든 상황으로 보인다. 기자 하나가 소리치듯 물었다.

"서동수 회장과 창당한다는 보도, 사실입니까?"

이미 백기현의 전(前) 보좌관 이필성이 주간지 기자와 인터뷰를 했고 인터넷, 종편을 통해 보도된 상황이다. 만 하루 동안 백기현은 언론의 추적을 피해 다니다가 오늘 의원회관에서 잡혔다. 그때 백기현이 입을 열었다.

"서동수 회장이 창당을 제의했지만 제가 완곡하게 거절했습니다."

말이 끝났을 때 주위에서 소동이 일어났다. 더 가깝게 붙으려는 기자들과 소리쳐 묻는 목소리들로 아수라장이 된 것이다. 넘어지고 서로 잡고 자빠지는 기자들도 있다.

"서 회장이 제의한 이유는 무엇이라고 생각합니까? 그리고 의원께선 왜 거절하셨죠?"

누군가가 악을 쓰듯 묻자 백기현이 기다리고 있었던 것처럼 대답했다.

"이건 제 추측이지만 한국당에도 제의를 할 것 같았습니다. 가장 안전한 방법으로 정치를 시작하려는 것이 저는 싫었습니다."

"서 회장이 창당을 하리라고 생각합니까?"

"글쎄요. 의지가 강하신 것 같았습니다. 나는 서 회장의 창당이 잘되기를 바라는 사람입니다."

의미심장한 웃음을 내보인 백기현이 기자들을 헤치고 방안으로 사라졌다. TV 화면에 나온 백기현이 의원실 안으로 사라졌을 때 비서실장 양용식이 리모컨으로 TV를 껐다. 청와대 관저의 식당 안이다. 오늘은 대통령이 양용식과 둘이 다과실에서 TV를 보고 있다. 오후 8시 반, 머리를 든 양용식이 대통령을 보았다.

"뻔한 물 뿌리기지만 서동수는 옷을 버렸습니다. 양아치를 만나는 게 아니었습니다."

대통령은 눈도 깜박이지 않고 시선만 주었으나 양용식은 이제 익숙하다.

"서동수가 중국에서 인터뷰를 하겠다고 자청했는데 사또 행차 후 나팔입니다."

"……."

"이미지만 더 구겨질 것입니다. 그것까지 백기현이 예상했을 테니까요."

"……."

"백기현이란 난봉꾼 놈이 우리 측 처녀 하나를 따, 아니, 버려놓은 꼴입니다."

따먹었다고 하려다가 그렇게 바꿨다. 대통령이 가만있었으므로 답답해진 양용식이 말을 이었다.

"여론이 급격히 나빠졌습니다. 특히 의원들과 당원들의 반감이 커졌습니다."

그때 대통령이 말했다.

"여론 따라다니려면 정치인은커녕 기업가도 못 해."

양용식은 입을 다물었고 대통령의 말이 이어졌다.

"영화제작자도 통 큰 놈들은 제가 선도해. 요즘은 홈쇼핑 사기꾼이나 여론 따라다니면서 장사하는 거야."

"대통령님."

자존심이 상한 양용식이 우선 불러놓았다가 대통령의 눈치를 보고는 입을 다물었다. 눈썹이 꿈틀거리는 것이 심기가 불편한 증거였기 때문이다. 대통령이 말을 이었다.

"시대가 사람을 만든다는 말이 맞는 것 같아."

이건 또 무슨 뜬금없는 소리인가 하고 양용식이 어깨를 부풀렸지만 끼어들지는 않았다. 언중유골이다. 이 양반은 빈말을 한 적이 드물다. 그때 대통령이 우물거리듯 말했지만 양용식은 들었다.

"서동수가 저절로 밀려가는 것 같네."

"역시 아마추어는 안 돼."

방배동 자택에서 백기현이 술잔을 들고 말했다. 소파 앞쪽에는 보좌관 조영철이 앉아서 경청하고 있다.

"칭다오에서 인터뷰를 한다지만 이미 버스 떠나고 손 흔드는 거야, 서동수는 뚜껑 벗겨진 콜라라고."

오후 9시, 둘은 위스키를 마시면서 TV를 보고 난 참이다. 사람은 자신이 출연한 TV를 보면 흥분을 한다. 특히 뉴스에 등장하면 피의자만 빼놓고 모두 감동을 하는 법이다. 지금 백기현도 그렇다. 올해 들어 잠깐씩 TV에 나왔지만 오늘처럼 열띤 인터뷰는 처음이다. 그때 조영철이 정색한 얼굴로 백기현을 보았다.

"그날, 서동수를 만나셨을 때 서동수가 녹음을 하지는 않았을까요?"

"그럴 리가."

쓴웃음을 지은 백기현이 머리까지 저었다.

"이 사람아, 그 아마추어가 무슨 첩보원이야? 녹음을 하게? 내가 무슨 말을 할지 예상도 못 하고 나온 놈이 무슨 녹음?"

한 모금에 술을 삼킨 백기현이 붉어진 얼굴로 조영철을 보았다.

"그런 놈은 아예 싹이 나지 못하도록 뭉개버려야 돼, 그래야 국민과 국가가 평안해진다구, 국민들이 허상을 좇다가 실망하도록 만들면 안 돼."

"과연 그렇습니다."

비싼 위스키여서 찔끔 술을 삼킨 조영철이 백기현을 보았다.

"이필성은 다음 주부터 출근한다고 했습니다, 총무님."

"거긴 보수도 괜찮으니까 1년만 푹 쉬고 돌아오면 돼."

"예, 이필성도 좋아합니다."

백기현한테서 해임당한 전(前) 보좌관 이필성은 보복으로 백기현과 서동수와의 '창당 모의'를 언론에 폭로한 것이다. 그러나 실상은 짜고 친 고스톱이다. 지금 둘은 이필성이 다음 주부터 출근하게 될 대전의 건설회사에 대해서 이야기를 한 것이다. 대형 건설회사 홍보이사로 임명된 이필성은 월급은 두 배쯤 더 받는다. 백기현쯤 되면 전혀 인연이 없어 보이는 기업체에 제 식구를 심는 것쯤은 일도 아니다. 그때 바지 주머니에 넣은 핸드폰이 진동을 했으므로 조영철이 꺼내 보았다. 친구로 지내는 당대표 보좌관 양기섭이다. 자리에서 일어선 조영철이 옆으로 비켜서며 백기현에게 목례를 했다.

"총무님, 잠깐 전화를."

옆쪽 구석에 선 조영철이 핸드폰을 귀에 붙이고 말했다.

"무슨 일이야?"

"이봐, 케이블 TV를 봐, 70번."

"뭔데?"

"빨리!"

양기섭이 버럭 소리치는 바람에 놀란 조영철이 핸드폰을 귀에 대고는 TV 앞으로 다가갔다.

"실례합니다."

리모컨을 쥔 조영철이 케이블 방송의 70번 채널을 맞췄을 때 스피커에서 목소리부터 들렸다.

"회장님이 정치를 하신다면 제가 따라가지요, 우리 민족당에서도 저하고 같이 행동할 동지들이 있습니다."

바로 백기현의 목소리다. 소스라치게 놀란 백기현이 술잔을 내려놓다가 방바닥으로 떨어뜨렸다. 화면에는 앵커가 화난 표정으로 앉아만 있고 밑에 '민족당 총무 백기현'이라는 프로필과 함께 자막이 펼쳐지고 있다. 다시 목소리와 자막이 이어졌다.

"물론 여당 쪽에서도 나서겠지요. 대통령께서 지원해 주실지도 모릅니다."

백기현의 얼굴이 하얗게 굳어졌을 때 전화벨이 울렸다. 백기현의 집 전화다. 그러고 보니 핸드폰의 벨소리도 같이 울린다.

칭다오의 '동성' 본사 대강당은 내외신(內外信) 기자들로 가득 차 있다. 여기서 내외신이란 중국을 비롯한 한국을 말한다. 중국이 내국(內國)에 들어간다. KBC, DBC 등 한국 방송사는 물론이고 중국 관영통신도 다 자리를 잡아서 수백 명이다. 그래서 한국 측 기자들은 처음에 어리둥절했다가 기가 죽었다. 중국에서의 '동성' 위상을 실감했기 때문이다. 그러고 보니 '동성'의 본사는 중국이다. 중국계 회사인 것이다.

"자, 시작하겠습니다."

오전 10시 정각, 동성의 비서실장 유병선이 한국어로 말했을 때 옆에 나란히 서 있던 임청이 중국어로 말했다. 그러고 보니 임청이 중국 여배우 공리를 닮았다. 그때 플래시가 이쪽저쪽에서 번쩍이면서 서동수가 연단으로 나왔다. 생방송이다. 한국시간은 오전 11시, 각 가정은 물론이고 기업체, 상가, 시민들도 제각기 스마트폰으로 이 장면을 본다. 서동수는 계속 화제의 주인공이다. 카이로 사건에서부터 미얀마 스캔들, 영웅캠프 그리고 백기현의 창당 폭로 사건이 터지더니 지금에 이르렀다. 따라서 한대성의 혼잣말이 맞다. "서동수는 저절로 밀려갔다"고 했다. 이것이 과연 운명인가? 우연인가? 그 해답을 듣고 싶다는 듯이 여기 대한민국의 두 주역도 쪼그리고 앉아 있다. 대통령 한대성과 비서실장 양용식이다. 궁금한 것은 어쩔 수가 없는 것이다. 지금 대장 진급자 네 명이 동부인하고 청와대에 들어와 있지만 양용식은 신고식을 30분 연기시켰다. 그러고는 둘이 대통령실에 앉아서 TV를 보는 것이다. 그렇다. 둘도 수산시장 아저씨하고 똑같은 표정으로 TV를 쳐다보고 있으니 쪼그리고 있다는 표현도 맞다. 그때 서동수가 유창한 중국어로 이야기를 시작했으므로 대통령과 양용식은 얼떨떨했다. 그러나 5초쯤 지났을 때 밑에 한국어 자막이 주르르 떴다.

"동성은 중국 정부의 지원을 받아 신의주경제특구의 개발에 주도적으로 참여하기로 결정을 했습니다."

놀란 대통령과 양용식이 서로의 얼굴을 보았고 서동수의 말이 이어졌다.

"따라서 동성을 대신해서 중국 정부는 북한 정부와 협의한 결과, 신의주경제특구의 행정장관을 제가 맡기를 제의했고 그 제의를 제가 받아들였습니다.”

“으으음.”

대통령의 입에서 신음이 터진 것은 그 순간이다. 눈을 치켜뜬 대통령이 서동수의 얼굴을 노려보았다.

“어어어.”

양용식의 입에서는 기묘한 외침이 흘러 나왔는데 선반에 놓인 그릇이 떨어지려는 순간을 본 것 같은 외침이다. 다시 서동수의 말이 이어졌고 자막이 찍혀 나온다.

“저는 다음달 초에 북한으로부터 행정장관에 임명될 것이며 동성은 신의주경제특구의 관리 기업으로 전력을 다할 것입니다. 또한”

서동수가 번들거리는 눈으로 대통령과 양용식을 번갈아 보았다.

“신의주경제특구에는 한국 기업의 참여를 대폭 확대시킴으로써 남북 간 경제협력과 평화공존의 바탕을 확산시켜 나갈 것입니다.”

유창한 중국어다. 자막을 순식간에 다 읽은 대통령이 손바닥으로 이마를 닦는 것이 땀이 배어나온 것 같았다. 소파 모서리에 앉은 양용식은 가쁜 숨만 몰아쉬고 있다. 그것으로 서동수의 기자회견이 끝났는데 인사를 마친 서동수가 세 걸음을 떼었을 때였다. 이름 모를 언론사 기자 하나가 한국어로 소리쳤다.

“저기, 창당, 백기현, 녹음….”

그 소리에 이어서 누가 한국어로 또 소리쳤다.

“저 새끼, 얼빠진 놈이네. 그게 무슨 큰일이라고….”

한국 시청자들은 다 들었다.

집무실로 돌아온 서동수가 소파에 앉자 민혜영이 잠자코 커피 잔을 내려놓고 물러갔다. 지난번 비서실장 유병선을 시켜 중국 측으로부터 받은 제의를 청와대에 전하기는 했다. 그러나 며칠 사이에 상황이 급진전되었으니 청와대에서도 놀랐을 것이었다. 어쩔 수 없는 일이다. 커피를 한 모금 마셨을 때 구내전화의 벨이 울렸다. 버튼을 누른 서동수는 민혜영의 목소리를 듣는다.

"청와대 비서실장님이십니다."

"알았어, 받지."

서동수가 전화기를 들었다.

"예, 서동수입니다."

"서 회장님, 축하합니다."

양용식이 대뜸 말했는데 목소리가 밝다.

"단숨에 분위기를 반전시켰습니다. 백기현이를 우물 안에서 펄떡펄떡 뛰는 개구리로 만든 셈이지요."

그러더니 양용식이 소리 내어 웃었다.

"대통령님이 뭐라고 하신 줄 압니까? 네 번 뛴 개구리라고 하셨습니다."

백기현이 4선위원이다. 서동수의 얼굴에도 웃음이 떠올랐다. 내용보다 두꺼비 같은 대통령이 모처럼 농담을 했다는 것에 감동했기 때문이다.

"며칠 사이에 상황이 급진전되어서 자세하게 말씀 못 드렸습니다."

서동수가 뒤늦게 해명했더니 양용식이 서둘러 말했다.

"그 정도 알려주셨으면 충분합니다. 그리고 이해합니다. 어쨌든 대단한 일입니다. 앞으로가 중요하지요."

차츰 양용식의 목소리가 차분해졌다.

"대통령께서는 적극적으로 협조하겠다고 말씀하셨습니다. 당에서도 벌써부터 환영 성명을 발표한다면서 법석입니다."

"……."

"야당은 공황상태가 되어 있습니다. 특히 백기현은 구태정치의 표본으로 매도되고 있는데 정치생명이 끝날 것 같습니다. 백기현 때문에 야당이 민족통일 기회에 동참하지 못할 분위기까지 되었으니까요."

"……."

"생명력이 강한 야당이라 털고 나서겠지요, 회장님의 사업에 동참할 것 같습니다. 거부하면 반통일 세력이 될 테니까요."

"……."

"제가 그랬죠? 시대가 영웅을 만든다고 말입니다. 이 말씀 안 드렸나?"

흥분해서 헷갈리는 것 같다. 서동수도 차츰 열이 오르는 바람에 누가 했는지 생각할 여유가 없어졌다. 통화를 끝냈을 때 문이 열리더니 이번에는 민혜영과 임청이 같이 들어섰다. 둘 다 손에 핸드폰을 쥐고 있다. 먼저 임청이 말했다.

"한국당 대표님 전화입니다."

서동수가 머리만 흔들었더니 임청이 잠자코 방을 나갔다.

"민족당 대표님이신데요."

민혜영이 말했을 때도 서동수가 머리만 젓더니 다시 묻는다.

"내선 1번에 전(前) 부인 박서현 씨란 분이 찾으시는데요."

숨을 들이켠 서동수가 시선만 주었고 민혜영이 말을 이었다.

"말씀드릴 것이 있다고 합니다."

오전 10시 40분, 한국 시간으로는 11시 40분이 되겠다. 서동수가 머리를 끄덕였더니 민혜영은 몸을 돌렸다. 문이 닫혔을 때 서동수는 전화기의 1번 버튼을 눌렀다.

"여보세요."

"미혜 아빠."

박서현의 목소리는 가라앉아 있다.

"부탁할 게 있어서 전화했어요."

소파에 등을 붙인 서동수는 문득 인간은 갖가지 유형이 있다는 것을 실감한다. 그때 박서현의 목소리가 이어졌다.

"우리 그 사람, 좀 도와줄 수 없어요?"

서류를 읽고 유병선이 머리를 들고는 길게 숨을 뱉었다. 오후 5시 반, 탁자에 놓인 서류는 꽤 두툼했는데 표지에 붉은색 '극비'스탬프가 찍혀 있고 제목에는 붉은 테두리가 둘러져 있다.

'정영철과 박서현.'

남들이 보면 장관 청문회에 대비한 서류같이도 보이겠지만 서동수의 전처 박서현과 재혼한 남편 정영철에 대한 신상보고서다. 유병선의 의뢰를 받은 '정보회사'가 만 하루 만에 보고서를 만들어 온 것이다. 어제 낮 12시 경이 되었을 때 유병선은 중국에 있는 서동수로부터 지시를 받았다. 서동수는 박서현, 정영철과의 관계를 짧게 설명해줬는데 몇 년 전 중국의 대동자동차에서 오더를 받도록 연결시켜 준 것까지 말했다. 그러고는 이렇게 지시한 것이다.

"자, 내가 어떻게 해야 할지 모르겠어. 당신한테 맡긴다."

유병선의 시선이 다시 서류로 옮아갔다. 정영철은 부친한테서 물려받은 회사를 부도내고 지금은 백수다. 한때는 잘살았겠지만 지금은 의정부의 28평 전세 아파트로 옮아간 후부터 넉 달이 넘도록 두문불출, 지금은 박서현이 편의점 알바를 뛰는 동안 집에서 애를 돌본다. 입맛을 다신 유병선의 얼굴에 쓴웃음이 번졌다. 조사원이 기록한 글이 떠올랐기 때문이다.

"그러나 부부관계는 좋은 편임. 아파트 안에서도 착한 남편, 잉꼬부부로 소문이 났음. 화목한 가정인 것처럼 보임."

"무슨 개뿔, 거머리 같은 족속들."

이것은 유병선의 입에서 터져 나온 말이다. 그때 인터폰의 벨이 울렸으므로 유병선은 버튼을 눌렀다. 앞쪽 벽시계가 오후 6시를 가리키고 있다.

"실장님, 박서현 씨 부부가 오셨습니다."

스피커에서 비서의 목소리가 울렸다.

"들어오시라고 해."

말해놓고 나서 유병선은 문득 비서가 박서현의 이름을 앞세운 것을 떠올리자 길게 숨을 뱉었다. 그제야 마음을 굳힌 것이다. 곧 남녀가 들어섰는데 선남선녀다. 다만 박서현의 눈빛이 강했고 조금 여유가 있어 보일 뿐 닮은꼴이다. 박서현은 비서실장이 만나자고 한 것이 서동수의 배려라고 느끼는 것 같았다. 제 남편 정영철이 무안해지지 않도록 해주려는 배려다. 인사를 마치고 마주보며 앉았을 때 유병선이 입을 열었다.

"회장님께서 이 일을 저한테 맡기셨을 때 일임한다고 하셨습니다. 그래서 그 의미를 생각해보았더니 상식적으로 처리하라는 말씀으로 판단됐습니다."

그렇게 말하고 나서 유병선이 입을 꾹 다물었다. 숨을 다섯 번쯤 쉬었을 때 비서가 들어와 커피 잔을 내려놓고 나갔다. 다시 숨을 세 번쯤 쉬고 나서 마침내 박서현이 입을 열었다. 어느덧 얼굴이 굳어졌고 눈동자가 흐려졌다.

"다른 말씀은 없고요?"

"예, 없습니다."

다시 무거운 정적이 덮였다. 세 번 숨을 뱉었을 때 박서현이 다시 물었다.

"그럼 실장님은 어떻게 생각하세요?"

그때 유병선의 시선이 정영철에게로 옮아갔다.

"정 선생님 생각부터 듣고 싶습니다."

그러자 정영철의 굳어진 얼굴이 일그러졌다. 그러고는 시선을 내린 채 말했다.

"미안합니다. 내가 안 오는건데."

"아니, 잠깐만요."

그것을 본 박서현이 눈을 치켜떴다. 그러다 전혀 다른 분위기의 여자가 되었다.

"아니, 나한테, 우리한테, 이렇게…."

박서현이 갈라진 목소리로 말했을 때 유병선이 벨을 눌렀다. 비서를 부르려는 것이다. 박서현의 항의가 계속되고 있다.

"중국에서 '동성'이 왜 인정을 받는 줄 압니까?"

TV에 출연한 중국 산둥성의 성장 우더린이 열띤 목소리로 말하자 밑에 자막이 떴다. 우더린은 지금 한중교역 22주년을 기념한 KBC의

'한중수교' 특집에서 인터뷰를 하는 중이다. 우더린이 말을 이었다.

"그것은 각 지방의 동성이 그 지방 고유의 사업장으로 정착했기 때문입니다. 동성은 그 지방 주민의 소득을 높여줄 뿐만 아니라 교육, 문화, 체육 발전에 아낌없는 투자를 합니다. 그래서 주민들은 '동성'이 내 회사, 내 고장의 기업인 것처럼 느끼고 자부심을 갖게 되는 것입니다."

미리 원고를 외우고 왔겠지만 유창한 언변이다. 그것을 저녁시간대의 한국인 시청자가 다 보고 있다.

"우리는 '동성'이 한국인 회사라고 생각하지 않습니다. 중국인 회사, 또는 중·한 합자회사라고 믿고 있으며 실제로도 그렇습니다."

서동수의 인터뷰 이후로 동성의 주가가 폭등한 것은 두말할 필요가 없다. 한국은 물론 중국의 동성 관련 주식이 폭등해서 서동수의 재산 총액이 두 배로 늘어났다는 소문이 났다. 우더린이 똑바로 한국 시청자를 보았다. 우더린은 산둥성 성장이며 중국 정부의 지방장관이다. 그가 다시 말했다.

"나는 '동성'이 산둥성에서 시작하여 전 중국으로 확산된 것처럼 북한에서도 성공하는 것을 믿어 의심치 않습니다."

결국은 산둥성에서 시작되었다는 자화자찬이 들어갔지만 이런 선전은 그야말로 백 년에 한 번 나올까 말까 한 대박이다. 또 한 번 KBC 영웅캠프 팀이 대박을 친 것이다. 리모컨을 들어 TV 화면을 끈 서동수가 앞에 앉은 왕창궈 사장에게 말했다.

"그럼 출발하시지요."

"예, 회장님."

자리에서 일어선 왕창궈가 인사를 하더니 몸을 돌렸다. 왕창궈는 신의주특구개발 사업단을 이끌고 출발하려는 것이다. 신의주특구를 맡기 전에 현황 파악을 해야만 한다. 왕창궈가 방을 나갔을 때 유병선이 입을 열었다. 유병선은 오늘 오후에 중국으로 날아왔다.

"회장님, 지방선거가 5개월 남았습니다."

서동수의 시선을 받은 유병선이 말을 이었다.

"어떤 분이 저에게 조언을 했습니다. 이번 지방선거 전에 회장님께서 창당을 하고 후보를 내신다면 거의 전승하실 것이라고 합니다."

"……."

"그럼 2년 후의 총선도 완승할 것이고 3년 후의 대선에서도 승리하실 것이라고 했습니다."

"이건 마치."

서동수가 소파에 등을 붙이면서 웃었다.

"손에 좋은 패를 잔뜩 쥐고 고스톱을 친다는 말처럼 들리는군."

입을 열었던 유병선이 다시 다물었고 서동수의 말이 이어졌다.

"한국의 대통령이 거저먹는 자리인가? 그렇게 쉽게 대통령이 되다니?"

"회장님, 그것은."

"대통령은 정치인이 해야 돼."

서동수가 불쑥 말하자 놀란 유병선은 숨을 들이켰다. 지금까지 서동수는 정치인을 부패하고 무능하며 사욕이나 채우는 부류로 치부했다고 믿었기 때문이다. 유병선의 시선을 받은 서동수가 쓴웃음을 지었다.

"정치는 사람을 다루는 거야. 난 기업가로는 맞을지 모르지만 정치인은 힘들어."

서동수가 이제는 입맛을 다셨다.

"내 전처도 내가 직접 처리 못 하는 것 좀 봐."

"서 회장님을 위해서 내가 숙고한 것입니다. 오늘 저녁 7시에 임페리얼 호텔 라운지입니다."

수화기에서 울리는 리정산의 목소리는 정중했고 간곡한 느낌까지 들었다. 다시 리정산의 말이 이어졌다.

"솔직히 말씀드리지요. 이것은 서 회장님한테 절호의 기회가 될 것이오. 나뿐만 아니라 내 주위에서도 아주 호의적이란 말입니다. 그럼."

전화가 끊겼으므로 어깨를 늘어뜨린 서동수가 전화기를 내려놓았다. 그렇다면 리정산이 숙고한 것이 아니었다. 여럿이 함께 숙고해서 주선했다는 말이다. 벽시계가 오전 11시 반을 가리키고 있다. 이윽고 서동수가 인터폰의 벨을 눌렀다.

"예, 회장님."

임청의 맑은 목소리가 울리자 서동수의 심장박동이 빨라졌다. 임청을 보고, 목소리를 들으면 희망이 솟는 것 같다. 그것은 민혜영도 마찬가지다.

"유 실장을 들어오라고 해."

유병선이 당분간 중국 본사에서 근무하고 있는 것이다. 곧 방으로 들어선 유병선이 서동수의 눈짓을 받고 앞쪽에 앉았다. 그때 서동수가 메모지를 유병선에게 내밀었다.

"이 사람 조사해봐."

메모지를 받은 유병선이 적혀진 이름을 보았다. 장치다. 리정산이 말해준 이름인 것이다. 머리를 든 유병선에게 서동수가 쓴웃음을 짓고 말했다.

“리정산 서기가 오늘 저녁 7시에 만나보라고 한 여자야. 베이징대 영문과 교수라니 인터넷에도 떠 있겠지.”

“리정산 서기가 말씀입니까?”

메모지와 서동수의 얼굴을 번갈아 보는 유병선은 긴장하고 있다.

“그럼 이분은….”

“내 결혼 상대로 소개시켜 주는 거야.”

“…….”

“가문이 좋다는군. 학벌, 미모도. 37살에 이혼 경력이 있다는 말도 해주었어. 아이는 없고.”

“…….”

“중국 고위층에서도 적극 추천한다는 거야. 이른바 정략이지.”

“알겠습니다.”

커다랗게 머리를 끄덕인 유병선의 얼굴이 밝아져 있다.

“좋은 현상입니다, 회장님.”

“그렇게 생각하나?”

“항상 한두 계단 앞질러서 기회가 놓이는 느낌이 듭니다, 회장님.”

“놓인다고 했어?”

“그렇습니다.”

유병선의 얼굴에 웃음이 떠올랐다.

“물론 그렇게 놓일 기틀을 잡으신 것은 회장님이십니다.”

“아부하지 마.”

유병선이 자리에서 일어섰다.

“제가 알아보고 오겠습니다.”

서둘러 방을 나가는 유병선의 뒷모습에서 시선을 뗀 서동수가 길게 숨을 뱉었다. 그렇다. 유병선의 표현대로 이것이 기회가 될 것이다. 가문이 좋은 중국 여자와의 결혼으로 중국인 인정을 받으면 활동 범위는 더 넓어질 것이고 기반 또한 굳어진다. 한국은 물론 북한에서의 사업도 더 안전해질 것이다. 얼마나 시간이 지났는지 모른다. 유병선이 들어서는 바람에 서동수는 생각에서 깨어났다.

"쉽게 찾아낼 수 있었습니다."

애써 흥분을 감춘 유병선이 서동수를 보았다. 눈동자가 반짝였다.

"장치 씨는 부친이 전 산시성 서기였던 장원창이었고 조부는 부총리였던 장산이었습니다. 두 분 다 사망했지만 대단한 가문이죠."

그래서 고위층들이 추천한 것이다.

라운지로 들어선 서동수에게 지배인이 다가왔다. 웃음 띤 얼굴이다.

"서 회장님이시지요? 손님이 기다리고 계십니다."

지배인은 서동수를 알아보는 것 같다. 오후 6시 55분, 안쪽 밀실로 안내하면서 지배인이 말을 잇는다.

"TV에서 뵈었습니다. 만나 뵙게 되어서 영광입니다."

"이렇게 얼굴이 팔려서 제대로 연애도 못 하겠군."

서동수가 투덜거렸더니 지배인이 활짝 웃었다.

"호텔맨 입은 믿으셔도 됩니다, 회장님."

밀실 앞에 선 지배인이 노크를 하더니 문을 반쯤 열고 비켜섰다. 안으로 들어선 서동수는 자리에서 일어서는 여자를 보았다. 그 순간 서동수는 숨을 들이켰다. 감동을 받은 것이다. 붉은색 원피스를 입은 여자는 선녀 같았다. 잘록한 허리 곡선을 살린 드레스는 눈이 부셨다. 서동수와 시선을 마주친 여자가 웃음 띤 얼굴로 손을 내밀었다. 갸름한 얼굴과 맑은 눈, 눈초리가 조금 솟았고 쌍꺼풀은 없다. 적당하게 곧은 콧날과 살색 루주를 바른 입술이 반들거렸다. 키는 165㎝쯤 될까? 날씬한 몸매, 20대 후반쯤으로나 보이는 몸매와 얼굴이다.

"반갑습니다, 장치 씨. 미인이시네요."

"감사합니다. 뵙게 되어서 영광이에요."

장치의 손은 작고 부드러웠다. 원탁에 마주보고 앉았을 때 서동수가 지그시 장치를 보았다.

"한국인과 결혼한다는 것이 부담스럽지 않습니까?"

"전혀 없는데요."

머리를 조금 기울이면서 장치가 웃었다. 가지런한 이가 드러났고 눈이 가늘어졌다. 그 순간 서동수는 목구멍이 좁아지는 느낌을 받았다. 성욕이 일어난 것이다. 그러나 시치미를 뚝 뗀 얼굴로 장치를 보았다. 인간은 유일한 절제의 동물이다. 간음하는 생각을 할 때마다 벌을 받는다면 서동수는 십만 번도 더 죽었다.

"그래요? 민족이 달라도 괜찮아요?"

다시 물었더니 장치가 또 웃었다.

"중국어 잘하시니까 중국인처럼 느껴지는군요."

"그런가요?"

"더구나 제 조상이 북방계예요. 아마 회장님의 조상과 같은 피가 섞였을 수도 있지요."

장치의 두 눈동자가 반짝였고 표정이 진지해졌다. 대학에서 학생을 가르칠 때 이런 모습이 될까? 장치가 말을 잇는다.

"몽골 초원에서 일어난 원이 중국 대륙을 지배했을 때도 있었고 금,

청도 북방 민족이었죠."

"……."

"중국은 어느 소수민족이 지배를 해도 동화되어 대국을 이루었습니다. 저 또한 동화될 수 있어요."

그 순간 서동수는 온몸에 차가운 기운이 덮였다가 사라지는 느낌을 받았다. 정신이 번쩍 든 것이다. 곧 심장 박동이 빨라졌고 몸에 열기가 일어났다. 감동을 받은 것이다. 이제는 눈앞에 앉은 장치가 붉고 뜨거운 용암 구멍처럼 느껴졌다. 모든 것을 빨아들여 녹여 없애는 구멍, 그리고 일체가 된다. 서동수가 눈을 치켜뜨고 말했다.

"장치 씨, 당신한테 빨려드는 것 같아."

"하하."

입을 딱 벌리고 짧게 웃은 장치가 눈을 흘기는 시늉을 했다.

"저는 불덩이가 날아오는 것 같아요."

서동수는 이제 목구멍이 막힌 느낌을 받고는 입을 딱 벌렸다. 그 순간 눈앞에 아득한 중국 대륙이 펼쳐졌다. 만리장성을 넘은 칭기즈칸의 느낌이 이랬을까?

다음날 오전, 회사에 출근한 서동수에게 비서실장 유병선이 보고했다.

"북한 조평통 상임위 부위원장이란 분한테서 연락이 왔습니다."

서동수는 모니터에 뜬 주가 시세를 읽으면서 머리만 끄덕였고 유병선의 말이 이어졌다.

"베이징에서 뵙자고 하는데요, 이번 토요일 오후 4시에 이화원 근처의 영빈관 호텔입니다."

"……."

"오늘 중으로 연락 바란다고 했습니다."

오늘이 목요일이니 토요일이면 이틀 후다. 하긴 칭다오에서 베이징까지는 비행기로 한 시간 거리다. 이윽고 모니터에서 시선을 뗀 서동수가 말했다.

"토요일에는 다른 스케줄이 있어."

"아, 네."

대답은 했지만 유병선은 당황했다. 토요일 스케줄은 없었기 때문이다. 서동수가 차분한 표정으로 유병선을 보았다.

"그리고 곧 아프리카, 중동 지역을 돌아볼 예정이니까 당분간 시간이 없어."

"예, 회장님."

분위기를 알아차린 유병선이 어깨를 폈다.

"알겠습니다. 그렇게 전하겠습니다."

"그리고."

팔꿈치를 책상 위에 올려놓은 서동수가 웃음 띤 얼굴로 말을 이었다.

"리정산 서기한테 북한 측 이야기를 전해주도록."

"예, 알겠습니다."

유병선이 서둘러 방을 나갔을 때 서동수는 길게 숨을 뱉었다. 조평통 부위원장이 누군지도 모르는 상황인 것이다. 그러나 신의주특구의 행정장관 취임에서부터 개발 계획에 이르기까지 협의해야 할 일은 많다. 의자를 돌린 서동수가 창밖을 바라보았다. 맑은 날씨다. 황사가 약간 끼어 있었지만 오전 햇살이 공단의 건물들을 비추고 있다. 얼마나 시간이 지났는지 모른다. 방문이 열리더니 다시 유병선이 들어섰다.

"회장님, 리정산 서기님이십니다."

서동수가 전화기를 들고 응답하자 곧 리정산의 목소리가 울려나왔다.

"방금 연락을 받았습니다. 앞으로 회장님께 접촉하는 북한 측 기관을 일원화시키도록 하겠습니다."

"감사합니다, 서기님."

"그리고 회장님은 북한의 장관급 대우를 받으시도록 하겠습니다. 앞으로는 아무나 연락하지 못 할 것입니다."

리정산의 목소리에 웃음기가 띠어졌다.

"자신의 격(格)은 스스로 만들어야 할 때도 있지요, 잘하셨습니다."

통화가 끝났을 때 서동수의 얼굴에도 웃음이 떠올라 있다. 중국기업 '동성'의 입장에서 보면 신의주특구 개발은 '윈윈'이다. 철저하게 사업적인 면에서 고려되어야만 하는 것이다. 그것은 곧 주고받는다는 의미다. 준 만큼 받고 받은 만큼 주는 것, 그 한쪽 동성의 대표가 바로 나다. 서동수의 얼굴에 그렇게 쓰여 있다. 오후 3시경이 되었을 때 서동수는 장치의 전화를 받았다.

"저, 베이징에 있어요."

장치의 목소리는 밝았다. 서동수는 붉은 천에 싸인 장치의 몸을 떠올렸다.

"목소리라도 듣고 싶어서 전화했어요."

장치가 말했을 때 서동수는 숨을 들이켰다. 어제는 라운지에서 식사만 하고 헤어졌을 뿐이다. 이런 표현은 물론 예외 몇은 제외하고 자신감을 단단히 갖춘 여자만이 할 수 있다.

"음, 나도 장치 씨의 몸이 눈앞에 아른거리던 참이오."

화답했더니 장치가 소리 내어 웃었다.

"몸이? 역시 소문이 맞는 것 같군요."

이 말도 험담 같지가 않다.

"어떤 소문을 들었길래 그래요?"

서동수가 묻자 장치가 다시 웃었다. 웃음도 여러 가지여서 어떤 이는 숨이 넘어가는 꺽꺽 소리를 내지만 장치한테서는 맑고 분명한 소리가 난다. 장치가 웃음을 그치고 말했다.

"미얀마 법인장의 인터뷰를 들었거든요."

"그렇군."

"그건 빙산의 일각이겠죠, 그렇죠?"

"아마도."

"결혼해도 그 습성이 바뀌기는 힘들겠지요?"

그 순간 서동수가 숨을 들이켰다. 핵심을 찔린 것이다. 그러나 대답은 했다.

"노력은 해야겠죠."

그것으로 부족한 것 같아서 덧붙였다.

"믿음을 배신하지는 않을 겁니다."

"전화상으로 말하는 게 편해서 말해 버리겠는데요."

웃음 띤 목소리로 장치가 말을 이었다.

"내 전 남편 이야기 들으셨죠?"

"대충은 압니다."

하지만 내막은 모른다. 장치의 전 남편 우더(吳德) 또한 명문가 출신의 장래가 촉망되는 외교부 관리였는데 교통사고로 사망했다. 장치가 말을 이었다.

"그 남자, 숨겨둔 여자가 있었죠. 나하고 5년 결혼생활을 하는 동안 줄곧 이중생활을 했어요."

"……."

"난 결혼 직후에 그 사실을 알게 되었으니까 5년 동안 서로 공생(共生)한 거죠. 전 남편도 내가 알고 있다는 것을 알고 있었으니까."

서동수가 다시 소리 죽여 숨을 뱉었을 때 장치가 물었다.

"그런 적 있어요?"

"뭐 말입니까?"

"선물을 실수로 바꿔준 경우."

"……"

"그 여자 이름이 메이였는데 나한테 선물로 맞춰 왔다고 가져온 반지 안에 '사랑하는 메이에게'라고 쓰여 있었죠."

"……."

"물론 메이한테는 '사랑하는 장치에게'라고 박힌 반지를 줬겠죠."

"……."

"참, 서 회장님, 섹스 잘해요?"

불끈 눈에 열이 오른 서동수가 어금니만 물었을 때 장치가 말을 이었다.

"그 남자는 넣고 3분이었죠. 가장 길었던 것이 5분쯤 되었는데 그거 하는 도중에 전화를 받다가 그렇게 되었어요."

숨을 들이켠 서동수의 콧구멍이 벌름거렸다. 도대체 이게 무슨 일인가? 하는 생각이 떠올랐지만 감동적이다. 이런 순간이야말로 감동적이라고 표현해야 맞다. 서동수는 빨려들었고 장치의 목소리가 귀를 울렸다.

"답답해서 메이한테 묻고 싶었죠. 너도 3분이냐? 하고, 그러다가 죽는 바람에 그럴 기회도 놓쳤지만…."

"난 30분은 합니다."

마침내 참지 못 하고 서동수가 터뜨렸다. 이럴 때는 공자님이라도 억제하지 못 할 것이다. 눈이 뜨거워진 채로 서동수가 말을 잇는다.

"그건 보통이고 신경 좀 쓰면 한 시간도 됩니다. 전화 같은 건 받을 필요도 없고요."

이게 무슨 꼴인가? 잠깐 그런 생각이 머리를 스치고 지났지만 서동수는 진지했다. 장치도 마찬가지인 모양으로 차분하게 대답했다.

"그러니까 그, 레이라고 했던가요? 미얀마 법인장 말이죠. 그분도 그렇게 말했겠죠."

다시 서동수의 심장 박동이 빨라졌다. 장치는 레이의 이름까지 기억하고 있었던 것이다. 이렇게 이해심이 많다니.

다음 날 오전 10시에 동성 본사의 회의실에서 최고경영자 회의가 개최되었다. 동성은 전 세계에 26개의 현지법인과 6개의 그룹 산하에 272개의 사업장이 있는 거대 기업이다. 오늘 회의에는 6개 그룹 대표와 각 구역의 대표 법인장들이 참석한 것인데 한 명이 더 늘어났다. 그것은 중국 현지 법인장이었던 왕창궈(王長國)가 신설된 신의주 그룹장으로 옮겨갔기 때문이다. 왕창궈는 신의주의 동성사업장을 총괄한다. 행정장관 서동수는 특구 전체를 관리하기 때문이다.

"섬유는 다음 달부터 생산을 시작할 것이고 전자는 3개월 후에 시설 공사가 끝날 예정입니다."

왕창궈가 보고했다. 이미 왕창궈는 동성을 대표하여 북한 당국과 합의를 했다. 중국 정부가 동성의 공식 후원사였으므로 합의는 일사불란하게 진행된 것이다.

왕창궈가 말을 이었다.

"호텔과 카지노는 내년 상반기에 오픈할 예정입니다."

1차로 특구에 호텔 2곳과 카지노 3개를 개설할 예정인 것이다. 신의주특구는 개성공단과 달리 일사불란하게 진행되고 있다. 서동수가 행정장관에 임명되었다고는 해도 아직 북한 당국자를 만나지도 않았다. 왕창궈가 대표로 모두 만난 것이다. 그것은 중국 측이 왕창궈를 내세워 형식적이고 비현실적인 과정을 모두 생략했기 때문이기도 하다. 북한 측도 호응했으므로 개성공단에서 1년 걸렸던 과정이 한 달도 안 되어서 끝난다. 의자에 등을 붙인 서동수가 지그시 왕창궈를 보았다. 왕창궈는 50세로 공산당원이며 관리 출신의 전문경영인이다.

"왕 대표, 특구의 행정청 개소식 때 내가 갈 거요."

서동수가 말하자 왕창궈가 얼굴을 펴고 웃었다.

"이번에도 안 오실 줄 알고 걱정했습니다. 장관께서 오신다면 북한 측에서도 여러분이 오실 겁니다."

"그 사람들, 내가 안 오기를 바랐는지도 몰라. 그러고는 왕 대표를 특구 장관 대접을 하면서 지내고 싶었을 거야."

"그럴 리가요."

왕창궈가 펄쩍 뛰는 표정을 지었지만 서동수의 시선을 받더니 곧 쓴웃음을 지었다. 사실인 것이다. 서동수가 특구 장관직을 원하지도 않았지만 먼저 연락해온 적도 없었기 때문이다. 중국 정부는 왕창궈를 앞세우고 일을 처리했기 때문에 특구 장관 서동수의 존재는 잊혔

는지도 모른다.

"신의주특구를 상하이처럼 만들겠어."

불쑥 서동수가 말하자 모두의 시선이 모아졌다. 그중에는 동남아지역 법인장 대표로 참석한 레이의 얼굴도 보였다.

서동수가 말을 이었다.

"5년 안에 신의주특구의 인구를 500만, 특구 주민의 소득을 2만 달러로 만드는 것이 내 꿈이오."

그러고는 서동수의 시선이 대표들을 훑고 지나갔다.

"내가 만들지는 않았지만 주변 분위기가 좋아지고 있어요. 나도 최선을 다할 테니 여러분도 도와주시기 바랍니다."

"최선을 다하겠습니다."

제일 먼저 대답한 대표가 서울 본사의 박한재다. 엉겁결에 한국어로 말했던 박한재가 다시 영어로 되풀이하고는 상기된 얼굴로 서동수를 보았다.

"함께 최선을 다하겠습니다."

"파이팅."

제각기 한마디씩 대표들이 내뱉는 바람에 회의장 분위기가 밝아졌다. 서동수는 숨을 들이켰다. 그렇다. 이 세상은 꿈꾸는 자들의 몫이다. 그래야 세상이 밝아진다.

인연

밤 12시 반, 주위는 정적에 덮여 있다. TV도 음소거를 해놓아서 베란다 쪽 유리창에 반사되는 색상만 보인다. 방 안은 여름날 소나기가 내리기 직전처럼 덥고 습기에 젖어 있다. 이제는 가쁜 숨소리가 들린다. 침대 위, 벌거벗은 두 알몸이 반듯이 누워 천장을 본다. 서동수와 레이다. 둘의 알몸은 땀에 젖어 번들거렸고 레이의 얼굴은 상기되었다. 방금 뜨거운 정사를 치르고 난 후인 것이다. 회의를 마치고 대표단과 저녁식사까지 하고 나서 헤어졌지만 밤 10시 반쯤 되었을 때 서동수가 레이의 방으로 찾아온 것이다. 온다고 약속을 하지 않았어도 레이는 씻고 기다렸다가 당연한 듯 서동수를 맞아들였다. 이제 레이는 익숙하다. 서로의 몸을 구석구석까지 아는 터라 자유자재로 조절이 된다. 지금 같은 경우는 길고 진한 만족감을 원했기 때문에 한 시간 반 동안 엉켜 있으면서 세 번을 폭발했다. 서동수의 움직임을 레이가 조종한 것이다. 아니, 신호를 보냈다고 해야 맞다.

"이번에는 길게요."

이런 신호는 몸을 부드럽고 천천히 흔드는 것으로 족하다.

"이제는 폭발하고 싶어요."

할 때는 강하고 바쁘게, 그러면서 가쁜 신음으로 대신한다. 서동수가 레이의 어깨를 당겨 안았으므로 몸이 붙여졌다.

레이는 자연스럽게 얼굴을 서동수의 가슴에 붙이면서 손으로 남성을 감싸 쥔다.

"레이, 내가 곧 중국 여자 한 명을 소개시켜 주마."

서동수가 말하자 레이가 얼굴을 들었다. 가슴에 턱을 받친 레이의 검은 눈동자가 보석처럼 반짝였다. 서동수가 다른 손을 뻗어 레이의 볼을 쓸었다. 레이가 더운 숨을 가슴에 품으면서 물었다.

"누군데요?"

"베이징대학 교수로 있어. 이혼녀인데 이번에 소개받았어."

"……."

"중국에 본부를 두고 있어서 중국 여자의 내조가 필요할 것 같다."

"그렇군요."

금방 알아들은 레이가 다시 볼을 서동수의 가슴에 붙였다.

"결혼하실 건가요?"

"그건 두고 봐야겠어."

"저한테 신경 쓰지 않으셔도 돼요, 보스."

서동수의 남성을 감싸 쥐면서 레이가 말을 이었다.

"소개시켜 주시지 않아도 된다고요."

"그 여자가 먼저 네 이야기를 했어."

몸을 비튼 서동수도 레이의 다리 사이에 손을 넣었다.

"네가 TV에서 인터뷰한 것도 다 보았다고 하더구나."

“그럼 저를 퍼스트로 쳐주는 건가요?”
“그런 셈인가?”
“인사를 받는 거예요?”
“받고 싶은 거냐?”
다시 몸에 열이 오른 서동수가 레이의 몸 위로 올랐다.
“보스, 내일도 시간 있어요.”
레이가 두 손바닥으로 서동수의 가슴을 부드럽게 밀었다.
“무리하지 마세요, 보스.”
“레이, 나 뜨거워졌다.”
“알아요.”
서동수의 단단해진 남성을 쥐었다 놓은 레이가 허리를 비틀었다.
“보스, 늦었어요. 미혜가 기다리고 있을지도 모르지 않아요?”
“레이, 별 걱정을 다 하는구나.”
“갑자기 그런 생각이 들었어요.”
상반신을 일으킨 레이가 서동수의 볼에 입을 맞추면서 말을 이었다.
“저라도 바쁜 보스 챙겨 드려야죠.”

칭다오에서 인천공항으로 동성 전용기가 날아가고 있다. 승무원을 제외한 탑승객은 다섯, 회장 서동수와 서울 본사 대표 박한재, 비서실장 유병선, 수행비서 민혜영과 최성갑이다. 서동수는 앞쪽의 회장 전용실에 앉아 있었는데 비행기는 이제 순항고도에 이르러 그냥 떠 있는 것처럼 날아가고 있다. 그때 문에서 노크 소리가 들리더니 유병선이 들어섰다.
“회장님, 공항에 차를 대기시킨다고 했습니다.”

서동수는 시선만 주었고 유병선의 말이 이어졌다.

"공항에서 바로 청와대로 들어가시게 되었습니다."

오후 4시 반이다. 오전 10시경에 서동수는 청와대 비서실장 양용식의 전화를 받은 것이다. 오늘 저녁에 대통령이 만나기를 바란다는 전갈이었다. 다시 머리만 끄덕이는 서동수에게 유병선이 서류를 건네주었다.

"특구개발 계획서와 참고로 동성의 영업 전망까지 가져왔습니다."

"대통령이 나를 왜 불렀을 것 같나?"

불쑥 서동수가 묻자 유병선의 눈동자가 흔들렸다. 서동수가 옆쪽 소파를 손으로 가리켜 앉으라는 시늉을 하고 말을 이었다.

"신의주특구의 현황을 알고 싶겠지. 하지만 그것뿐일까?"

서동수는 한국 국적이지만 본사를 중국에 둔 '동성'의 대표 자격으로 신의주특구에 진출했다. 더욱이 중국 정부의 공식 파트너였기 때문에 한국 정부는 간섭할 여지가 적은 것이다. 그래서 지금까지 한국 측에서 공식적으로 신의주특구에 대한 협의나 요청 사항이 없다. 조심하고 있는 것이다. 그때 소파에 앉은 유병선이 입을 열었다.

"이제, '동성'의 기반이 신의주특구에 다져진 상황이 되었으니까 부르셨을 것입니다. 회장님의 부담을 덜어 드리려고 그쪽에서 먼저 불렀을지도 모릅니다."

"그렇군."

"신의주특구의 주요사업 파트너는 중국과 한국입니다. 한국 기업의 투자를 유도하기 위해서는 공식 항구가 있어야 됩니다. 그것에 대해서도 말씀하시겠지요."

예상하고 있던 내용이었으므로 서동수가 머리만 끄덕였다. 그때 유병선이 심호흡을 하고 나서 물었다.

"회장님, 한국 소식은 다 듣고 계시지요?"

서동수는 천천히 머리를 끄덕였다. 지난번 기자회견에서 신의주특구 개발권을 발표한 후부터 서동수는 관심의 초점이 되었다. 수 주 동안 인터넷 검색 1위를 차지했으며 온갖 소문이 난무했다. 그 후로 서동수가 일절 언론에 모습을 드러내지 않는 것이 소문을 더 키웠다. 서동수가 신당을 창당하여 차기 대통령 후보로 나선다는 소문은 약과다. 중국 공산당원이 되어서 몇 년 후에 중국이 북한을 조선성으로 편입시키면 조선성 제1서기로 임명될 것이라고도 했다. 중국 정부가 암암리에 서동수에게 접근하는 기자들을 차단시키지 않았다면 사진도 수없이 돌아다녔을 것이다. 유병선이 말을 이었다.

"회장님은 자의반 타의반으로 뉴스의 핵이 되시면서 한국 국민들에게 희망을 심어주는 역할을 하고 계십니다. 이건 모두가 긍정하는 사실이죠."

"……."

"신의주특구가 무서운 속도로 개발이 진행되면서 남북화해, 남북통일의 분위기가 솟아오르고 있거든요."

과연 그렇다. 신의주특구 개발이 시작되면서 우연인지 북한은 한 번도 한국 측에 시비를 걸지 않았다. 서동수는 다시 머리만 끄덕였다. 연관은 있을 것이다.

오후 6시 반, 저녁식사 시간이었지만 대통령은 '밥'이야기는 꺼내지도 않았다. 더구나 장소는 청와대 집무실이다. 소파에 둘러앉은 면면은 대통령 한대성과 국무총리 조수만, 한국당 대표 임종규와 청와대

비서실장 양용식이다. 그야말로 당·정·청의 수뇌들이 다 모여 있었으므로 서동수는 긴장했다. 군더더기가 끼어 있지 않는 실세들이다. 이들이 '한국호'를 운전하고 있는 것이다. 인사를 마치고 얼굴에 띤 웃음이 지워졌을 때 대통령이 바로 본론을 꺼냈다.

"야당도 전폭적으로 호응할 테니까 신의주경제특구는 한국이 총력을 기울여 돕는다고 해도 과언이 아닐 겁니다."

서동수는 숨을 죽였고 대통령의 말이 이어졌다.

"특구에 투자하려는 한국 기업이 많아요. 신의주특구는 이미 절반은 성공한 셈입니다."

그렇다. 한국 기업은 중국계 '동성'과 컨소시엄을 형성한 상태로 진출하는 것이다. 가장 중요한 안전판이 만들어진 터라 이제 한국 기업들의 투자는 거침없이 추진되고 있다. 오히려 '동성' 측에서 선별하고 있는 상황이다. 대통령이 서동수를 보았다. 정색한 얼굴이다.

"서 회장님, 상황이 이렇게 발전될지 나도 예상하지 못했습니다."

서동수는 그냥 웃음만 띠었다. 저도 그렇습니다 하기에는 너무 엄숙한 분위기다. 대통령이 말을 이었다.

"중국 측이 어떤 계획을 갖고 있는지 모르지만 우리는 서 회장님을 믿고 있습니다. 그것뿐입니다."

서동수는 소리 죽여 숨을 뱉는다. 이 시점에서 중국의 계획을 분석한답시고 자료를 읽으면서 토론을 하는 것은 상상만 해도 우습다. 구의원 선거에도 수많은 변수가 등장하는 법이다. 신의주특구의 미래에 대해서는 대국(大局)만 보면 된다. 사소한 수(手)에 좌지우지하지 말고 멀리, 그것이 서동수의 생각이었다. 그런데 대통령의 의중도 비슷한 것 같다. 믿을 뿐이라니, 과연 대통령이다. 대통령이 말을 멈췄을 때 이번에는 조수만이 나섰다.

"정부는 전 행정력을 동원해서 신의주특구 발전을 지원할 겁니다."

3선 의원 출신의 조수만은 청문회 때 위장전입 문제로 야당 의원과 대판 싸운 전력이 있다. 자료를 흔들며 따지는 야당 의원을 향해 '넌 뭐가 떳떳하다고 지랄이냐!'고 소리친 것이 엄청난 파문을 일으켰다. 변덕이 죽 끓는 것 같은 여론이 조수만을 폭발적으로 지지한 것이다. 그만큼 다혈질이고 솔직한 성품의 조수만이다. 조수만이 말을 이었다.

"물론 중국 정부와 긴밀한 협조 체제를 형성해야겠지요. 그런데…."

말을 멈춘 조수만의 뒷말을 서동수가 이었다.

"행정청 부장관에 한국 측 인사를 기용할 것입니다. 그것은 제 권한이니까 한국 정부에서 추천해 주시지요."

"알겠습니다. 바로 맥을 짚으시는군요."

조수만의 얼굴이 금방 환해졌다. 50대 후반이지만 웃는 얼굴이 동안이다. 그때 한국당 대표 임종규가 웃음 띤 얼굴로 말했다.

"난 서 회장님을 한국당 차기 대선후보로 모시겠다는 말을 하려고 했는데 오늘은 안 되겠네요."

그러자 비서실장 양용식이 혀를 찼다.

"저 봐, 저 양반은 저런 식으로 할 소리는 다한다니까. 정치인은 왜 저러는지 몰라."

임종규가 바로 말을 받는다.

"그저 한국 사람들은 여의도만 벗어나면 정치인 욕을 해 쌓지. 하지만 한번 정치인은 죽을 때까지 정치인이야."

분위기가 좋아서 서동수는 활짝 웃었다.

방으로 들어선 박재은 회장이 웃음 띤 얼굴로 서동수를 보았다.

"만나서 반갑습니다."

또렷한 목소리, 75세, 백발이었지만 얼굴은 생기를 띠었고 허리도 곧다. 손을 내민 박재은이 말을 이었다.

"늦은 시간에 만나게 되었습니다."

"죄송합니다. 제가 늦게 도착해서요."

서동수가 두 손으로 박재은의 손을 쥐었다. 박재은이 누구인가? 한국 제1의 재벌그룹 회장, 한국 경제의 리더, 연매출이 한국 총생산량의 20퍼센트를 차지하며 고용인원이 30만 명인 광일그룹의 사주다. 서동수는 박재은과 악수를 할 기회가 오리라고는 꿈도 꾸지 못했다. 10년 전만 해도 동양전자의 팀장으로 동양전자 사장하고도 악수를 못해 본 서동수다. 순간이었지만 온갖 감회가 밀려오는 바람에 박재은과 동행한 광일그룹 기조실장 겸 사장인 유영수하고는 악수를 건성으로 나누었다. 잠시 후에 셋은 소파에 삼각으로 앉는다. 박재은을 상석으로 모시고 서동수와 유영수가 마주 보는 위치다. 오늘은 박재은의 요청으로 만나게 된 것이다. 그래서 청와대 회동이 끝난 후에 약속을 잡아 오후 9시가 되었다. 이곳은 시청 앞의 킹덤호텔 특실이어서 회의실과 응접실까지 딸려 있다. 응접실 안에 잠깐 정적이 덮였다가 박재은이 먼저 입을 열었다.

"신의주특구 위치가 좋습니다. 면적도 그만하면 넉넉하고."

박재은이 지그시 서동수를 보았다.

"특구 인력 공급은 어떻게 됩니까?"

"1년 안에 20만, 2년 안에 100만, 3년 안에 200만까지 합의했습니다."

놀란 듯 박재은이 시선을 주었고 서동수가 말을 이었다.

"그것은 노동자 숫자입니다. 2차 연도부터는 가족까지 영입할 계획이니까 그 숫자를 조정해야 됩니다."

"북한 측의 반응은 어떻습니까?"

박재은이 묻자 서동수가 쓴웃음을 지었다.

"중국 측의 이야기를 들었습니다만 적극적입니다."

"……."

"저는 지금까지 북한 측과 직접 협의하지 않았습니다. 중국 정부를 대리인으로 내세웠지요."

"그렇군요."

박재은의 시선이 유영수를 스치고 지나갔다. 그러자 유영수가 입을 열었다.

"광일그룹에서는 적극적으로 신의주특구 개발에 참여할 예정입니다. 그래서 제가 추진위원장에 임명되었습니다."

서동수는 심호흡을 했다. 광일그룹이 적극적으로 참여하면 국내 기업들은 제방이 터진 듯이 쏟아져 나올 것이다. 유영수의 말이 이어졌다.

"회장님께서는 신의주특구 개발이 대한민국에 봉사하는 마지막 기회라고 하셨습니다. 오늘은 그 말씀을 드리려고 직접 오셨습니다."

"감사합니다."

서동수가 앉은 채로 박재은을 향해 허리를 굽혀 절을 했다. 그때 박재은이 말했다. 어느덧 얼굴이 굳어져 있다.

"세상이 빨리 돌아가는 느낌을 받았습니다. 서 회장께서도 그렇게 느끼셨을 겁니다."

박재은이 똑바로 서동수를 보았다.

"요즘 서 회장께서는 계속해서 관심의 초점이 되고 계시는데 그 과정이 전혀 작위적인 것 같지가 않습니다."

갑자기 박재은이 빙그레 웃었으므로 서동수는 숨을 죽였다. 박재은이 한마디씩 분명하게 말을 이었다.

"사업도 운이 따르지요. 다 같은 조건이라면 운이 강한 사람이 이깁니다. 서 회장님은 운이 좋아요."

"여보세요?"

장치의 목소리가 울렸을 때 긴장으로 굳어졌던 서동수의 어깨가 스르르 내려갔다. 오후 10시 반. 베이징은 9시 반이다.

"나 지금 서울에 있는데요."

서동수가 소파에 등을 붙였다. 박재은 회장과 유영수 사장이 떠난 지 10분쯤 되었다. 그러나 박재은을 만났다는 흥분이 아직 가시지 않았다. 장치 생각이 난 것도 들떠 있기 때문일 것이다.

"어머. 그러세요?"

장치의 낭랑한 중국어는 마치 영롱한 방울소리 같다. 장치가 웃음 띤 목소리로 말을 잇는다.

"이 시간에 웬일? 갑자기 내 생각이 난 건가요?"

"맞아요. 보고 싶어서."

핸드폰을 고쳐 쥔 서동수가 물었다.

"지금 어딥니까?"

"베이징."

"내일 바쁩니까?"

"아뇨. 내일은 수업이 없는데."

그래 놓고 장치가 물었다.

"왜요?"

"그럼 여기로 오시죠. 여기서 나하고 만납시다."

장치는 입을 다물었고 서동수가 말을 이었다.

"서울을 떠나 고속도로를 달려 바닷가로 가보든지. 둘이서 말입니다."

"……."

"물론 장치 씨가 괜찮다면 바닷가에서 일박을 해도 좋고."

"……."

"둘이 술 한 잔 마시면서 이야기를 합시다. 그럼 서로를 더 잘 알게 될 테니까."

"갈게요."

장치가 맑고 또렷한 목소리로 말했다.

"내일 첫 비행기로 갈게요."

서동수는 천천히 숨을 들이켰다가 뱉었다. 장치는 서울에만 여러 번 다녀갔다고 했다. 관광 목적이 아니라 세미나 때문이었고 서울 밖으로 나가본 적이 없다는 것이다. 통화를 끝낸 서동수가 구내 전화기를 들고 버튼을 눌렀다. 옆방에 유병선과 비서실 직원들이 대기하고 있는 것이다. 유병선이 들어선 것은 2분도 되지 않았다. 청와대에 이어서 박재은 회장과의 회동에 참석은 못 했지만 유병선의 몸에서는 활기가 풍겨 나오고 있다.

"내일 오전에 장치 씨가 올 거야."

서동수가 말하자 유병선이 긴장한 표정으로 시선만 주었다.

"같이 동해안에 가기로 했으니까 준비해 놓도록. 강릉 근처에서 일

박할 거야."

"알겠습니다."

유병선이 대답부터 해 놓고 물었다.

"차로 가십니까?"

"내가 운전할 테니까."

비행기에 탑승하면 바로 눈에 띌 것이다.

이제 대한민국에서 서동수를 모르는 성인은 없다고 봐야 한다. 눈에 띄지 않으려면 사전대비가 필요한 것이다. 벌써부터 장치와의 접촉을 드러낼 수는 없다. 서동수가 지그시 유병선을 보았다. 유병선은 장치와의 만남을 아는 유일한 인물이다. 누가 소개시켜 준 것도 안다.

"유 실장 생각을 듣고 싶어. 장치 씨와의 결합을 어떻게 생각하나?"

결합이라고 표현한 것은 의도적이다. 정상적으로는 결혼이라고 했어야 된다. 그때 유병선이 똑바로 서동수를 보았다.

"한·중 결합의 의미가 되겠습니다."

서동수가 먼저 꺼낸 때문인지 유병선은 자연스럽게 결합이라고 했다.

"중국인과 한국인들에게 동성이 명실상부한 한·중 합작기업이라는 의식을 굳히게 될 것입니다."

말을 멈춘 유병선이 심호흡을 했다.

"서로 이용하고 이용당하는 것입니다, 회장님."

밤 11시 반이다. 명동의 중국대사관 별관에서 주한 중국대사관 참사관 후방춘(胡邦春)과 문화담당 영사 저우린(周林)이 술을 마시고 있다. 술은 한국산 소주, 안주는 새우깡이다. 후방춘은 조선에서 가까운 지린(吉林) 출신인데다 대학에서 역사를 공부한 터라 조선 문제에 해박했고 저우린은 김일성대에 유학을 다녀온 후에 평양 주재 중국대사관에서 근무를 한 한국통이다. 술잔을 든 저우린이 술기운으로 붉어진 얼굴을 들고 후방춘을 보았다.

"참사관님, 한국에서 서동수의 인기가 하늘을 찌르고 있습니다. 이 상태로만 나가면 서동수가 대권을 쥐게 될 겁니다."

저우린은 정보책임자다. 그가 모은 정보는 미 중앙정보국인 CIA나 일본첩보기관보다 질과 양적인 면에서 우위에 있다고 알려졌다. 저우린이 말을 이었다.

"오늘 서동수가 청와대에 들렀을 때 차기 대권 문제도 상의했을 가능성이 있습니다. 총리와 당 대표까지 모였으니까요."

한 모금에 술을 삼킨 저우린이 새우깡을 들고 말했다.

"한국당이 정권을 연장하려면 서동수를 잡는 것이 필승의 카드를 쥐는 겁니다."

새우깡을 씹고 난 저우린이 말을 이었다.

"놓칠 수가 없지요. 정권이 바뀌면 망하는 판이니까요."

"……."

"중국에 비하면 손바닥만 한 땅에서 서로 원수처럼 싸우는 것을 보면 가관입니다. 반면교사라고 그 꼴을 볼 때마다 우리 중화인민공화국 체제의 우월성을 느끼지요."

"……."

"신의주특구에 대해서 남북 양쪽이 제각기 동상이몽을 하고 있겠지만 결국 부처님 손바닥 위의 손오공 두 마리일 뿐입니다."

그러고는 이를 보이며 소리 없이 웃었다. 저우린은 서동수의 호텔

방에서 광일그룹 박재은 회장이 나온 것까지 보고한 것이다. 후방춘은 55세로 46세인 저우린보다 세상 물정을 많이 겪었다. 정보원은 눈앞의 정보에만 집중하면 된다. 대국(大局)을 읽을 필요는 없다. 따라서 후방춘은 저우린과 함께 있을 때는 주로 듣는 편이었다. 그때 저우린이 다시 말했다.

"참사관님, 우습지 않습니까? 서동수 같은 잡놈이 뜨고 있다는 사실이 말입니다."

그때 후방춘이 머리를 들었다. 얼굴에 옅게 웃음이 덮여 있다.

"그것이 한국의 장점이지. 두려운 점이기도 하고."

눈썹을 모은 저우린이 다음 말을 기다렸지만 후방춘은 잠자코 소주를 삼켰다. 그렇다. 중국 정부는 '동성' 이름으로 신의주경제특구에 중국과 한국의 투자를 유치하여 3국 간의 경제협력을 극대화시키며 동북아의 평화 기반을 조성한다. 이것이 아시아의 대국(大國)인 중국의 의도이다. 후방춘은 저우린을 보았다.

"조선성(朝鮮省) 이야기는 들었지?"

저우린의 얼굴에 쓴웃음이 번졌다. 지린성은 물론 동북 3성인 헤이룽장(黑龍江)성, 랴오닝(遼寧)성 주민들에게 진즉부터 퍼진 소문이다. 북조선이 곧 동북 4성 중의 하나로 편입될 것이라는 것이다. 후방춘이 말을 이었다.

"서동수는 물론 남북한 당국자들이 모두 앞을 내다보고 있다고 봐야 돼. 이 기회에 북조선을 조선성으로 편입시킬지도 모른다는 경계심을 품고 있다는 것을 말이야."

심호흡을 한 후방춘이 들고만 있던 새우깡을 던졌다.

"한 걸음 더 나아가서 남북한이 모두 중국 연방이 될 수도 있지."

그러고는 이제 이를 드러내고 소리 없이 웃었다.

"그런 꿈을 꾸는 사람도 있어. 분명히."

한국산 승용차 '번개'가 그야말로 번개처럼 달려가고 있다. 오후 2시, 운전석에 앉은 서동수가 장치와 함께 영동고속도로를 달려가고 있는 것이다. 서울을 떠난 지 한 시간쯤 되어 차는 방금 여주 휴게소를 지났다. 날씨는 화창했고 평일이라 길도 막히지 않는다. 백미러에 비서진과 경호원이 탄 차가 가끔 보였지만 신경 쓰이지는 않는다. 없는 듯이 경호하는 것이 그들의 임무였고 이제 이쪽도 부담을 받지 않는다.

"동쪽 끝까지 두 시간 반이면 닿는군요."

지도를 보던 장치가 혼잣소리처럼 말했으므로 서동수는 천천히 숨을 들이켰다가 뱉었다. 중국을 동서로 횡단하려면 사흘 가지고도 모자랄 것이다. 일일이 따지면 안 된다. 자격지심, 열등의식의 발로다. 서동수가 가속기에서 발을 뗐다.

"그렇죠, 전에는 네 시간쯤 걸렸는데 새 고속도로를 개통해서."

"갑자기 절 불러내신 이유라든가 동기가 있나요?"

슬쩍 화제를 바꾼 장치의 얼굴에 웃음기가 띠어져 있다. 아름답다. 선입견도 작용했겠지만 중국의 공주를 보는 것 같다. 품격이 있다. 서동수가 다시 가속기를 밟으면서 대답했다.

"어제 청와대에 들어가 대통령을 만났습니다. 국무총리, 여당 대표까지 다 있었지요."

장치는 앞쪽에 시선을 둔 채 잠자코 듣는다.

"특구에 전폭적인 지원을 하겠다는 말씀을 들었습니다. 그리고 밤에는 호텔에서 한국 제1의 대기업 광일그룹 박 회장을 만났지요."

"……."

"내가 장치 씨한테 전화를 한 것은 박 회장과의 면담이 끝난 후입니다. 들떠 있었죠."

"……."

"장치 씨는 날 소개 받을 때 어떤 생각이 들었습니까?"

그때 장치가 머리를 돌려 서동수를 보았다. 검은 눈동자가 반짝였고 살구색 루주를 바른 입술이 반들거렸다.

"정략결혼 생각이 나더군요. 옛날식으로 말하면 인질로 보내주는 공주랄까."

장치가 입술 끝만 올리고 웃었다.

"하지만 서 회장님에 대해서는 호감이 갔습니다. 전혀 거부감이 들지 않았어요."

휴게소 안내판이 보였으므로 서동수가 차선을 바꿨다. 문막이다. 장치의 말이 이어졌다.

"솔직히 말씀드려서 저에게 이야기해주신 분은 전혀 중·한 관계라든지 다른 이야기는 하지 않았습니다. 오직 남편감으로서의 서 회장님 소개만 해줬지요."

"……."

"하지만 주위에서는 그렇게 안 보겠지요, 중·한 결합이라고 생각할 것입니다."

서동수는 문막 휴게소 안으로 들어섰다. 차를 주차장 끝 쪽에 세운 서동수가 머리를 돌려 장치를 보았다.

"한국에 대해서 어떻게 생각합니까?"

그 순간 장치가 이를 드러내고 소리 없이 웃었다.

"내가 배운 역사관이 우리 둘의 관계에 영향을 끼칠 수 있을까요?"

말문이 막힌 서동수가 눈만 껌벅였을 때 장치가 손을 뻗어 아직 핸들 위에 있는 서동수의 손등을 덮었다.

"한국의 고구려 역사, 중국의 동북공정, 그런 것들 말이에요."

장치의 손바닥은 따뜻했고 촉감이 부드러웠다. 서동수가 장치의 손등을 보았다. 모양이 좋았지만 힘이 느껴지는 손이다. 서동수의 시선을 받은 손가락이 별개의 생명체처럼 꿈틀거렸다. 그때 장치가 한 마디씩 분명하게 말했다.

"날 당신의 여자로 만들어 보세요."

"아름답네요."

베란다에서 바다를 보던 장치가 탄성과 함께 말을 이었다.

"바다가 불꽃 축제를 하는 것 같아요."

속초 앞바다에 오징어잡이 배가 서너 척 떠 있는 것이다. 이럴 줄 알았다면 오징어잡이 배를 100척 정도 전세 내어 바다에 띄울 걸 그랬다는 생각이 들 정도로 서동수는 감동하고 있다. 오후 8시 반, 룸서비스로 저녁을 마치고 이제는 베란다에 술과 안주를 펼쳐 놓은 둘이 밤바다를 보고 있다. 속초 근처의 한국호텔에 도착했을 때는 오후 4시, 장치는 호텔방에 들어섰을 때도 전혀 어색해 하지 않았다. 엘리베이터에서 내려 방까지 갈 때는 서동수의 팔까지 끼었다. 스위트룸이어서 활동 공간이 넓었기 때문에 옷을 갈아입고 샤워를 하는 데도 부담이 적었겠지만 룸서비스 주문은 장치가 다 할 정도였다. 지금 장치는 흰색 면바지에 엷은 하늘색 반팔 티셔츠를 걸쳤다. 의자에 등을 붙인 장치가 바다를 향한 채로 말했다.

"난 어렸을 때부터 정치인들의 얼굴을 익히면서 자랐죠. 정치인이란 당 고위층, 원로들을 말합니다."

장치의 조부(祖父)는 부총리를 지냈고 부친은 산시성 서기였다. 이른바 태자당에 속한다. 서동수가 따라준 위스키 잔을 쥔 장치가 말을 이었다.

"날 귀여워해줬던 아저씨들이 지금도 도처에 널려 있죠."

장치는 입을 다물었다. 결론은 서동수가 추리해보라는 표시였다. 서동수는 들고 있던 위스키를 한 모금에 삼켰다. 장치와 결합함으로써 서동수는 신분상승의 효과를 받을 것이었다. 장치의 인연을 이용할 수 있기 때문이다. 이것이 바로 인간사며 사업이다. 인연을 이용하지 않는 사업은 없다. 그러나 모든 일에는 음양이 있는 것이다.

"그 남자, 진짜 3분이었어요?"

불쑥 서동수가 묻자 장치는 눈웃음을 쳤다. 눈이 초승달 모양이 되었고 입술 끝이 위로 솟았다. 서동수가 다시 물었다.

"전화 받았을 때가 5분?"

그때 장치가 입을 딱 벌리고 웃음을 터뜨렸다. 맑고 분명한 소리, 베란다에 장치의 웃음소리가 울렸다.

"우월감이 느껴져요?"

장치가 되물었으므로 서동수는 머리를 끄덕였다.

"당연히."

"그 말씀을 듣고 문득 떠오른 생각이 있어요. 나한테도 문제가 있지 않을까 하는 생각요."

"겸손하시구먼."

어깨를 부풀렸다가 내린 서동수가 지그시 장치를 바라보았다.

"실례지만 겪었던 남자들이 대부분 3분이었습니까?"

"대부분이라고 하시니 누가 들으면 수백 명인 줄 알겠네요."

"실례. 그저 복수형이라고 해둡시다."

"그래요."

"뭐가 그렇다는 겁니까?"

"만난 남자들이……."

"모두 3분?"

"글쎄 모두가 아니라……."

"도대체 몇 명이신데?"

"말 못해요."

했다가 장치의 눈동자가 흔들리더니 말을 이었다.

"일곱 명."

서동수는 숨을 들이켰다. 다만 일곱 명이라니. 국보를 발견한 느낌이다. 그때 장치가 눈을 흘기며 말했다.

"아유, 싫어. 이런 이야기."

대통령도 밥 먹을 때 씹는 소리를 내고 설사도 한다는 것을 잊을 때가 많다.

"마침내 같이 자는군요."

서동수의 옆에 누우면서 장치가 말했다. 밤 10시 반, 위스키 반병을 둘이서 마신 터라 서동수는 술기운도 느껴지지 않았다. 그러나 장치는 얼굴이 상기되었고 숨결에 향기가 맡아진다. 경이로운 점은 아름다운 여자와 첫 경험을 갖게 될 적에 어김없이 여자의 숨결에서 꽃향기가 말아진다는 것이다. 서동수는 팔을 벌려 장치의 어깨를 감아 안았다. 장치는 여전히 바지에 반팔 셔츠 차림이다. 어깨를 당겼더니 장치가 안겨 오면서 물었다.

"불 끄지 않을 건가요?"

"당신은?"

"보고 싶어요."

그 순간 서동수가 풀썩 웃었다. 꼬박꼬박 말을 내놓고 대답하는 행태는 긴장했기 때문이다. 수백 번 접전을 치른 터라 말도 안 되는 소리를 계속하는 부류도 겪은 서동수다. 서동수가 장치의 이마에 입술을 붙였다가 떼면서 말했다.

"어차피 달아오르면 눈앞이 보이지 않을 텐데."

"그래도 밝은 것이 나아요."

그 순간 서동수의 입술이 장치의 입을 덮었다. 장치가 입을 벌려 받아들인다는 시늉을 했지만 너무 쩍 벌렸다. 그래서 서동수의 윗입술을 물어뜯는 모양이 되었다. 입을 뗀 서동수가 아예 장치의 입술 위를 눌렀다.

"가만있어요, 장치."

"알았어요."

"꼬박꼬박 말대답하지 말고."

"네."

서동수가 장치의 혀를 빨아들였기 때문에 겨우 말이 끊겼다. 첫 키스다. 예상했던 대로 장치는 서툴렀고 서둘렀다. 말솜씨의 1할만 되어도 좋으련만 터무니없이 입을 벌린 바람에 괴상한 신음이 터지기도 했다. 그러나 서동수는 서둘지 않고 끈질기게 입을 애무했다. 입은 인간의 문(門)이다. 눈이 창문이라면 입은 들락거리는 대문 같은 존재다. 이윽고 장치의 입술 놀림이, 혀가 서동수와 함께 움직이기 시작했다. 리듬이 맞는 것이다. 눕히면 눕고 비틀면 비틀렸으며 벌리면 들어간다. 입술이 부딪치는 사이에 서동수의 두 손은 쉬지 않았다. 바지 후크를 따고 지퍼를 내렸으며 아래로 벗겨 내리는 동안 장치는 입술에서 전해지는 쾌락에 빠져들어 꿈틀대면서 호응했다.

"아유, 좋아요."

입술이 겨우 떼어졌을 때 장치가 비명 같은 탄성을 뱉는다. 낭랑한 중국어가 방 안을 울렸고 그것이 새로운 자극으로 서동수를 덮어씌웠다. 상반신을 세운 서동수가 장치의 셔츠를 위로 벗겨 냈다. 흰색 브래지어에 싸인 장치의 젖가슴은 풍만했다. 브래지어 후크를 풀고 가슴에서 떼어 내자 곧 젖가슴이 드러났다. 단단하고 보기 좋은 가슴이다. 콩알만 한 젖꼭지는 이미 단단하게 세워져서 건드리면 떨어질 것 같다. 그때 서동수는 가운을 벗어던졌다. 그러자 금방 알몸이 드러났다.

"허니."

장치가 그렇게 부르면서 두 팔을 벌렸으므로 서동수의 얼굴에 웃음이 떠올랐다. 장치의 눈동자에는 초점이 잡혀 있지 않았기 때문이다. 이런 눈에는 그저 윤곽만 보일 뿐이다. 서동수는 다시 장치의 몸 위에 엎드렸다. 이제는 젖가슴을 한입에 넣고 혀로 젖꼭지를 굴리기 시작했다. 장치의 입에서 노랫소리 같은 탄성이 울려 나오기 시작했다. 손을 뻗어 장치의 팬티를 벗겨낸 서동수가 숨을 들이켰다. 장치의 팬티는 이미 흠뻑 젖어 있었기 때문이다. 그때 장치가 허덕이며 말했다.

"허니, 이제 해줘요. 빨리."

그러나 서동수의 입술은 아래로 내려갔다.

머릿속이 하얗게 변한 것 같다. 뇌가 빠져나간 것처럼 빈 느낌이 든다. 장치의 탄성이 멀리서 울리고 있다. 그러나 엉킨 사지는 쉴 새 없이 꿈틀거리면서 감촉이 전해져온다. 뜨겁다. 그리고 습기로 가득 차 있다. 이윽고 다시 장치가 폭발했다. 땀에 젖은 몸을 비틀면서 숨이 넘어갈 것 같은 비명이 터진다. 그렇다. 비명이다. 장치가 하반신을 치켜들며 모든 것을 받겠다는 몸짓을 한 순간 서동수도 터뜨렸다. 마침내 하나로 융해되어 솟아올랐다. 서동수의 입에서도 굵은 신음이 뱉어졌다. 이제 장치는 온몸을 빈틈없이 밀착시킨 채 거친 호흡 사이로 신음을 이어가고 있다. 서동수는 장치의 몸을 안은 채 한쪽 귀를 입안에 넣었다. 뜨거운 숨결이 장치의 귓속으로 쏟아져 들어가고 있다. 그렇게 둘은 한 덩이가 되어서 녹았다.

"허니."

장치가 불렀을 때는 10분쯤이나 지난 후였다. 땀이 밴 등에 찬 기운이 느껴질 때다. 그때야 몸을 뗀 서동수가 옆으로 굴러 떨어지자 장치는 곧 몸을 틀어 안겼다. 다리 한쪽이 서동수의 몸 위로 걸쳐지면서 빈틈을 줄인다. 서동수의 가슴에 얼굴을 붙인 장치가 말했다.

"정말이야, 나, 섹스가 이렇게 황홀할 줄은 상상해본 적도 없어. 겪어보지 못 했거든."

서동수는 쓴웃음만 지었고 장치가 말을 이었다.

"나한테 성의 쾌락을 처음 느끼게 해준 거야, 당신이."

"이제 그만."

서동수가 장치의 어깨를 당겨 안으면서 말했다.

"그렇게 말하지 않아도 알아."

"참을 수가 없어서 그래."

장치가 서동수의 가슴에 얼굴을 비볐다.

"행복해, 허니."

장치를 안은 채 서동수가 천장을 보았다. 베란다 문을 반쯤 열어놓아서 바닷바람이 밀려 들어와 커튼이 출렁거렸다. 비린 바다 냄새가 맡아졌다. 밤 12시가 되어가고 있다.

"허니, 부담 느끼지 마."

장치가 서동수의 가슴을 손가락으로 문지르면서 다시 말을 이었다.

"우리, 이렇게만 만나도 돼. 결혼 따위는 서둘 것 없어."

머리를 든 서동수가 장치를 보았다.

"장치, 현실적으로 난 당신이 필요해. 그리고 부담을 갖지 않는 남녀 관계란 없어."

한마디씩 분명하게 말한 서동수가 장치의 어깨를 당겨 안았다.

"이렇게 한 계단씩 알아 나가는 거야. 미리 자르지 않아도 돼."

"점점 당신이 좋아지고 있어."

"사업도 그렇게 하는 거야."

서동수가 머리를 들고 장치의 이마에 입술을 붙였다가 떼었다.

"서로 주고받으면서 신용을 쌓아가는 것이지."

"결혼도 비즈니스처럼 말하네."

웃음 띤 얼굴로 장치가 말하더니 손을 뻗어 서동수의 남성을 쥐었다. 그 순간 놀란 장치가 숨을 들이켰다.

"또 성났어."

"또 주고 싶은가 보다."

서동수의 손이 장치의 허벅지 사이를 쓸어 올렸다.

"존중해줄게, 장치."

"난 당신을 존경해."

"섹스의 쾌락을 느끼게 해줘서?"

장치의 몸을 눕힌 서동수가 위로 오르면서 웃었다. 놀란 장치가 두 손으로 서동수의 어깨를 쥐었지만 밀지는 않는다.

"허니, 또?"

장치의 얼굴이 벌써 상기되었다.

중국에 본부를 둔 다국적기업 동성이 신의주경제특구의 주도(主導) 기업이 됨과 동시에 동성의 사주(社主) 서동수가 행정장관으로 임명된 것은 다분히 정략적 결정이다. 북한 측으로서는 동성의 사주가 한국인 서동수라는 것이 중요했으며 서동수를 매개로 한국기업의 투자가 쏟아지기를 기대했을 것이다. 중국 측은 중국기업 동성을 내세워 남북한 양국의 '조정자' 역할이 굳어지는 계기가 될 것이었다. 장치를 서동수의 옆에 붙여 주는 것은 중국화(中國化)시키려는 중국식 선의(善意)다. 한국 입장은 또 어떤가? 한국인 서동수가 중국을 등에 업고 북한 경제특구 행정장관이 된 것은 이이제이(以夷制夷), 즉 오랑캐로 오랑캐를 제어하는 경우라고 생각할 수도 있다. 즉 3국(國)이 제각기 윈윈의 상황이 될 수도 있는 것이다. 그래서 서동수는 서둘지 않고 대리인인 동성 사장 왕창귀를 시켜 신의주특구 사업을 맡겼다. 왕창귀는 관리 출신의 경영전문가로 중국 정부와 호흡이 잘 맞을 수밖에 없다. 특구 행정장관에 임명된 지 3개월이 되었지만 서동수는 신의주에 가보지도 않았다. 임명장도 왕창귀가 대신 받았고 북한 측 요인들도 만난 적이 없는 것이다. 그러나 사업은 급속도로 진행이 되고 있다. 한국에서 광일그룹이 선두에 서자 순식간에 투자단이 결정되었고 지난달부터 공장 건설이 시작되었다. 지난 2002년 북한이 네덜란드 출신인 중국계 사업가 양빈을 행정장관으로 임명한 적이 있다. 그런데 양빈은 장관이 되자마자 여러 가지 범법 사실로 중국 정부에 체포되는 황당한 사건이 벌어졌고 특구 개발은 유야무야된 것이다. 그러나 지금은 다르다. 오후 3시 반, 청양의 동성 본사 회장실에 네 사내가 둘러앉아 있다. 서동수와 동성 사장 겸 특구 사업본부장 왕창귀 그리고 비서실장 유병선과 오늘 처음 회장실에 들어온 사내, 문영규다. 서동수가 문영규에게 말했다.

"이 속도로 가면 올해 안에 신의주특구는 개성공단의 3배 규모가 됩니다."

내일 서동수는 방에 모인 셋과 함께 신의주에 가는 것이다. 신의주 경제특구 담당은 특구담당비서 겸 북한 내각 부총리인 정오석이다. 북한은 지금까지 여러 통로를 통해 한국과 접촉을 해왔지만 신의주특구는 내각 부총리 정오석을 신설된 특구담당비서로 겸임하게 하여 창구를 일원화시켰다. 그때 유병선이 말했다.

"이번 조직만 확정이 되면 특구의 행정 절차까지 마무리가 됩니다, 회장님."

유병선은 여전히 서동수를 회장으로 부른다. 특구 장관보다 회장이 상위에 있다는 시위 같기도 하다. 머리를 끄덕인 서동수의 시선이 문영규와 왕창귀를 스치고 지나갔다. 서동수는 특구 행정청 장관 휘하에 부장관 둘을 조직한 것이다. 그중 하나는 북한 측에서 선임한 최봉수이고 하나가 바로 문영규다. 문영규는 행정청에서 사업총괄을 맡으며 최봉수는 인력과 관리 책임이다. 그러나 아직 문제가 남아 있다. 북한 측이 행정청 사업본부장 왕창귀는 추인했지만 문영규의 승인은 보류시키고 있는 것이다. 서동수가 입을 열었다.

"특구가 정상적으로 운영이 되려면 한국 측 부장관도 받아들여야지."

그래야 균형이 맞는 것이다. 서동수의 동성은 중국계 기업으로 치지만 정확하게 표현하면 세계적 기업이다. 따라서 균형을 맞추려면 남북한의 부장관 둘이 각각 대외, 인력관리 등을 분담하고 중국인 총괄 사업본부장이 투자기업들을 균형 있게 관리하는 것이다. 서동수가 말을 이었다.

"그러고 보니 나도 특구담당비서를 처음 만나는 셈이군."

특구담당비서 정오석은 50대 중반쯤으로 보였지만 실제 나이는 65세다. 전연(前緣)지대로 불리는 휴전선의 북한군 제2군단장을 지낸 상장 출신으로 지금은 떠오르는 실세다. 방으로 들어선 서동수를 보더니 정오석이 자리에서 일어섰다. 이곳은 신의주경제특구의 북한 측 관리자 사무실. 아직 청사가 공사 중이어서 남북한은 따로 가건물을 짓고 업무를 본다.

"어서 오십시오."

자리에서 일어선 정오석이 웃음 띤 얼굴로 서동수를 맞는다. 서동수는 문영규, 유병선과 동행이었고 정오석은 북측 부장관인 최봉수와 함께였다. 각각 인사를 마치고 테이블에 둘러앉았을 때 정오석이 지그시 서동수를 보았다.

"그동안 중국 고위층을 수족처럼 부리시더니 이제야 뵙게 되는군요."

"죄송합니다."

웃어야 했지만 서동수가 정색하고 말을 이었다.

"사업에 바빴습니다. 이곳 일은 왕창궈 본부장한테서 수시로 보고받고 있었습니다."

이곳 일이 아니더라도 할 일이 많다는 말이었으므로 유병선이 긴장했다.

"그렇군요."

그러나 정오석은 웃음 띤 얼굴로 머리를 끄덕였다.

"이제 북남의 경제협력과 평화공존은 우리들한테 달려 있습니다. 잘 해나갑시다."

"감사합니다."

심호흡을 한 서동수가 정오석을 보았다.

"제가 한국 측 부장관으로 추천한 문영규 씨 하고 같이 왔습니다. 제가 임명한 부장관을 인정해 주시겠지요?"

"문 선생은 통일부 국장을 지내셨더군요."

정오석의 시선이 문영규를 스치고 지나갔다. 어느덧 얼굴에 웃음기가 가셔 있다.

"거기에다 대북 강경파에 속하시고, 그렇지 않습니까?"

"그것이 무슨 관계가 있습니까?"

서동수도 정색했다.

"한국에서는 문 선생 같은 분이 정상입니다, 비서님."

"승인할 수 없습니다."

"그럼 제가 장관 그만두지요."

바로 말한 서동수가 조금 전의 정오석처럼 지그시 시선을 주었다.

"오늘 중으로 결정해 주시지요. 부장관부터 결정하고 다른 안건을 이야기하겠습니다."

그 순간 정오석이 심호흡을 했지만 얼굴이 누렇게 굳어졌고 입술 끝이 눈에 띄게 떨렸다. 어금니를 문 듯 볼의 근육도 튀어나와 있다.

"그럼 저는 한국관에 가서 기다리겠습니다, 비서님."

자리에서 일어선 서동수가 머리를 숙여 인사를 하자 그때서야 정오석이 자리에서 일어섰다. 서동수의 시선이 꾸물거리며 따라 일어서는 최봉수에게로 옮겨졌다. 50대 중반쯤으로 보이는 최봉수는 말쑥한 양복 차림에 건장한 체격이다. 최봉수에게서 시선을 뗀 서동수가 정오석을 보았다.

"여기 계신 최 선생은 현역 소장으로 4군단 참모장을 지내시다가 여기로 오셨더군요."

정오석은 시선만 주었고 서동수의 말이 이어졌다.

"이 기회에 말씀드리는데 행정청 부장관부터 요원 인사는 내가 하지 않으면 장관 그만둡니다. 아울러서 '동성'도 철수할 것입니다."

그러고는 서동수가 몸을 돌리자 유병선과 문영규가 뒤를 따른다. 방을 나온 서동수의 옆으로 문영규가 따라붙었다. 그러고는 떨리는 목소리로 말했다.

"잘 하셨습니다. 체증이 팍 뚫린 것 같습니다, 장관님."

문영규는 장관이라고 부른다.

정오석이 한국 측 사무실로 찾아왔을 때는 오후 4시 반이 되어갈 무렵이다. 서동수가 북한 관리자 사무실을 나온 지 두 시간이 지난 후였다. 이번에는 서동수 일행 셋이 방으로 들어서는 정오석과 최봉수를 맞았다. 사무실 구조도 비슷해서 다섯은 테이블을 사이에 두고 아까와 같은 배열로 앉았다. 이제는 간단한 목례만 나누고 나서 먼저 정오석이 입을 열었다. 차분한 표정이다.

"말씀드리겠습니다. 문영규 부장관의 임명권은 장관께 있습니다."

서동수에게 시선을 준 채로 정오석이 말을 이었다.

"내가 잘못 판단했습니다. 이런 일로 대업을 그르치면 안 된다고 믿습니다."

입안의 침을 삼킨 서동수가 숨을 골랐다. 예상하지 못 했기 때문이다. 양보를 한다고 해도 조건이 있을 줄 알았다. 그런데 이것은 무조건 승복이다. 이런 예가 있었던가? 그때 정오석이 말을 이었다.

"앞으로 행정청 인사는 우리가 전혀 관여하지 않겠습니다. 다만 여기 있는 최 동무하고 상의해 주시기를 부탁합니다."

"제가 죄송합니다."

마침내 서동수가 앉은 채로 머리를 깊게 숙였다. 바로 이것이 져주고 이기는 것이다. 서동수는 정오석에게 감동을 받았다. 설령 이것이 연출이라고 해도 그렇다. 어디 이런 연출이 쉬운가?

"제가 경솔하게 처신했습니다. 용서해주십시오."

"아니요, 당연한 일이었습니다."

쓴웃음을 지은 정오석의 시선이 문영규와 유병선까지 스치고 지나갔다. 정오석이 둘을 향해서도 머리를 숙였다.

"아까는 실례했습니다. 앞으로 잘 부탁합니다."

당황한 둘이 답례를 했을 때 최봉수가 서동수를 보았다. 정색한 얼굴이다.

"장관동지, 그럼 저를 인정해주시는 것입니까?"

어색해진 서동수가 쓴웃음만 지었을 때 정오석이 이맛살을 찌푸렸다.

"이 사람아, 그렇게 물으면 되나? 승인해 주십시오, 해야지. 시비 거는 것처럼 들리지 않는가?"

그때 서동수가 서둘러 말했다.

"승인합니다."

정오석이 짧게 웃었고 유병선이 웃으려다가 얼른 그쳤다.

"그렇습니다. 주도권은 남조선 측이 쥐어야 되지요."

생수병을 쥔 정오석이 말했으므로 모두의 시선이 모여졌다. 정오석이 차분한 표정으로 말을 이었다.

"중국이 중개를 해서 이렇게 신의주특구가 개발되기 시작했지만 결국은 북남의 인력과 자본이 투입되는 것이 아니겠습니까? 재주는 곰이 부리고 돈은 누가 먹는 꼴이 되어서는 안 되겠지요."

그때 서동수는 옆에 앉은 문영규의 입에서 소리 죽인 숨소리가 뱉어지는 것을 들었다. 길다. 서동수도 따라서 심호흡을 했다. 그 누구는 중국인이다. 정오석의 시선이 다시 서동수에게로 옮겨졌다.

"앞으로 이런 방식으로 추진해 나가십시다. 쉴 새 없이 갈등은 일어나더라도 특구개발은 중단되지 않는 것입니다."

정오석의 두 눈이 번들거렸으므로 서동수는 숨을 죽였다.

"이번 일도 크게 다투고 마침내 부장관을 임명한 것으로 하십시다."

"알겠습니다."

서동수가 머리를 끄덕이며 대답했다.

"적극적으로 협조하겠습니다."

한쪽만 이득을 볼 수는 없는 법이다. 서동수는 문득 중국 측도 이런 경우를 예상하고 있으리라는 생각을 했다. 그들도 바보가 아니다.

"희망이 보인다."

신의주경제특구를 나오면서 서동수가 유병선에게 말했다. 밝은 표정이다. 둘은 승용차의 뒷좌석에 나란히 앉아 있다. 오후 5시 반, 문영규와 왕창궈는 특구에 남아 있다.

"남북한 화해, 통일에 대한 희망 말이야."

유병선이 시선만 주었으므로 서동수의 말이 이어졌다.

"이렇게 양보와 타협이 이뤄진다면 가능성이 있지 않겠어?"

그때 유병선이 입을 열었다.

"아직 시작단계일 뿐입니다, 회장님."

"시작이 좋아. 안 그래?"

"일단 투자가 되면 입장이 달라질 수도 있습니다, 회장님."

"그땐 이미 수십만이 쌀밥과 고깃국에 익숙해져 있을 거야. 우리를 쫓아내고 공장만 갖고는 사업을 못 해."

"그것까지 계산하셨습니까?"

"당연히."

유병선의 시선이 앞쪽 운전사와 수행 비서를 스치고 지나갔다.

"우리가 얻는 몫이 적습니다, 회장님."

"알아."

"일이 잘못되면 가장 큰 피해를 입는 곳이 동성입니다, 회장님."

"알아."

"제가 회장님을 잘 압니다."

힐끗 서동수에게 시선을 주었다가 뗀 유병선이 길게 숨을 뱉었다. 차는 이제 중국령을 달리고 있다. 행정장관이 탄 차를 알아본 중국 국경검문소에서 세우지도 않고 통과시켰기 때문이다. 다시 유병선의 말이 이어졌다.

"회장님께서 정치적인 꿈이 없으시다면 지금의 특구 투자는 모험입니다."

이제는 서동수가 입을 다물었고 유병선의 목소리가 낮아졌다.

"그래서 말씀드리는 것입니다. 회장님께선 다른 곳에서 몇 배의 이득을 올릴 수 있는데도 이쪽에 투자하고 계십니다."

"이제는 그럴 때도 되었어."

모호하게 말한 서동수가 등받이에 몸을 붙이더니 눈을 감았으므로 유병선은 입을 다물었다. 그렇다. 비서실장 유병선은 심복(心腹)이다. 즉 뱃속에 들어가 마음을 읽는 관계인 것이다. 서동수가 정치에 뜻이 없다는 것을 아는 유병선은 특구에 대한 투자가 무리라고 한다. 이윽고 서동수가 다시 눈을 떴을 때는 10분쯤이나 지난 후였다. 서동수가 맑아진 눈으로 유병선을 보았다.

"설령 손해를 보더라도 이만한 명분이 어디 쉽게 얻어지겠냐? 오히려 영광이지."

서동수의 얼굴에 웃음이 떠올랐다.

"나에게 기업은 이런 때 나서라고 필요했던 거야. 미련도, 불만도 없어."

"……."

"내가 죽을 때 기업체, 재산 다 갖고 가는 것도 아니지 않나? 이런 좋은 기회가 어디 있어? 오히려 고맙게 여겨야지."

"……."

"자네한테 동성 주식 좀 떼어줄게. 그것만 가지고도 평생 비행기 1등석 타고 다니면서 살 거야."

"회장님."

얼굴을 굳힌 유병선이 불렀지만 서동수가 말을 이었다.

"물이 흘러 내려가는 것처럼 사는 거야. 물이 제방에서 멈췄다가 넘치면 어쩔 수 없이 쏟아져 내려가겠지. 내 인생도 그렇게 되겠지."

그러고는 다시 서동수가 의자에 등을 붙였을 때 유병선이 천천히 머리를 끄덕이며 말했다.

"명심하겠습니다, 회장님."

서동수는 대답하지 않았지만 유병선의 목소리에 열기가 더해졌다.

"오직 현실에 충실하고 내일은 운명에 맡기라는 말씀이셨습니다."

"장관은 밥 안 먹고 화장실 안 가냐?"

서동수가 소리치듯 말했더니 우명호는 얼떨떨한 것 같았다. 얼른 말대답도 하지 않는다. 오후 4시, 칭다오로 돌아온 서동수가 문득 우명호에게 연락을 한 것이다. 신의주특구에서 돌아온 다음 날이다.

"야, 너, 도대체…."

더듬거리면서 우명호가 입을 열었을 때 서동수가 쏟아붓듯 말했다.

"야 인마, 너 요즘 잘 가는 데가 어디야? 메이는 안 죽었냐? 세탁소 이층은 아직도 영업해? 어때?"

"아이고, 이 새끼."

그때야 여유를 찾은 듯 우명호의 목소리에 웃음기가 섞였다. 우명호하고는 만난 지가 2년도 넘는다. 그동안 가끔 통화는 했지만 서동수가 영웅캠프 소동이 일어날 때부터 연락도 끊겼다. 서동수는 정신이 없었지만 우명호는 생각이 났어도 안 했을 것이다. 그것이 우명호의 성격이다. 친구가 갑자기 출세했을 때 친구들은 두 종류로 나뉜다. 일이 있어도 연락을 안 하는 축과 없는 일을 만들어서 연락을 하는 친구다. 우명호는 전자(前者)에 속했는데 지금까지 연락은 대부분 서동수가 했고 오늘도 그렇다.

"야, 재벌이 나하고 같이 놀 수가 있냐? 너 인마 놀다가 탈난다."

하면서 우명호가 으름장을 놓자 서동수는 소리 내어 웃었다.

"야, 내가 한잔 살 테니까 네가 잘 가는 데 말해. 그렇지, 내 얼굴 팔리지 않는 곳이 낫겠다."

"이 자식이 미친 거야? 급한 거야?"

"둘 다야."

"내가 요즘 개발해 놓은 데가 하나 있기는 한데…."

"그 집을 통째로 살 수도 있어. 내가 네 앞에서 잘난 척 안 하면 누구 앞에서 하겠냐?"

"이 자식이 진짜 미쳤네."

우명호의 목소리에 활기가 띠었다.

"신의주특구 장관하고 어디, 오입 한번 해볼까?"

"좋아. 몇 시에 만날까?"

이렇게 우명호와 약속을 한 서동수가 길게 숨을 뱉고 나서 핸드폰을 소파 위로 던졌다. 우명호는 다니던 은행에 사직서를 내고 중국계 은행의 한국담당 임원으로 채용이 됐다. 순 제 실력으로 붙었기 때문에 성공사례가 될 만했다. 그리고 오후 7시가 됐을 때 서동수는 칭다오 시내 중심부에 위치한 중식당 '산서'에 들어섰다. 종업원에게 우명호를 찾았더니 붉은색 양탄자가 깔린 복도 안쪽의 방으로 안내했는데 오가는 여종업원이 눈이 번쩍 뜨일 만한 미녀들이다. 식당 겸 룸살롱 같다. 안내된 방으로 들어서자 기다리고 있던 우명호가 반색을 하며 일어섰다.

“야, 재벌, 아니, 장관 각하, 도대체 웬일이냐? 나하고 술 먹자니? 나 특구 재무책임자로 취직시켜 줄래?”

들떠 떠드는 우명호를 보자 서동수의 분위기도 밝아졌다.

“거기 가면 인마, 이런 데 없어. 넌 일주일도 못 견디고 도망 나올 거야.”

“호텔하고 카지노 세우고 있다면서? 그럼 룸살롱도 당연히 따라가는 것 아냐?”

“일 년쯤 기다려야 돼.”

“아이고. 일 년은 못 참겠다.”

원탁에 앉은 둘이 이야기를 나누는 사이에 마담으로 보이는 여자가 아가씨 둘을 데리고 들어섰다. 둘 다 붉은색 제복을 입었는데 어깨와 허리, 엉덩이의 선이 그대로 드러났다. 마치 살아 있는 붉은색 인어를 보는 것 같다. 화장기가 없는 얼굴은 그림으로 그린 것처럼 곱다. 그때 우명호가 말했다.

“어때? 너도 이런 미인 보기 힘들 거다.”

서동수의 옆에 앉은 아가씨는 숏커트한 머리에 눈매가 또렷했고 입술 끝이 야무졌다. 미소 띤 얼굴로 살그머니 옆에 붙어 앉더니 맑고 높은 목소리로 제 소개를 했다.

“소냐라고 합니다.”

서동수가 아가씨의 어깨를 당겨 안았다. 어깨의 탄력이 기분 좋게 느껴졌고 끌려들어 안기는 감촉도 적당했다. 향내가 맡아졌는데 향수와 화장품 냄새가 은근했다. 서동수가 유창한 중국어로 물었다.

“소냐라니? 외국 이름이구나.”

"네, 아버지가 러시아인이거든요."

"그렇구나."

장난기가 발동한 서동수가 지그시 소냐의 옆얼굴을 보았다.

"난 아버지가 미국인인데 우리 둘이 아이를 낳으면 4개국 혼혈이 생기겠다."

소냐가 머리를 돌려 서동수를 보았다. 검은 눈동자에 서동수의 얼굴이 박혀 있다. 엷게 루주를 칠한 입술이 바로 앞에서 기다리고 있었으므로 서동수는 숨을 참아야만 했다. 입술을 덮치고 싶은 충동이 일어났기 때문이다. 그때 소냐가 입술 끝을 올리며 웃었다. 눈도 가늘어졌다.

"거짓말이죠?"

"그래."

"정말인 줄 알았다고요."

"너, 아름답구나."

"벗은 몸은 더 아름답다고 해요."

"자주 벗은 것 같은데."

"모델을 했기 때문이죠."

다시 눈웃음을 친 소냐가 물었다.

"보고 싶으세요?"

"뭘?"

"제 몸을."

어느새 입안에 고인 침을 삼킨 서동수가 활짝 웃었다. 심장 박동이 빨라졌고 몸에 열기가 일어났다. 입안이 마르면서 목구멍이 좁혀지는 느낌이 든다.

"너, 괜찮은 여자구나, 소냐."

"섹스는 많이 해보지 않았어요."

"몇 번이나?"

"제 나이부터 물어보세요."

서동수의 손이 어깨에서 허리로 내려갔다. 이쪽은 더 탄력이 느껴졌다. 소냐가 엉덩이를 밀착시켜 주면서 손으로 서동수의 허벅지를 위에서 사타구니까지 부드럽게 쓸어 올렸다.

"소냐, 몇 살이냐?"

"스물셋요."

"섹스 경험은 언제부터?"

"열아홉 살 때. 사진작가한테."

"몇 번?"

"두 번으로 끝났어요."

그때 목이 마른 서동수가 술잔을 들고 한 모금에 위스키를 삼켰다. 그 사이에 술과 안주가 들어와 있었던 것이다. 소리 없이 들어와서 눈도 마주치지 않고 나가는 터라 의식하지 않는 편이 낫다. 소냐는 잔이 비어도 잠자코 앉아 전혀 시중들 생각을 하지 않는다. 오히려 제 잔에 술을 채운 서동수가 소냐에게 술을 따라 주었다. 그때 앞쪽에서 파트너의 귓속말을 듣던 우명호가 불쑥 물었다. 물론 한국어다.

"야, 너, 내 꿈이 뭔지 알아?"

"룸살롱 주인이냐?"

"아냐, 맞혀봐. 장난 말고."

정색한 우명호가 몸을 세워 앉기까지 했으므로 서동수는 입맛을 다셨다. 소냐의 손이 사타구니를 문지르는 바람에 아랫도리에 열기가 몰리는 상황이다.

"뭐야? 은행장?"

"더 커."

"그럼 뭐야? 자식아."

"네가 대통령이 되는 거다."

서동수는 잠깐 동안 눈만 껌벅이다가 숨을 들이켰다. 어느새 사타구니의 열기가 식어 있다.

"이 자식이 미쳤나?"

우선 그렇게 되묻고 난 서동수가 술잔을 쥐었다. 어느덧 상체가 세워지는 바람에 분위기를 눈치챈 소냐의 손이 떼어졌다. 정색한 서동수가 우명호를 보았다.

"야, 난 정치인에 맞지 않는다고 여러 번 공언했어. 너도 듣고 보았잖아?"

"그거, 공언(空言)이지, 정치인은 공언도 가끔 날리는 거야. 우린 익숙해."

"허튼소리 마, 자식아."

"넌 적당히 썩었고 적당히 정직해. 거기에다 융통성과 대중적 인기가 높아. 더구나 넌 남북한은 물론 중국 측의 호감을 동시에 받는 유일한 인물이다."

열변을 토한 우명호가 손바닥으로 입가의 게거품을 닦았다. 두 아가씨는 긴장으로 굳어져 있었지만 서동수를 노려본 우명호가 말을 이었다.

"사람은 제 자신을 제가 잘 안다고도 하지만 제가 스스로 채점해서 살아가는 것이 아냐. 남이 평가해서 공천 탈락도 하고 대통령도 되는 거다."

"이게 웬 개똥철학이야?"

"네가 슬슬 준비를 할 때가 됐다는 말을 하는 거다."

"시발놈아, 다 준비됐다가 너 때문에 내 거시기가 죽었어."

"명심해라."

술잔을 쥔 우명호가 소파에 등을 붙이면서 말을 이었다.

"넌 그걸 알아야 돼. 많은 한국 사람들이 너 때문에 꿈을 꾸게 됐다는 것을 말이야. 이 상황까지 온 이상 넌 네 마음대로 네 미래를 정하면 안 돼. 그럼 넌 나쁜 놈이야."

말을 그친 우명호가 한 모금에 위스키를 삼켰고 서동수는 시선만 주었다. 꿈을 꾸게 됐다는 대목에서는 감동을 받았지만 그 다음은 실감이 나지 않았다. 마침내 서동수가 쓴웃음을 짓고 말했다.

"이 자식도 여론조사해서 이사 갈 집까지 정하는 놈이구먼. 야, 평안감사도 저 싫다면 그만이야, 닥치고 술이나 마셔."

서동수도 소파에 등을 붙이고는 다시 소냐의 허리를 끌어안았다. 요즘은 여론조사가 유행이라 별놈의 조사가 다 있다. 그래서 북한이 미사일을 쐈을 때 여론조사를 해서 대응해야 한다는 정치인도 생겨났다. 스스로 결정하는 것이 두렵거나, 그런 경험이 별로 없거나, 책임을 지지 않으려는 유형이 유행하고 있는 것이다. 소냐의 허리 탄력이 조금 전과 달랐으므로 서동수는 입맛을 다셨다. 다시 문지르기 시작한 소냐의 손바닥 감촉도 서먹하다.

"소냐, 너하고 섹스는 어떻게 하냐?"

소냐의 귀에 입술을 붙인 서동수가 물었다.

"여기서도 다른 룸살롱처럼 밖으로 데리고 나가야 하나?"

그때 소냐가 머리를 틀더니 저도 입술을 서동수의 귀에 붙였다.

"건물 3층에 밀실이 있어요."

"그렇군."

만족한 서동수가 소리 없이 웃었다. 이곳은 1층이다. 소냐의 허벅지를 쓸면서 서동수가 다시 입술을 붙이고 물었다.

"언제 올라갈 수 있는 거냐?"

"언제든지 됩니다."

서동수가 손목시계를 보았다. 아직 9시도 안 됐다.

"지금 올라가시려고요?"

소냐가 다리 사이를 주무르며 물었으므로 서동수가 머리를 끄덕였다.

"방에서 너하고 둘이 마시도록 하지. 그렇게 할 수 있겠지?"

"물론이죠."

소냐의 두 눈이 요염하게 반짝였다.

"그럼 지배인을 부르겠습니다, 장관님."

그 순간 서동수가 숨을 들이켰다. 장관이라니? 알고 있었구나.

소냐를 한 꺼풀씩 벗길 때의 쾌감은 모든 것을 잊게 만들 수도 있다. 서동수는 겪어봐서 안다. 아름다운 여자를 둘만의 공간에서 벗길 때가 가장 감동적이다. 안을 때보다도 더 자극을 받는다. 그러나 서동수는 우명호만 3층으로 올려 보내고 그냥 돌아왔다. 소냐가 자신이 누구인지 알고 있었던 것도 이유가 될 것이다. 그러나 우명호가 꿈과 미래에 대해서 열변을 토할 때부터 성욕이 시들어 있었다. 서동수는 본성(本性)에 충실한 편이며 제약에 얽매이지 않는 성격이었지만 또한 적응력도 강한 편이다. 대기업 사주이면서 신의주행정특구 장관으로서의 처신을 한 것이다. 팀원에서 팀장, 그리고 사장에서 대기업 회장까지 신분이 급속 상승을 해오면서 서동수의 처신도 빠르게 변모했다. 팀장은 팀장의 처신을 해야 하고 회장은 회장다워야 한다. 회장이 부자재 값 따지는 사이에 다른 쪽 회사가 날아갈 수도 있는 것이다.

다음 날 오전, 회사에 출근한 서동수에게 비서 임청이 말했다.

"회장님, 오후 1시쯤에 장 교수께서 도착하신다는 연락이 왔습니다."

장치가 칭다오에 오는 것이다. 머리만 끄덕인 서동수에게 임청이 말을 이었다.

"공항에서 바로 출발하시도록 출발시간을 2시로 정했습니다."

"잘했어."

"이곳에서는 두 분과 유 실장님, 그리고 저하고 최성갑 비서가 떠납니다."

다른 멤버들은 이미 나이지리아에 가 있는 것이다. 나이지리아 정부와 원유가공시설을 포함한 중화학공단 공사 계약을 하려는 것이다. 중국 정부의 지원을 받은 중국 동성건설이 60억 불짜리 공사를 따냈기 때문이다. 임청이 지시를 기다리는 듯 서 있었으므로 서동수가 불쑥 물었다.

"언론사들은 모두 가 있나?"

"예, 중국 정부 관리들하고 전용기 편으로 어제 출발했다고 합니다."

중국 정부 대표는 저우정산(周正山) 부총리다. 중국 정부는 아프리카 지역에 경제협력을 확대하면서 각국과의 협력 체제를 강화하는 중이다. 서동수가 정색하고 임청을 보았다.

"이봐, 임 비서, 그대의 한국관을 듣자."

"한국관이라고 하셨습니까?"

질문을 확인한 것은 생각할 시간을 얻으려는 의도일 것이다. 머리만 끄덕인 서동수가 이제 4년째 비서로 일하는 임청을 보았다. 베이징대 출신의 미녀, 영어와 일본어, 한국어에도 능통한 재원이다. 이윽고 임청이 말했다.

"일반 중국인 입장으로 말씀드립니다. 2차 대전 이후 신생국 중에서 세계 제1의 경제성장을 이룬 국가죠."

"그런가?"

"저도 어렸을 때는 경제발전을 이루고 중국에 공장을 세우려고 쏟아져 들어오는 한국과 한국인을 선망의 대상으로 보았습니다."

"……."

"그런데 언제부터인가 부럽지 않더군요. 아마 남북의 내부 상황을 알게 되었기 때문인 것 같습니다. 중국도 경제성장이 빨리 되었고요."

그때 임청의 얼굴에 웃음이 떠올랐다.

"그런데 갑자기 회장님이 등장하시고 나서 분위기가 바뀌고 있는 것 같습니다."

서동수는 잠자코 시선만 주었고 임청이 말을 이었다.

"중국인 대부분도 회장님께 호의적이거든요. 더욱이 장 교수님이 파트너로 부각되면서 더욱……."

그렇다. 장치는 서동수의 파트너 자격으로 나이지리아에 가는 것이다. 즉 부인 시늉이다. 서동수의 얼굴에도 웃음이 떠올랐다. 인간은 모두 자신의 관점에서 사물을 본다.

단정한 크림색 정장 차림의 장치는 아름다웠다. 현직 국가원수급 퍼스트레이디 중 제일이라는 생각이 가장 먼저 들 정도였다. 공항에서 전용기에 오르는 짧은 과정에서도 장치의 행동은 품위가 배어 나왔다. 이것은 시간을 정해놓고 연습을 해서 얻어지는 모습이 아니다. 오랫동안 주위 환경에 젖어 만들어진 것이다. 서동수는 옆에서 장치의 일거수일투족을 주시했다. 전용기에 올라 인사를 하는 기장과 승무원들에게 장치가 웃음 띤 얼굴로 악수를 청했다. 오만하지도, 가볍지도 않은 태도였으며 웃음은 진심처럼 느껴졌다. 서동수의 전용실은 앞쪽이다. 침대와 소파까지 갖춰진 전용실에 들어섰을 때 장치가 활짝 웃었다. 가지런한 이가 드러났고 눈앞에서 꽃이 핀 것 같다.

"멋있어요, 여보."

장치가 한국어를 했으므로 서동수는 숨을 들이켰다. 놀란 것이다.

"한국말 배웠어?"

한국어로 물었더니 장치가 웃었다.

"그것만, 지금도 배우고 있으니까 여유를 갖고 기다려요."

이것은 중국어다. 비행기가 출발한다는 안내가 울렸다. 의자에 앉아 안전벨트를 매던 장치가 커튼 사이로 보이는 침대를 눈으로 가리켰다.

"여보, 저 침대에서 자 보았어요?"

그중에서 '여보'만 한국어다.

"여자하고는 자 보지 못 했어."

장치의 눈을 들여다보면서 서동수가 말을 이었다.

"오늘은 당신하고 자 보기로 하지."

"싫어."

했지만 장치는 웃음 띤 얼굴이다. 활주로를 달리던 비행기가 가볍게 허공으로 솟아올랐을 때 서동수가 옆에 놓인 인터폰을 들었다.

"네, 회장님."

임청의 목소리가 송화구에서 울렸다.

"나, 쉴 테니까 부를 때까지 내 방에 들어오지 말라고 해."

중국어로 지시한 서동수가 인터폰을 내려놓았더니 장치가 물었다. 정색하고 있다.

"왜?"

비행기는 어느덧 고공에 오르더니 위쪽 안전벨트 사인이 꺼졌다. 그때 서동수가 안전벨트를 풀면서 장치에게 말했다.

"네 품위 있는 모습을 보고 성욕이 솟아올라 참을 수가 없었어."

장치의 얼굴이 붉어졌다. 입술이 달싹거렸지만 말은 뱉지 못 했고 눈동자도 흔들렸다. 서동수가 자리에서 일어섰다.

"자, 벗어."

"싫어."

장치가 안전벨트는 풀었지만 머리를 저으며 말했다.

"여기서 어떻게 벗으란 말이야? 싫어. 라고스에 도착해서 해."

그러나 장치의 얼굴은 더 상기됐고 물기가 밴 두 눈은 요염하게 반짝였다. 다가간 서동수가 장치의 팔을 끌어 일으켰다. 따라 일어선 장치가 서동수의 허리를 두 팔로 감아 안으면서 말했다.

"급해? 그럼 내가 입으로 해줄까?"

서동수의 심장 박동이 격렬해졌다. 그때 장치가 손을 뻗어 서동수의 다리 사이를 움켜쥐었다.

"성났네."

장치의 목소리가 떨렸고 뜨거운 숨결이 서동수의 턱에 닿았다. 서동수가 장치의 이마에 입술을 붙이고는 허리를 감아 안았다. 그러자 장치가 가쁜 숨을 뱉으며 말했다.

"그럼 팬티만 벗고 하면 되겠다."

장치가 몸을 떼더니 선 채로 스커트 밑의 팬티를 끌어 내렸다. 눈동자의 초점이 멀다.

"여보, 빨리 해야 돼."

라고스에서 계약을 마쳤을 때는 사흘 후다. 나이지리아 대통령까지 참석한 계약 조인식 현황은 한국과 중국은 물론이고 전 세계로 방영되었다. 공사 수주처 대표인 서동수와 부인 역할의 장치가 함께 세계 매스컴에 등장한 것이다. 조인식이 끝난 날 저녁, 지난 사흘간은 나이지리아 정부 요인, 중국에서 온 고위층들과 연거푸 오찬, 만찬으로 접대해온 터라 서동수와 장치는 지쳤다. 그래서 사흘째 되는 날 저녁에는 장치가 쉬겠다면서 먼저 방으로 들어갔다.

"한국 식당 없나?"

응접실에 남은 서동수가 비서실장 유병선에게 물었다. 오후 5시 반, 이제 내일 오전에 라고스를 떠날 예정이다. 서동수가 지친 듯 소파에 몸을 기대앉으면서 말했다.

"역시 한국 사람한테는 한식이 보약이야. 김치나 된장찌개, 얼큰한 육개장을 먹으면 기운이 날 텐데."

마침 장치도 저녁을 룸서비스로 시켜먹으며 쉬겠다고 한 것이다. 그때 유병선이 대답했다.

"제가 한식당 예약해 놓겠습니다."

아프리카를 막론하고 세계 각 도시에 한식당이 없는 곳이 없다. 하다못해 현지인이 한식을 배워 한식당을 열만큼 되어 있다. 그래서 오후 7시가 되었을 때 서동수는 유병선과 수행비서 최성갑만을 대동하고 시내의 한식당 '서울'로 들어섰다.

"어서 오세요."

현관에서 기다리고 있던 40대쯤의 여사장과 지배인, 현지인 종업원들이 서동수를 맞았는데 식당은 깨끗했다. 홀에는 드문드문 손님이 있었지만 모두 현지인이다. 여사장은 서동수 일행을 안쪽의 방으로 안내했다.

"곧 식사를 올리겠습니다."

원탁에 자리 잡고 앉았을 때 여사장이 서동수에게 말했다. 웃음 띤 얼굴이 귀여웠고 날씬한 체격이다. 서동수가 여사장의 시선을 잡고 말했다.

"미인을 보면 거의 대부분이 전에 어디서 만난 사람 같단 말입니다. 미인 기준이 평준화되어서 그런가 봐."

"어머, 그런가요?"

여사장이 이를 드러내고 더 활짝 웃었다.

"저를 미인으로 쳐주시는 건가요?"

"그럼 아닙니까?"

"서 회장님한테 그런 칭찬까지 받고 영광입니다."

여사장이 말대답을 따북따북 했는데 더 낯이 익은 것 같다.

"그럼 준비하겠습니다."

허리를 굽혀 보인 여사장이 몸을 돌리자 날씬한 종아리가 드러났다. 뒤태는 20대 같다. 여사장이 나갔을 때 서동수가 시치미를 떼고 있는 유병선에게 물었다.

"저 여자 남편은 출장 갔나?"

"제가 알아보겠습니다."

유병선이 정색하고 말했으므로 서동수가 입맛을 다셨다.

"그만둬. 이 사람아."

"제가 예약을 했더니 깜짝 놀라더군요."

"……."

"방송을 보았다고 했습니다."

"낯이 익어."

머리를 기울이면서 서동수가 말을 이었다.

"미인이라 그런 줄 알았는데 어디서 전에 본 것 같아."

"그럼 제가…."

"아, 됐어. 그만두라고."

손까지 들어 보인 서동수가 말렸을 때 종업원과 함께 여사장이 다시 들어섰다. 손에 반찬이 담긴 쟁반을 들고 있다.

"입맛에 맞으실지 모르겠어요."

쟁반을 내려놓은 여사장이 머리를 들었을 때다. 서동수가 눈을 크게 떴다.

"혹시 진윤화 씨 아녀?"

갑자기 떠오른 것이다. 마치 머릿속 기억 창고의 문이 열린 것처럼 지난 일들이 펼쳐졌다.

"이제 생각이 나신 모양이죠?"

여사장이 웃음 띤 얼굴로 말했다.

"하긴 오래전이죠. 15년도 더 되었을 테니까요."

서동수가 자리에서 일어서자 유병선과 최성갑도 따라 일어섰다.

"아니, 19년이야. 내가 스물여섯 살 때였으니까요."

그런 계산도 못하느냐는 듯이 서동수가 나무라는 표정을 지었다.

"아유, 앉으세요."

여사장이 정색하고 말했으므로 서동수는 다시 자리에 앉았다. 그러나 시선은 떼지 않는다.

"진윤화 씨, 외국에 나갔다고 들었는데 여기서 만나다니요."

"그렇게 되었네요."

진윤화가 주춤거리며 뒤로 물러섰다.

"저기, 이야기는 나중에, 식사 준비할게요."

상기된 표정으로 진윤화가 방을 나가자 서동수는 길게 숨을 뱉었다. 옆에 앉은 유병선과 최성갑은 외면한 채 딴전을 피우고 있다. 누구냐고 물어볼 수는 없기 때문이다. 그때 서동수가 혼잣소리처럼 말했다.

"내 대학 때 첫사랑이야."

둘은 여전히 외면한 채 숨을 죽였고 서동수가 말을 이었다.

"내가 보기 좋게 차였지. 아주 참담한 추억이었어."

그러나 서동수의 얼굴에 웃음이 떠올랐으므로 유병선은 어깨를 늘어뜨렸다. 둘의 긴장을 풀어 주려는 듯 서동수가 방 안을 둘러보는 시늉을 했다.

"식당이 꽤 고급이군, 종업원도 많은 것 같지?"

"예, 그렇습니다."

유병선이 조심스럽게 대답했다. 물잔을 쥔 서동수의 눈동자 초점이 흐려졌다. 진윤화를 만났을 때 서동수는 복학한 대학 3학년으로 별 볼

일 없는 인생이었다. 급수를 따지면 3류대학 출신으로 잘해야 기업체 사원이 되어 천신만고하면서 인생을 살아갈 운명인 것이다. 눈앞의 생활에 급급해서 꿈을 꿀 여유가 없었고 서동수가 알기로는 대부분의 동기생이 다 그랬다. 그렇다고 집안에 여유가 있는 것도 아니다. 시골에서 어머니와 형이 농사짓는 집안이다. 반면에 진윤화는 1류로 치는 명문대 영문과 졸업반이었다. 더구나 용모가 빼어났고 조신해서 누구에게나 이상형이었다. 조신하다는 의미는 제 얼굴과 몸매값을 한답시고 이리저리 날뛰지 않는다는 것이다. 친구 소개로 진윤화를 만난 순간부터 서동수는 빠져들었다. 나중에 알고 보니 그 친구놈도 제가 안 되니까 서동수에게 인계한 것이었지만 말이다. 그러나 서동수도 세 번을 만나고 나서 진윤화를 내놓아야 했다. 세 번 만난 것만 해도 서동수에게는 영예였고 오랫동안 좋은 추억으로 남았던 것이다. 이윽고 눈동자의 초점을 잡은 서동수가 혼잣소리처럼 말했다.

"그것 참, 내가 진윤화를 금방 알아보지 못하다니, 생각할수록 기가 막히네."

유병선과 최성갑은 숨을 죽였고 서동수의 혼잣말이 이어졌다.

"저 여자한테 차이고 3년 후에 결혼했다는 소식을 듣고 나서 내가 울었는데."

"……."

"분하고 서러워서 말이야."

"……."

"신랑이 미국 박사에 재벌가 아들이라고 하던데 어떻게 된 거야?"

그때 문이 열리더니 음식이 들어왔다.

김치찌개와 된장찌개, 갈비구이까지 시킨 식탁은 풍성했고 음식도 좋았다. 그래서 소주까지 곁들여 저녁을 마쳤을 때는 9시가 되어 있었다.

"사장한테 잠깐 내가 보잔다고 전하게."

물잔을 든 서동수가 말하자 유병선이 서둘러 일어섰다. 진윤화는 저녁을 먹는 동안 나타나지 않았던 것이다. 유병선이 돌아왔을 때는 5분도 되지 않았다.

"사장님이 1번 방에서 기다리시겠답니다."

유병선의 말에 서동수는 자리에서 일어나 방을 나왔다. 1번 방은 복도 끝 방이었다. 방 안으로 들어서자 기다리고 있던 전윤화가 웃음 띤 얼굴로 맞는다.

"맛있게 드셨어요?"

"맛있던데."

진윤화는 세 살 연하다. 만난 시간은 아주 짧았지만 서동수의 가슴에 가장 깊게 흔적을 남긴 여자 중의 하나가 될 것이다. 처음에는 그것이 상처였지만 20년 가까운 세월이 흐르고 보니까 그림 같은 흔적이 되었다. 깊고 옅으며 선명하고 흐려진 흔적들이 남겨지면서 늙는 것이다. 원탁에 둘이서 마주앉았을 때 서동수가 물었다.

"자, 남편 이야기 좀 할까?"

"이혼했어요."

"역시 그렇군."

대뜸 그렇게 받았더니 진윤화의 눈썹이 좁혀졌다. 낯익은 표정이다.

"역시라뇨?"

"보이지 않아서 그렇게 짐작했어. 언제 이혼했는데?"

"10년쯤 되었네요."

진윤화의 얼굴에 다시 웃음이 떠올랐다.

"서동수 씨가 영웅캠프에 나왔을 때 알아보았어요. 얼마나 놀랐는지 몰라요."

"그런가? 그 전에도 매스컴엔 좀 나왔었는데."

"여긴 라고스잖아요? 녹화 필름으로 보았죠. 정말 반가웠어요."

"난 진윤화 씨가 결혼했다는 말을 듣고 울었어."

"아유, 거짓말."

진윤화의 얼굴이 갑자기 빨개졌다.

"장난하지 말아요, 속상하게."

"내가 진짜 좋아했는데, 내 첫사랑이었어. 진윤화 씨가."

"거짓말."

"하지만 어쩔 수 없었지, 내세울 것이 없는 입장이라 억지로 밀고 들어갈 수는 없었으니까."

이제 진윤화는 상기된 얼굴로 시선만 주었고 서동수의 말이 이어졌다.

"그때부터 진윤화 씨를 잊으려고 노력하는 한편으로 무의식중에 내가 내세울 것을 만들겠다는 의식이 자라고 있었던 것 같아. 그래서 짝사랑의 상처는 성장에 도움이 되는 모양이야."

"……."

"얼마나 고마운지 몰라, 지금 내 앞에 나타나 준 진윤화 씨가 말이야, 가슴이 깨끗해진 느낌이 들어."

"요즘 자주 서동수 씨 생각했는데 갑자기 나타나실 줄은 몰랐어요."

진윤화가 심호흡을 하고 나서 말을 이었다. 이제는 시선을 내렸고 목소리가 떨렸다.

"하지만 전 잘 안 될 것 같네요, 서동수 씨는 빚을 청산한 느낌이 드시는 것 같지만 저는 어지럽혀신 것 같아요."

"빚이 많아?"

그러자 진윤화가 눈을 흘겼다.

"누가 빚이 많대요?"

"참, 자식은?"

"없어요, 그래서 갈라서기 쉬웠죠."

"그럼 우리 다시 연애 한 번 할까?"

마침내 서동수가 터뜨렸다. 이것이 서동수의 본색이다. 그때 진윤화가 다시 눈을 흘겼는데 요염했다. 20년 세월이 이렇게 만들 수도 있는 것이구나.

신의주특구

"진윤화 씨에 대해서 알아보도록 해."

호텔로 돌아가는 차 안에서 서동수가 유병선에게 지시했다. 유병선은 머리만 숙였고 아무것도 묻지 않았다. 그러나 서동수가 지시한 이유를 아는 터라 대책까지 준비해놓을 것이었다. 호텔방으로 들어선 서동수를 장치가 맞았다. 기운을 회복한 듯 장치는 밝은 표정이다.

"오늘 TV에 우리 사진 잘 나왔어요."

저고리를 받아든 장치가 뒤에서 서동수의 허리를 두 팔로 감아 안았다.

"당신한테 보여드리고 싶었는데."

현지 TV에서 조인식을 계속해서 방영하고 있는 것이다. 장치는 TV에 나오는 제 사진을 보면 들뜬다. 몸을 돌린 서동수가 장치의 얼굴을 두 손으로 감싸 안았다. 얼굴을 붙여 입을 맞추자 장치는 몸을 딱 붙이더니 혀를 내밀었다. 반쯤 감긴 눈에서 눈동자가 흐려졌고 더운 숨결이 뿜어 나왔다. 서동수는 장치의 말랑한 혀를 빨았다. 장치의 몸이 점점 늘어지면서 숨소리가 가빠졌다.

"장치, 나 씻고 와야겠다."

입술을 뗀 서동수가 말하자 장치가 꿈에서 깬 것처럼 눈을 크게 떴다. 아직 벌려진 입술은 물기에 젖어 번들거렸고 눈동자의 초점은 멀다.

"같이 씻어요, 여보."

장치가 서동수의 넥타이를 풀면서 말했다. 가운 차림의 장치는 팬티와 브래지어만 걸쳤을 것이다. 순식간에 옷을 벗어던진 서동수가 욕실로 들어가 욕조에 몸을 눕히고 물을 받았다. 뒤를 따라 들어선 장치도 알몸이다. 발을 뗄 때마다 젖가슴이 출렁였고 짙은 숲과 선홍빛 골짜기도 거침없이 드러난다. 욕조 안에 들어온 장치가 옆에 나란히 붙어 앉았다. 둘의 알몸 위로 뜨거운 물이 덮이기 시작했다. 서동수가 장치의 어깨를 감아 안으면서 말했다.

"난 카이로에 들렀다가 갈 테니까 당신은 곧장 베이징으로 돌아가."

"그럴게요."

몸을 맡긴 장치가 눈을 감은 채로 대답했다. 어느덧 장치의 사지가 뱀처럼 서동수를 휘감고 있다.

"당신의 손이 닿으면 온몸이 뜨거워져요, 여보."

서동수의 남성을 감싸 쥔 장치가 헐떡이며 말했다.

"나도 마찬가지야."

서동수가 장치에게 입을 맞췄다.

"너는 점점 요부가 되어간다, 장치."

"당신이 만들어준 거야."

신음과 함께 장치가 말했다. 서동수의 손가락이 장치의 샘 안으로 들어갔기 때문이다. 물이 차오르면서 부력이 생긴 몸이 가볍게 엉켰다.

"여보, 그럼 언제 베이징에 오실 건가요?"

서동수가 장치의 몸을 들어 위로 올려놓았다. 그러고는 곧장 자세를 잡더니 신음과 함께 장치는 서동수의 목을 두 손으로 감아 안았다. 물이 넘치기 시작했으므로 서동수는 손을 뻗어 꼭지를 잠갔다. 그 사이에도 장치는 몸 위에서 열중하고 있다. 신음이 점점 높아지면서 출렁거리던 물결도 거칠어졌다.

"카이로에서 곧장 신의주로 가야 돼."

서동수가 말했지만 장치는 들은 것 같지 않았다.

"장치, 신의주가 이제는 동북아의 경제 중심이 될 거야."

장치의 허리를 들어올렸다가 내리면서 서동수가 말했다. 장치는 이제 비명 같은 신음을 내뱉고 있다.

"내 모든 것을 다 쏟아부을 거야. 그러니 겁날 것도 없다."

미련이 없으니 두려움이 있을 리가 없다. 애당초에 빈손으로 시작하지 않았던가? 장치의 움직임이 격렬해졌다. 터진다.

카이로에 머문 지 이틀 째 되는 날 오후 3시경, 기자의 쿠푸 왕 피라미드 아래쪽 돌 위에 앉아 있던 서동수에게 수행비서 최성갑이 다가와 말했다.

"지금 호텔에서 출발하셨습니다."

서동수는 잠자코 머리만 끄덕였다. 잘 어울리는 모자에 선글라스를 쓰고 셔츠 차림인 서동수를 알아보는 사람은 없다.

한 무리의 중국인과 한국인 관광객이 지나갔지만 여자 서넛이 끌린 것처럼 힐끗거렸을 뿐이다. 서동수는 카이로에서 내렸지만 장치는 전용기를 타고 곧장 베이징으로 돌아갔다. 그때 옆에 선 최성갑이 손목 시계를 보면서 말을 이었다.

"30분쯤 걸릴 것 같습니다."

지금 이곳으로 진윤화가 오고 있는 것이다. 다시 머리를 끄덕인 서동수가 옆쪽 카프라 왕의 피라미드를 보았다. 유병선이 진윤화의 신상조사를 끝낸 것은 어제 오후다. 진윤화가 외국 생활을 오래 했기 때문에 유병선은 외국의 정보업체들을 이용해야만 했다.

"진윤화는 LA에서 살았는데 남편이 의사였습니다. 그런데 바람을 피우는 바람에 이혼하고 혼자 살게 되었습니다."

유병선이 내민 자료는 진윤화의 인생이 순탄하지 않았던 것을 보여주었다. 결혼 5년 만에 이혼한 진윤화는 LA에서 식당 종업원 등을 하다가 부동산 거래에서 큰돈을 벌었다. 그러나 곧 다 날리고 나서 프랑스 파리로 옮아갔는데 그것이 10년 전이다. 그곳에서 식당을 경영하는 한국 남자를 만나 2년 동거했는데, 남자가 주벽이 심하고 의심이 많아서 결국 스페인령 라스팔마스로 떠났다. 라스팔마스에서 한식당을 했지만 실패하고 나서 4년 전에 나이지리아의 라고스로 간 것이다.

"역마살이 낀 인생입니다, 회장님."

서동수가 서류를 다 읽었을 때 유병선이 말했다. 유병선답지 않은 표현이다. 서동수의 시선을 받은 유병선이 말을 이었다.

"운도 따르지 않았고요."

"그럴까?"

정색한 서동수가 똑바로 유병선을 보았다.

"내 생각은 조금 달라. 그렇게 되는 원인이 있었기 때문이라고 보는데. 그런 생각은 안 드나?"

“조사를 더 하면 원인은 나올 것입니다. 그리고 현재의 결과하고 당연히 연결이 되겠지요. 원인 없는 결과는 없으니까요.”

이번에도 유병선답지 않게 말했다. 유병선은 직책에 맞게 사실과 현실을 중요시해왔던 것이다. 유병선이 말을 이었다.

“하지만 나쁜 쪽으로만 굴러가는 인생도 있는 것 같습니다.”

“생각의 차이야. 분명히 좋은 일도 있었을 거야. 그것을 무시했거나 받아들이지 않았을지도 모른다.”

이렇게 진윤화의 인생 조사를 놓고 서동수는 유병선과 토론까지 했던 것이다.

어쨌든 진윤화는 계속해서 악운이 겹친 인생을 살았다. 그것을 서동수는 진윤화가 그렇게 만들었다고 생각하는 것이고, 유병선은 원인이야 있겠지만 계속 불운이 따르는 인생도 있다고 여기는 것이다.

“아, 저기 오십니다.”

최성갑의 말에 서동수는 생각에서 깨어났다. 앞쪽에서 이집트 법인 직원의 에스코트를 받으며 진윤화가 다가오고 있다. 흰색 셔츠에 바지 차림의 진윤화는 멀리서 보아도 날씬한 몸매에 뛰어난 용모여서 사람들의 시선이 모아지고 있다. 19년 전 스물셋이었을 때보다 몸매나 용모가 더 세련되었고 농염한 분위기가 풍겨 나왔다. 이제 진윤화도 서동수를 발견하고는 얼굴을 펴고 웃는다. 서동수가 손을 흔들었더니 진윤화의 얼굴이 더 환해졌다. 유병선이 진윤화를 찾아가 정중히 이집트로 초대했더니 5초쯤 망설이다가 승낙했다는 것이다.

킹덤호텔 스위트룸에서는 나일강과 강 건너편의 카이로 시가지까지 다 보인다. 오후 10시 반, 베란다의 의자에 나란히 앉은 서동수와 진윤화가 발밑의 나일강을 내려다보고 있다. 강가에 정박한 배 한 척이 불을 환하게 밝히고 있다. 배를 식당으로 개조해놓은 것이다. 서동수가 잠자코 술잔을 들었더니 진윤화도 술잔을 집는다. 기자에서 돌아온 둘은 씻고 룸서비스로 저녁을 시켜 먹은 후에 다시 베란다에 술상을 차린 것이다. 진윤화는 흰색 가운으로 갈아입었는데 마치 신혼여행을 온 20대처럼 앳되어 보인다. 도무지 40대 같지가 않다. 유병선을 따라 라고스에서 카이로까지 날아오는 동안 진윤화는 거의 말을 하지 않았다고 했다. 그렇다고 불안한 기색도 없었으며 들뜬 표정도 아니었다는 것이다. 1등석에 익숙한 유병선보다 진윤화는 더 자연스럽더라고 했다. 지금 아래층에 투숙하고 있는 유병선이 진윤화가 씻는 동안에 일거수일투족을 생생하게 보고한 것이다. 한 모금 술을 삼킨 서동수가 머리를 돌려 진윤화를 보았다. 위스키의 짜릿한 액체가 식도를 타고 내려가면서 향이 코를 통해 빠져나갔다.

"어색한 것 같지 않아서 기쁘다."

툭 던지듯 말했더니 진윤화가 빙긋 웃었다. 베란다의 등빛을 받아 진윤화의 두 눈이 반짝였다.

"서동수 씬 프로 다 되셨던데요? 라고스에도 서동수 씨 테이프가 돌아다녀요."

"곧 포르노도 돌아다니겠군."

"미얀마 법인장 레이의 인터뷰도 감명 깊게 보았어요."

"내가 걔 때문에 주가가 높아졌어."

서동수가 빈 잔에 술을 채우고는 진윤화의 잔에도 술을 따랐다. 강바람이 불어와 물비린내가 맡아졌다. 후끈하면서 습기를 띤 대기가 느껴진다.

"날 부른 이유를 듣죠, 이젠."

술잔을 든 진윤화가 다시 강을 내려다보면서 말했다. 두 다리를 의자 위로 길게 뻗어서 종아리와 맨발이 드러났다.

"내가 좋아서 여기까지 왔으니까 부담은 갖지 않아도 돼요. 이런 제의를 거절할 여자도 없겠지만."

"반가웠어."

"버스 떠나고 지금은 지하철 왔어요."

"그러지 마."

"버스가 한 바퀴 돌아온 셈으로 쳐요?"

서동수가 다시 한 모금 술을 삼켰다. 19년 전에도 진윤화는 당돌했다. 자신감이 넘쳤고 생각을 숨기지 않았다.

"우리 그만 만나요."

세 번째 만났을 때 진윤화가 그랬다. 서동수는 시선만 주었고 진윤화의 말이 이어졌다.

"지금 상황으로는 희망이 보이지 않아요. 무슨 말인지 아시죠?"

서동수는 아무 말도 하지 않았다. 머리를 끄덕이지도 젓지도 않고 돌아서서 헤어졌다. 그놈의 희망이란 단어가 그때처럼 아득하게 들린 적이 없었던 기억이 생생하다. 손도 잡아보지 못하고 헤어진 여자였던 것이다. 서동수가 이제는 강 건너편의 카이로 시가지를 보면서 말했다.

"어때? 날 보면 희망이 보이나?"

머리를 돌린 진윤화가 서동수의 옆얼굴을 보았다. 옛날 제가 했던 말을 기억하지 못한 것 같다. 바로 이것이다. 서동수는 진윤화에게 이 '희망'을 돌려주려고 불렀다. 네가 절망으로 안겨주었던 그놈의 희망을 어디 가져가 보아라. 그때 진윤화가 말했다.

"네, 보여요."

됐다. 심장 박동이 빨라진 서동수가 길게 숨을 뱉었다. 인간은 가끔 그냥 뱉는 말로 타인에게 수십 년간 흔적을 남긴다. 물론 받아들이는 사람 나름이지만.

위스키를 둘이 반병쯤 비웠을 때 12시가 되었다. 그러나 아래쪽 식당 배의 불빛은 더 환해진 것 같고 노랫소리까지 들려왔다. 술을 마시면서 서동수는 진윤화의 과거를 묻지 않았다. 진윤화도 제 신상 이야기는 꺼내지 않고 라스팔마스, 나이지리아 이야기만 했다. 그것만으로도 며칠 밤을 새울 수가 있을 것 같았다. 서동수는 주로 듣는 편이었는데 어둠이 덮인 나일 강을 내려다보다가 문득 진윤화의 이야기가 그친 것을 깨달았다. 머리를 돌린 서동수가 진윤화를 보았다. 나란히 앉아 있어서 진윤화의 옆얼굴이 보인다. 서동수는 진윤화의 볼에 눈물이 흘러내린 자국을 보았다. 눈물 줄기가 베란다의 불빛에 반사되어 번들거리고 있다. 그때 진윤화가 나일 강에 시선을 준 채 말했다.

"세상사가 다 주고받는 것이라고 알기까지엔 시간이 좀 걸렸죠."

다시 서동수가 듣기만 했고 진윤화의 말이 이어졌다.

"비서실장 말을 들었을 때 내가 내놓을 것이 무엇인가 하는 생각부터 들더군요."

"……."

"그래도 내 몸 가치는 있는 것 같아서 안심이 되었어요."

그때 머리를 돌린 진윤화가 정면으로 서동수를 보았다. 이제는 눈물 줄기 두 개가 다 보였지만 진윤화의 표정은 멀쩡했다.

"제가 분위기 깼나요?"

"아니."

"안을 만한 가치는 있죠?"

"그럼."

"그러면 말해 봐요."

"뭘?"

"그냥 부르지는 않았을 거 아네요?"

서동수는 숨을 들이켰다. 맞는 말이다. 유병선을 보내기 전부터 계획을 세워놓고 있었다. 당연히 진윤화도 그것을 예상하고 있으리라고 믿었다. 그러나 인간은 시도 때도 없이 분수를 모르는 공상을 한다. 그리고 그것이 인간답다는 착각을 한다. 진윤화의 시선을 받으면서 서동수는 가슴이 차분해지는 느낌을 받는다. 서동수가 입을 열었다.

"지금 신의주특구를 개발 중이야."

한 모금 술을 삼킨 서동수가 눈으로 식당 배를 가리켰다.

"내가 특구에 식당을 세워 줄 테니까 신의주로 와. 하루에 손님이 수천 명씩 몰려오게 될 거야."

"……."

"건설현장에 함바라고 있지? 현장의 식당도 하고 정통 레스토랑도 세워야겠지."

"……."

"수의계약을 하면 말이 많을 테니까 동성의 자회사가 운영하는 것으로 하자고."

"……."

"진윤화 씨가 동성 자회사의 대표가 되는 거야. 물론 지분도 떼어

주지.”

그러고는 서동수가 길게 숨을 뱉었다.

“식당 운영 경험이 있을 테니까 도움이 될 거야.”

나일 강 쪽 소음이 올라왔다. 그것도 베란다에서 잠깐 정적이 덮였기 때문이다. 그때 진윤화가 말했다.

“너무 과분해요.”

서동수가 잔에 술을 채울 때 진윤화는 말을 이었다.

“감당하기 힘들어요.”

“그래서 밑지는 거래는 안 하기로 했어.”

진윤화의 시선을 받은 서동수가 한 모금 술을 삼키더니 말을 이었다.

“조건부로 네 몸을 안지 않겠다는 말이야.”

머리를 돌린 서동수가 진윤화를 향해 웃어보였다.

“그냥 줄게. 가져가.”

나는 지금 너에게 희망을 주는 것이란다.

신의주특구는 2002년 북한이 양빈을 행정장관으로 임명할 당시의 특구조례를 대부분 그대로 수용해서 가동시켰다. 그러나 별도 합의한 사항이 있다. 그것은 남북한과 중국의 3국 중 2개국이 합의하면 특구 운용을 변경할 수가 있다는 내용이다. 신의주특구의 면적은 평안북도 최북단의 서쪽, 신의주, 의주까지 포함한 데다 아래쪽은 토끼 코밑의 수염 같은 철산군까지 흡수한 광대한 지역이다. 특구 가동 마지막 순간에 면적이 확장돼 평안북도 면적의 5분의 1 정도가 된 것이다. 서동수가 베이징(北京) 이화원 근처의 안가(安家)에 들어섰을 때는 카이로에서 돌아온 지 일주일 후다. 갑자기 중국 정부 고위층의 만나자는 연락을 받은 것이다. 지금까지는 동성의 본사가 위치한 산둥(山東)성 당서기 리정산과 성장 우더린하고 현안을 상의하고 결정했던 서동수다. 붉은색 양탄자가 깔린 화려하고 장중한 분위기의 방에서 서동수를 맞은 사내는 중국 총리 저우커장(周克江)이다. 중국 권력서열 2위의 거물이다.

"어서 오십시오."

50대 후반의 저우커장은 앞으로 8년간 중국을 통치할 지도자다.

"뵙게 되어서 영광입니다."

서동수의 인사를 받은 저우커장이 활짝 웃었다.

"내가 오히려 영광입니다, 장관."

저우커장은 산둥성 당서기 리정산과 함께 기다리고 있었으니 3자 회동인 셈이었다. 원탁에 자리 잡고 앉아 덕담을 주고받는 동안에 선녀 같은 여자들이 차를 따라놓고 사라졌다. 다시 셋이 되었을 때 저우커장이 웃음 띤 얼굴로 말했다.

"중국과 한국이 신의주특구를 홍콩식 자치령으로 관리하는 제안을 하십시다."

서동수는 숨을 죽였고 저우커장이 말을 이었다.

"신의주특구의 운영조례를 조금씩만 바꾸면 됩니다. 기간은 본래 50년으로 되어있으니까 그대로 두고 말입니다."

서동수는 소리죽여 숨을 뱉었다. 제2의 홍콩, 제2의 상하이를 만들겠다고 서동수도 떠들고 다니기는 했다. 그러나 영국이 중국으로부터 홍콩을 떼어갈 때와 신의주는 상황이 다른 것이다. 그때 저우커장이 말했다.

"서 장관은 걱정하지 않으셔도 됩니다. 이 내용을 한국 측에 전달해 주시지요. 그럼 양국 정부에서 상의하겠습니다."

한국 정부에서 이 제의를 들으면 불감청(不敢請)이언정 고소원(固所願)이라고 할 것이었다. 투자기업들도 쌍수를 들어 환영할 것은 당연하다. 저우커장의 눈짓을 받은 리정산이 서동수에게 금박을 입힌 서류봉투를 내밀었다.

"그것을 한국 정부에 전해 주시지요. 신의주특구 자치령 계획안입니다."

서동수가 서류를 받자 저우커장이 다시 얼굴을 펴고 웃었다.

"그렇게 되면 서 장관께서는 신의주특구 자치령의 초대 장관이 되시는 것이지요."

얼떨떨해진 서동수는 따라 웃기만 했다. 그렇게 되면 특구라는 명칭을 빼도 될 것이다. 홍콩처럼 '신의주'라고 부르면 된다. 그러면 '신의주 장관'이다.

"그렇게 개방을 해야 신의주특구 개발이 빨리 될 것입니다."

저우커장이 찻잔을 들면서 말을 이었다.

"따라서 신의주가 중국 대륙과 한반도를 잇는 교두보 역할을 할 것이고요."

"지당하신 말씀입니다."

서동수가 정색하고 말했다.

"한반도의 남북한이 신의주를 통해 하나로 뭉쳐진다면 얼마나 좋겠습니까?"

그리고 중국이다. 셋이 다 좋은 환경이 조성되는 것이다. 지금은 믿고 나가는 수밖에 없지 않겠는가?

특구 장관이 된 후부터 서동수의 동향은 한국 언론에 전보다 더 보도된다. 거주지가 중국이고 한국에 오는 경우가 드물었지만 지명도가 한국의 어떤 장관보다 월등했기 때문이다. 서동수의 이번 한국행은 비공식이어서 인천공항에 도착하자마자 비밀출구로 빠져나왔다. 대기시킨 차로 청와대에 들어간 서동수가 회의실에 앉았을 때는 오후 5시다. 회의 참석자는 대통령과 비서실장 양용식, 한국 측 신의주특구 책임자인 통일장관 윤병준, 국정수석 장경수와 서동수다. 모두 서동수가 가져온 중국 측 신의주특구 자치령 계획안을 기다리고 있었던 것이다. 먼저 서동수로부터 계획안을 받은 대통령이 덕담을 했다.

"일이 점점 잘 풀려갑니다."

이미 서동수로부터 사전보고를 받은 터라 윤병준과 장경수가 계획안을 읽어보는 동안 대통령이 말을 이었다.

"한국 측으로서는 거부할 이유가 전혀 없지요. 외국 기업들도 모두 환영할 것입니다."

"가능하면 빠른 시일 내에 양국이 만나 협의하기를 바라고 있었습니다."

"바로 조처하지요."

신의주특구 사업은 한국에서 여야는 말할 것도 없고 전 국민의 지지를 받고 있는 사업인 것이다. 대한민국 역사상 여야가 일심동체가 된 경우는 '신의주사업'뿐이라고도 했다. 그때 대통령이 자리에서 일어서면서 말했다.

"서류 검토하는 동안 서 장관은 나하고 이야기 좀 하실까요?"

서동수가 일어서자 양용식도 따라 나왔다. 셋이 자리 잡고 앉은 곳은 옆방이다. 미리 준비를 했는지 원탁에 셋의 물병과 잔이 놓여 있다.

자리를 잡고 앉았을 때 대통령이 웃음 띤 얼굴로 서동수를 보았다.

"신의주가 자치령이 되면 빠져 나오시기가 힘들어지지 않겠습니까?"

대번에 말뜻을 알아챈 서동수가 따라 웃었다.

"예, 당연합니다, 대통령님."

그때 대통령이 길게 숨을 뱉었다.

"신의주특구의 기반이 굳어지면서 장관이 대선에 나서시기를 바랐는데."

언론은 물론이고 정계, 국민들까지 그것을 예측하고 있었던 것이다. 그렇게 되면 대선 승리는 틀림없다. 확률 100퍼센트라고 했다. 더구나 서동수는 한국에 집 한 채 없는 터라 문제가 될 일도 없다. 대통령의 시선을 받은 서동수가 웃음 띤 얼굴로 말했다.

"어쩌다 보니까 특구 장관에서 자치령 장관이 될 것 같습니다만, 특구 장관도 제가 바랐던 것이 아닙니다."

대통령은 머리만 끄덕였고 서동수가 말을 이었다.

"운(運)은 따라오는 것이지 잡으려고 기를 쓰면 도망가더군요. 그건 제 경험입니다."

경험만 한 교훈이 없다. 그러자 대통령도 따라 웃었다.

"그렇지요. 억지를 쓰면 무리가 따르는 법입니다. 나는 그래서 서 장관이 좋습니다."

대통령 한대성의 이런 낯간지러운 표현은 처음 들었기 때문에 양용식의 얼굴이 굳어졌다. 서동수가 저녁밥도 못 얻어먹고 청와대에서 나왔을 때는 오후 8시경이다. 밥때가 되었는데도 일만 마치고 내보내는 한대성의 스타일을 대부분 좋아했다. 대통령하고 밥을 맛있게 먹는 돼지는 없을 것이기 때문이다. 그날 밤 서동수가 탄 차는 장충동 골목 안에 위치한 저택으로 들어섰다. 수행비서 최성갑만을 대동하고 온 것이다. 마당을 건너자 현관에서 기다리고 있던 사내가 문을 열면서 말했다.

"기다리고 계십니다."

머리만 끄덕인 서동수가 안으로 들어섰다.

"어서 오십시오."

안쪽 소파에 앉아 있던 사내가 일어나 서동수를 맞았다. 광일그룹의 기조실장인 유영수 사장이다. 지난번처럼 청와대 회동이 끝나고 늦게 약속을 한 것이다. 서동수의 손을 쥔 유영수가 정색하고 말했다.

"회장님께서 다음에 집으로 초대하신다고 하셨습니다."

"언제든지 연락주십시오."

그룹 회장 박재은이 미국 여행 중이었기 때문이다. 이곳은 광일그룹의 영빈관 같다. 넓은 응접실은 회의하기에 좋도록 테이블과 의자가 놓여 있고 벽에는 대형 TV가 부착돼 있다. 저택 안은 조용하고 넓다. 응접실의 소파에 마주보고 앉았을 때 유영수가 웃음 띤 얼굴로 서동수를 보았다. 응접실에는 둘뿐이다.

"장관님께서 자치령의 장관이 되시면 대권과 멀어지겠다고 실망하시는 분들이 많을 텐데요."

서동수는 신의주특구 자치령 계획안 복사본을 먼저 유영수에게 보냈던 것이다. 광일은 한국 제1의 재벌그룹으로 규모가 동성보다 10여 배 큰데다가 주력 업종이 전자, 중화학 등 고부가가치 품목이다. 신의주 개발에 광일의 투자가 가장 큰 비중을 차지했고 광일은 또한 동성과의 연합이 투자의 안전판 역할을 해온 상황이었다. 신의주가 자치령이 된다면 광일의 안전판은 더욱 굳어질 것이었다. 유영수의 시선을 받은 서동수가 빙그레 웃고 나서 말머리를 돌렸다.

"대통령께서 곧 중국 측과 합의한 후에 북한 측에 삼자협상을 제의하신다고 했습니다."

"북한 측이 자치령으로 내놓을까요?"

"2개국이 제의하면 합의한다는 조항이 있으니까요."

유영수도 중국 측이 먼저 제의를 한 것임을 아는 터라 머리를 끄덕였다. 중국 측이 북한을 움직일 카드를 쥐고 있을지도 모르는 것이다. 대안도 없이 대사(大事)를 시작할 국가는 없다. 유영수는 60대 초반으로 30년 가깝게 박재은 회장을 그림자처럼 보좌해온 최측근이다. 유영수의 말이 곧 박재은의 말이라고 할 정도로 신임을 받고 있는 존재다. 소파에 상체를 세우고 앉은 유영수가 서동수를 보았다. 오늘의 만남은 유영수가 제의했다. 자치령 계획안을 받고 나서 연락이 된 것이다.

"회장님께서는 특구가 자치령이 되면 생산시설을 자치령으로 집중시키겠다고 하셨습니다."

서동수는 숨을 삼켰고 유영수의 말이 이어졌다.

"세계에 흩어져 있는 공장도 정리될 것이고 앞으로의 생산시설은 특구로 집중되겠지요. 그럼 5년 안에 광일의 기업체에서만 50만의 노동력이 필요합니다."

광일이 그렇다면 다른 기업체들도 따를 것이 분명하다. 마치 우두머리를 따르는 양떼처럼 모일 것이었다. 유영수가 열기 띤 눈으로 서동수를 보았다.

"신의주는 홍콩과 비교가 되지 않을 만큼 중요한 자치령이 될 것 같습니다."

서동수는 잠자코 들었다. 광일의 정보, 분석력은 국가기관 이상이다. 적재적소에 전문 인력을 고용, 우대하는 터라 낙하산 또는 관피아로 자리를 채우는 정부 기관이 당할 수가 없는 것이다. 지금 유영수는 신의주 자치령의 미래를 말해주고 있다.

"신의주에서 남북한, 중국 대륙까지 아우르는 대국(大國)이 형성될 수 있을 것입니다. 국경은 물론 인종과 이념까지 초월한 경제대국 말입니다."

그러더니 유영수가 길게 숨을 뱉고 나서 서동수를 보았다.

"장관님, 신의주의 미래에 비교하면 한국의 대권 따위는 아무것도 아닙니다."

다음 날 아침, 서동수는 침대에 누운 채로 핸드폰을 집어 보았다. 벨소리와 함께 발신자 이름이 깜박이고 있다. '한수정'이다. 다음 순간 서동수는 식도가 좁혀지는 느낌을 받고는 얼굴을 펴고 웃었다. 이름만 보아도 성욕이 솟구치는 상대가 있는 것이다. 경성건설의 사주(社主) 한수정이 바로 그렇다. 서동수가 핸드폰을 귀에 붙였다.

"응, 웬일이야?"

"오빠, 지금 어디야?"

나긋나긋한 한수정의 목소리를 듣는 순간 어느새 입안에 고여 있던 침이 삼켜졌다.

"어디긴 어디야?"

우선 이렇게 되물은 것은 서울에 비밀리에 온 이유도 있다. 그때 한수정이 다시 묻는다.

"칭다오에 있어?"

"왜? 무슨 일 있어?"

"만나서 할 이야기가 있는데."

"특구 건설 오더(order) 때문이군."

"봐 달라는 건 아냐. 동성건설하고는 손발을 맞춰 보았으니까 같이……."

서동수의 얼굴에 웃음이 떠올랐다. 한수정의 경성건설은 기술력이 오히려 동성건설보다 낫다. 한국의 건설기술은 세계 일류인 것이다. 침대에서 상반신을 세운 서동수가 벽시계를 보았다. 오전 7시 반이 되어가고 있었으니 중국 시간은 6시 반이다. 중국 시간을 모를 리가 없는 한수정이 아침 6시 반에 오더를 달라고 전화한 것이다. 서동수가 목소리를 낮추고 물었다.

"너, 지금 몇 신 줄 알아?"

"칭다오는 6시 반이겠네."

"이 시간에 내가 뭐 하겠냐?"

그때 숨 들이켜는 소리가 나더니 한수정의 목소리에 긴장감이 덮였다.

"누구 있어?"

"지금 막 시작하려던 참이야."

"미안, 전화 끊을게."

"끊지 마."

"……."

"나 역삼동 숙소에 있어."

"응?"

놀란 한수정이 외침을 뱉었다. 그러더니 목소리가 높아졌다.

"서울이야? 서울이구나. 거기, 교회 뒤쪽 2층 주택 말이지? 아유, 나 미쳐."

"한 시간 내로 올 수 있니?"

"삼십 분 내로 갈게."

"세워놓고 있을 테니까 빨리 와."

"응?"

물었던 한수정이 소리 내서 웃더니 통화를 끝냈다. 다시 침대에 상반신을 기대고 앉은 서동수가 창밖을 보았다. 햇살이 환한 7월 중순의 아침이다. 그동안 바빠서 한수정의 얼굴 본 지도 오래된 것 같다. 그러나 오랜만에 연락이 되어도 만나는 데 부담이 없다. 그것은 서로 주고받는 관계이기 때문일 것이다. 줘야 받고 받아야 준다. 그래야 뒤가 개운한 것이다. 한수정이 이층 침실로 들어섰을 때는 45분쯤이 지난 후였다. 집이 서초동이어서 가까운 편이었지만 빨리 온 셈이다. 한수정이 아직도 침대에 앉아 있는 서동수를 보더니 활짝 웃었다.

"아직도 세우고 있는 거야?"

"볼래?"

서동수가 시트를 들치는 시늉을 했더니 다가선 한수정이 눈을 흘겼다.

"진짜야?"

"뭘?"

"지금 하고 싶어?"

"내가 침대에서 기다리고 있는 걸 보면 몰라?"

"하긴 나도 젖었어."

한 걸음 뒤로 물러선 한수정이 원피스 단추를 풀면서 웃었다. 얼굴이 붉어져 있다.

"금방 할 것 같아."

환한 아침 햇살이 펼쳐진 침대 위에서 두 알몸이 엉키고 있다. 서동수는 비스듬히 눕혀진 한수정의 젖가슴을 빨고 있었는데 한쪽 손은 골짜기를 애무했다. 한수정의 다리 한쪽이 치켜 들린 상태였고 한쪽 손은 서동수의 남성을 감싸 쥐고 있어서 두 쌍의 사지가 기괴하게 비틀려 있다.

"아이고, 오빠."

허리를 들썩이며 한수정이 비명을 질렀다.

"거기가 터질 것 같아."

지금 서동수의 손가락이 동굴 안으로 깊숙하게 들어가 있는 것이다. 한수정이 허리를 치켜 올리더니 서동수의 밑으로 몸을 넣어 남성을 두 손으로 감싸 쥐었다. 금방 식스나인 형태로 만들어버린 것이다. 서동수의 상반신이 시계방향으로 돌아 한수정의 하반신과 닿았다. 이제 서동수의 눈앞에 동굴이 있다.

"으음."

먼저 서동수의 신음이 터졌다. 한수정이 서동수의 남성을 목구멍 깊숙이 넣어버린 것이다. 그 순간 서동수의 혀가 동굴 안으로 진입했다.

"아악."

입안에 가득 남성을 물고 있는 터라 한수정의 신음은 낮았지만 허리가 벌떡 들렸다. 서동수는 선홍빛 골짜기부터 꿀물 같은 애액이 흘러나오는 동굴을 샅샅이 애무했다. 한수정이 몸부림을 치면서 허리를 비틀었고 두 다리로 머리를 감싸 안았다가 결국 입에서 남성을 빼고 소리쳤다.

"오빠, 나 죽어."

다급한 외침이다. 이미 한수정은 절정으로 오르는 중이다. 그때 다시 서동수가 턱으로 골짜기를 문지르면서 동굴 안으로 진입하자 한수정이 폭발했다. 두 다리로 서동수의 머리를 감아 죄면서 터진 것이다. 성(性)은 아름답다. 좋아하는 상대가 서로를 위하는 성만큼 아름답고 황홀한 교류는 없다. 서동수는 한수정한테서 터져 나오는 생명수를 남김없이 마셨다. 먹었다는 표현이 맞다.

"아이고, 여보."

한수정이 절규했다. 사지를 굳히더니 곧 떨기 시작했다. 땀이 밴 피부가 기름을 바른 것처럼 번들거리고 있다.

"여보, 여보."

그때 서동수가 몸을 비틀어 정상위의 자세로 바꾸었다. 그러고는 아직 몸을 굳히고 있는 한수정의 다리를 치켜 올리고 몸을 합쳤다.

"아."

턱을 치켜든 한수정이 놀라 비명을 질렀을 때 서동수는 거칠게 움직이기 시작했다. 절정이 가라앉기 시작했던 한수정이 눈을 치켜떴다. 그러나 눈동자의 초점은 멀리 가 있다.

"아, 아, 아."

이제 말을 뱉을 여유도 상실한 한수정이 서동수의 움직임에 맞춰 단발성 비명만 뱉을 뿐이다. 두 팔을 뻗은 한수정이 서동수의 어깨를 움켜쥐어서 몸이 둥글게 굽어졌다.

"아, 아, 아."

한수정의 비명이 높아졌다. 땀에 젖은 머리칼은 이마 위로 어지럽게 흩어졌고 두 눈을 치켜떴지만 눈동자는 흐렸다.

"아이고, 엄마."

한수정이 다시 절정으로 솟아오르기 시작했다. 서동수의 남성을 받는 한수정의 동굴에서도 신호가 오는 것이었다. 이윽고 한수정이 입을 딱 벌리더니 턱을 뒤로 힘껏 젖혔다. 그러나 입 밖으로 소리는 뱉어지지 않았다. 숨도 쉬지 않았기 때문이다. 폭발했다. 그 순간 서동수도 용암을 분출시켰다. 강력한 폭발이었다. 동시에 한수정이 두 팔로 서동수의 목을 감싸 안았다. 동굴이 닫히는 것 같았다.

"오빠, 오늘은 그만해."

몸을 뗀 서동수가 옆으로 누웠을 때 한수정이 헐떡이며 말했다.

"벌써 10시가 넘었단 말이야."

벽시계가 오전 10시 10분을 가리키고 있다. 쓴웃음을 지은 서동수가 한수정의 어깨를 당겨 안았다.

"너하고 있으면 편해. 하루 종일 이러고 누워 있으면 좋겠다."

"하루 정도는 해볼 만할 거야."

한수정이 볼을 서동수의 가슴에 붙이더니 한쪽 다리를 하반신 위로 걸쳤다.

"하지만 그 이상은 현실적으로 불가능할 걸?"

그렇다. 배겨내지 못 할 것이다. 서동수는 한수정의 탄력 있는 젖가슴을 부드럽게 어루만졌다. 아직도 젖꼭지는 단단하게 세워져 있다.

"오빠, 장치가 우리 이러는 걸 알면 뭐라고 할까?"

불쑥 한수정이 물었으므로 서동수가 다시 웃었다.

"내 여자관계를 대충 알고 있어. 충격 받지는 않을 거야."

"결혼해도 이럴 거야?"

"모르지."

저도 모르게 대답했지만 진심이다. 어떻게 될지 모른다. 한수정이 벽시계를 보더니 손을 뻗어 서동수의 남성을 쥐었다. 늘어져 있던 남성이 한수정의 손 안에 들어가자 곧 활기가 일어났다.

"나도 모르겠다."

한수정이 서동수의 남성을 주무르면서 웃었다.

"이러다가 그냥 죽어버리고 싶어."

"너, 굶었구나."

"그래, 굶었다. 왜?"

눈을 흘긴 한수정이 남성을 힘주어 쥐는 바람에 서동수가 입을 딱 벌렸다.

"내가 오빠처럼 내두르고 다니는 줄 알아? 난 오빠 하나뿐이라고."

"미안, 놔."

"지금 얼마만인지 알아?"

"놔. 놓으면 말할게."

"말해."

"아이고."

그런데 꽉 쥐는 바람에 남성은 오히려 더 성이 나 버렸다. 그러자 놀란 한수정이 손을 떼었다.

"어머나, 이게 성났네."

서동수는 한수정을 밀치고 위로 올랐다.

"그래, 성났다."

"오빠, 그냥 넣어."

다리를 벌리면서 한수정이 손을 뻗어 서동수의 흐트러진 머리칼을 젖혀주었다.

"너무 힘들게 하지 말고 그냥 싸."

"이게 정말."

기분이 묘해진 서동수가 불끈 몸을 넣었더니 한수정이 입을 딱 벌렸다.

"아이고, 좋아."

한수정이 서동수를 올려다보면서 활짝 웃었다. 눈동자의 초점이 맞는다.

"오빠, 일 년에 한 번씩만 만나줘도 돼."

서동수는 대답 대신 거칠게 허리를 움직이기 시작했다.

"나 오빠를 이해할 수 있어."

한수정의 목소리가 흐트러지기 시작했다. 두 팔을 뻗어 서동수의 어깨를 움켜쥔 한수정이 허리를 흔들었다. 서동수는 한수정의 동굴이 좁혀지는 것을 느꼈다.

"아, 아."

한수정의 입에서 신음이 터졌고 치켜뜬 눈은 흐려졌다.

"여보. 여보."

두 다리를 치켜든 한수정의 얼굴은 붉게 상기되었다. 서동수는 머리를 숙여 한수정의 입술에 키스했다. 사랑스러웠기 때문이다. 그렇다. 이것은 한수정과 서동수식 사랑이다. 이제 둘은 열중했다. 사지가 어지럽게 엉켜 있었지만 리듬이 맞는다.

그날 오후, 인천공항으로 달리는 차 안에서 서동수가 유병선에게 말했다.

"마음을 비웠어."

유병선은 시선만 주었고 서동수의 말이 이어졌다.

"마음을 비우니까 더 큰 것이 보이는군. 하지만 집착이 없으니까 부담도 없어."

이제 한국과 중국 정부는 바쁘게 움직일 것이었다. 북한 측도 마찬가지다. 서동수는 한국인으로 중국에 기반을 둔 기업인이다. 신의주 특구 장관이지만 특구체제 변경은 정부의 몫이니 기다리는 수밖에 없다. 머리를 든 서동수가 유병선을 보았다.

"신의주가 자치령이 되면 유 실장이 행정청으로 옮아와줘야겠어."

"제가 말씀입니까?"

숨을 들이켰다가 뱉은 유병선의 두 눈이 번들거렸다. 행정청 장관 비서실장이 되라는 말이다. 이것은 대기업 비서실장에서 청와대 비서실장으로 옮기는 것과 같다. 유병선이 어깨를 세우고 대답했다.

"예. 가겠습니다, 회장님."

"신의주에서는 장관으로 불러야 돼."

서동수가 웃음 띤 얼굴로 말했을 때다. 앞쪽에서 전화벨 소리가 울리더니 곧 최성갑이 받았다. 그러고는 몇 번 짧게 응답하고 나서 서동수를 보았다.

"최봉수 부장관입니다. 받으시겠습니까?"

최봉수는 특구의 북한 측 부장관이다. 서동수가 잠자코 손을 내밀었다.

"전화 바꿨습니다."

서동수가 응답했을 때 최봉수는 반가운 듯 목소리를 높였다.

"장관님, 본국에서 연락이 왔기 때문에 전화를 드렸습니다."

최봉수에게 본국은 북한이다. 곧 최봉수가 말을 이었다.

"경애하시는 장군님께서 뵙자고 하십니다. 내일 평양에 오실 수 있으신지요?"

순간 숨을 들이켠 서동수가 앞쪽에 시선을 준 채 몸을 굳혔다. 언젠가는 이런 일이 일어나리라고 예상은 했다. 조금 늦은 감이 있을 정도였다. 북한의 최고지도자, 젊은 장군, 집권 3년이 되었지만 아직 한 번도 외국 국가원수와 회담을 하지 않은 지도자, 그것이 자의건 타의에 의한 것이건 간에 그를 신비스럽게 만들었다. 만일 서동수가 내일 평양에 간다면 매스컴은 난리가 날 것이다. 젊은 장군 김동일이 처음으로 전 세계 매스컴에 드러나게 될지도 모른다.

"알았습니다. 내일 평양으로 가지요."

서동수가 말했을 때 놀란 유병선의 시선이 옮아왔다.

"장군님이 보자는 거야."

핸드폰을 내려놓은 서동수가 말하자 유병선은 비서실장답게 주머니에서 수첩을 꺼내들었다.

"먼저 청와대에 연락하셔야 될 것 같은 데요."

서동수는 머리만 끄덕였고 유병선의 말이 이어졌다.

"중국 측에도 알려줘야 될 것 같습니다. 그래서 양국 고위층의 의견을 들으시고 평양에 가시지요."

"그래야겠어."

"그럼 중국행을 보류시키고 차를 돌리겠습니다."

서동수가 다시 머리를 끄덕였고 유병선이 핸드폰을 쥐더니 이곳저

곳에 연락을 하기 시작했다. 인천공항에 다 와가자 승용차는 속력을 줄였다. 돌아가려는 것이다. 문득 서동수는 올해가 분단 69년이 되었다는 것이 떠올랐다. 1945년 8월 15일부터 계산하면 그렇다. 해방일을 남북한 분단일로 계산해도 된다.

"예, 장관께서 실장님께 드릴 말씀이 있으십니다."

유병선이 청와대 비서실장실에 말하고 있다.

오후 5시 반, 청와대 비서실장실 안에는 넷이 둘러앉았다. 비서실장 양용식과 서동수, 통일장관 윤병준과 국정원장 박기출이다. 양용식이 박기출을 참석시킨 것이다. 그것은 곧 대통령의 지시라고 보면 된다. 인사를 건성으로 나누고 나서 바로 양용식이 본론을 꺼내었다.

"김 대장이 괜히 서 장관하고 뒤늦게 인사하자고 부른 게 아닐 겁니다."

셋을 둘러본 양용식이 말을 이었다.

"대통령께선 내일 서 장관과 김 대장의 회담이 대단히 중요하다고 생각하십니다."

양용식은 계속 김 대장이라고 직급을 부르고 있다. 그때 국정원장 박기출이 말했다.

"내일 평양에 가시기 전에 중국 측에서도 여러 가지 조언을 하겠지요. 하지만 우리들이 정보를 분석한 결과, 북한 측이 이미 한·중 양국이 신의주특구를 자치령으로 변환시키려고 한다는 정보를 받은 것으로 판단됩니다. 따라서"

박기출이 숨을 돌렸을 때 양용식이 말을 잇는다.

"김 대장이 서 장관께 북한 측의 결정을 말해줄 가능성이 있다는 겁니다. 한·중 양국 정부가 나서기 전에 그런 식으로 분위기를 부드럽게 할 수 있을 테니까요."

"중국 측에서 미리 북한 측에 정보를 흘려 충격을 완화시키려는 의도도 보였습니다."

다시 박기출이 말했을 때 통일장관 윤병준이 웃음 띤 얼굴로 서동수를 보았다.

"서 장관께선 부담 갖지 마시고 김 대장의 의견을 들으시면 됩니다."

서동수는 다시 심호흡을 했다. 한국 고위층의 호흡이 잘 맞는 것에 감동을 받았기 때문이다. 이들은 대통령과 먼저 회합을 하고 나서 자신을 만난 것이다.

"알겠습니다. 여기 오면서 들었는데 북한 측에선 보도 금지를 요청하지 않았더군요. 제가 평양에서 돌아오면 언론사에서 몰려들지 않겠습니까?"

서동수가 묻자 대답은 윤병준이 했다.

"제가 중국 정부하고 절충해서 서 장관께 말씀드리지요."

그렇게 결정이 되었다. 서동수의 전용기가 베이징(北京)에 도착했을 때는 오후 7시가 다 되어갈 무렵이다. 중국 측의 요청으로 인천에서 곧장 베이징으로 날아온 것이다. 서동수는 공항에 대기하고 있던 헬리콥터를 타고 이화원 근처의 안가에 닿았는데 이번에도 총리 저우커장과 산둥(山東)성 당서기 리정산이 맞았다.

"한국 측 의견도 다 들으셨겠지만."

인사를 마쳤을 때 저우커장이 웃음 띤 얼굴로 말했다.

"내일 김 장군이 신의주 자치령에 대해서 이야기할 가능성이 많습니다."

서동수는 잠자코 시선만 주었고 저우커장의 말이 이어졌다.

"평양에 가시기 전에 우리를 만난 것도 김 장군이 알고 있을 테니 중국 측 입장을 전해 주셨으면 합니다."

서동수는 숨을 죽였다. 중국은 적극적이다. 자치령 제안을 내놓은 것도 중국이었기 때문이다.

"신의주 자치령으로 중국은 동북 3성(省)의 동반 성장을 기대하고 있다고 전해 주십시오. 또한 북한 정권의 안정을 바란다고 말씀해 주십시오. 다른 의도는 없습니다. 북한 정부도 잘 알 겁니다."

저우커장은 웃음 띤 얼굴이었지만 입술은 굳게 닫혀 있다. 서동수가 머리를 끄덕였다.

"그렇게 전하겠습니다, 총리님."

"다 만족할 수는 없는 법입니다."

불쑥 말한 저우커장이 어깨를 늘어뜨리면서 길게 숨을 뱉었다.

"자기의 분수를 알고 최선을 다하고 나서 운에 맡겨야 합니다."

다음 날 오후 3시 반, 서동수의 전용기 동성-1호기가 평양 순안공항에 착륙했다. 비행기의 문에 섰을 때 서동수는 계단 아래에서 기다리고 있는 사내들을 보았다. 검정색 승용차도 3대나 대기하고 있다. 이른바 공항 영접이다. 모두 처음 보는 얼굴이었지만 비행기에서 내린 서동수를 정중하게 맞는다.

"제가 내각부 총리실 부장 이윤섭입니다. 모시러 왔습니다."

50대쯤의 이윤섭이 차로 안내하면서 말했다. 꽃다발도 없었고 악수를 기다리는 사람도 없었기 때문에 서동수는 차에 올라 곧장 평양으로 달린다. 서동수의 일행은 비서실장 유병선과 비서 최성갑, 민혜영

그리고 임청까지 왔다.

"오늘 오후 6시에 주석궁에서 위대하신 장군님과 회의가 있고 8시에는 만찬입니다. 괜찮으십니까?"

옆에 앉은 이윤섭이 스케줄을 설명했다.

"회의는 장군님께서 인민군 총정치국장 최대섭 대장과 특구담당 정오석 비서를 참석하도록 지시하셨습니다. 괜찮으십니까?"

"예, 물론이죠."

"장관께서는 혼자 오셨으면 합니다."

"알겠습니다."

"만찬에는 수행원 동무들도 모두 참석하게 되실 것입니다."

이윤섭이 말을 그친 사이에 서동수가 창밖을 보았다. 똑같은 산과 들이다. 이제는 언론 매체를 통해 자주 봐서 낯이 익기도 하다. 그때 이윤섭이 입을 열었다.

"장관 동지, 숙소는 대동강 옆에 새로 지은 제77초대소입니다, 차로 한 시간이면 닿습니다."

과연 차는 교통체증이 없는 평양 시내로 진입하더니 한 시간 만에 초대소 현관 앞에 도착했다. 제복 차림의 직원들이 도열해 서 있다가 서동수 일행을 맞는다. 황토색 벽돌 2층 건물인 초대소는 마치 중세 유럽의 성 같았고 직원들은 성주(城主)를 맞는 것 같다.

"음, 좋군."

현관으로 들어선 서동수가 얼굴을 펴고 웃었다. 호텔 같은 숙박업소 분위기는 전혀 풍기지 않았다. 성주를 위한 주거 공간이다. 유병선은 물론이고 민혜영과 임청의 얼굴이 환해진 것을 보면 만족도가 피부로 느껴졌다. 그리고 그날 오후 6시가 되었을 때 서동수는 주석궁의 회의실에서 김동일 대장과 장방형 테이블을 사이에 두고 마주앉았다. 김 대장은 사진에서 볼 때와는 달리 과묵했다. 뉴스를 보면 상대방을 향해 끊임없이, 때로는 열정적으로 이야기를 했는데 지금은 다르다. 인사를 나눌 때도 웃음 띤 얼굴로 반갑다고만 했을 뿐이다. 김 대장 좌우에는 최대섭 대장과 정오석 비서가 앉았다. 먼저 입을 연 것은 물론 김 대장이다.

"신의주특구 이야기를 들었는데요, 자치령이 됐을 경우를 우리 동무들이 몇 시간 동안이나 이야기를 해줍디다."

한마디씩 차분하게 말한 김 대장이 팔꿈치를 테이블에 세우고 손등 위에 턱을 올려놓았다. 서동수를 바라보는 눈동자가 맑다. 서동수가 입안에 고인 침을 삼켰을 때 김 대장이 말을 이었다.

"근데 알아듣지 못하겠어요. 내가 이해력이 나쁜 것은 아닌 것 같은데 핵심을 피해서 이야기하는 것 같단 말입니다."

이제는 김 대장 좌우에서 연달아 침 삼키는 소리가 들렸다. 그쪽도 긴장하고 있는 것이다. 김 대장이 지그시 서동수를 보았다.

"자치령이 되면 자치령 안에 들어간 우리 북조선 인민이 잘 살게 될까요?"

서동수는 심호흡부터 했다. 쉽게 물었으니 쉽게 대답하자.

머리를 든 서동수와 김 대장의 시선이 마주쳤다.

"잘 살게 됩니다. 5년 후에 주민 1인당 소득으로 1만 불을 달성하겠습니다."

그때 김 대장이 숨을 들이켰다. 작년 북한의 1인당 국민소득이 1000불 정도였다. 중국은 9000불, 한국은 2만6000불이다. 다시 서동수가 말을 이었다.

"다시 3년 후에 인구 500만 명의 1인당 국민소득을 1만5000불로 달성하겠습니다."

북한의 2013년 기준 인구는 2440만 명이다.

인구의 5분의 1이 해당되는 것이다. 그때 김 대장이 다시 물었다.

"서 장관께선 신의주가 자치령이 되면 가장 득을 보는 국가가 어디라고 생각하시오?"

"대장님의 초대를 받고 나서 한·중 양국의 고위층을 만났습니다."

서동수가 똑바로 김 대장을 보았다.

"모두 윈윈이라고 말씀하셨는데 맞습니다. 하지만"

어깨를 부풀렸다 내린 서동수가 말을 이었다.

"가장 득을 보는 것은 자치령 주민이죠. 저는 자치령이 어떤 역할을 할지, 어떻게 될지는 생각 안 했습니다."

"……."

"자치령에 전력투구할 뿐이지요."

"서 장관이 내 입장이라면 어떻게 하실 것 같습니까?"

자, 이제 칼끝이 정면으로 겨누어졌다. 막지 못하면 죽는다. 서동수의 머릿속에 리베이트를 먹은 것이 탄로가 나서 난데없는 칭다오 공장으로 전출되었을 때가 떠올랐다. 10여 년 전이다. 회사에서는 그런 인사발령을 내면 사표를 낼 것으로 예상했지만 보도 듣도 못 한 섬유공장으로 갔다. 그리고 거기에서 리베이트를 더 크게 먹고 이제 이렇게 되었다. 서동수가 대답했다.

"자치령으로 해 줄 겁니다."

김 대장은 시선만 주었고 서동수가 말을 이었다.

"다른 거 생각 안 하겠습니다."

"……."

"아, 제 잇속 안 차리고 제 살 떼어주면서 돕는 국가가 어디 있습니까? 국민 세금 나가는데요? 다 속셈이 있겠지요."

"……."

"하지만 자치령이 되면 당장에 몇 백만이 잘 살게 됩니다. 해야지요."

"……."

"뭐, 간단하게 풀어가는 겁니다. 요즘은 하도 아는 체 하는 인사가 많아서 별 궁리가 다 나오지만 빙빙 돌다가 제자리로 오거나 제 발등 찍는 것도 모르는 경우도 있더군요."

그때 김 대장이 빙그레 웃었으므로 곁눈질을 열심히 하던 좌우의 최대섭과 정오석이 어깨를 늘어뜨렸다.

"말은 들었지만 서 장관께선 좀 웃기시는 분이오."

"예, 제가 속물입니다."

잡놈이라고 하려다가 예의상 그렇게 바꿨다. 김 대장이 웃음 띤 얼굴로 서동수를 보았다.

"중국이 북한을 먹으려고 한다는 생각은 해보지 않으셨습니까?"

"했습니다."

대번에 대답한 서동수가 심호흡부터 했다.

"그래서인지 저한테 미모의 고위층 가계의 여자를 소개시켜줘서 지금 교제 중이지요."

김 대장의 시선을 받은 서동수가 말을 이었다.

"그런데 중국 측이 그 여자를 이용할 계획을 했다면 아마 실패하게 될 것 같습니다."

"자, 그럼 저녁에 술이나 한잔 하시지요, 서 장관."

갑자기 김 대장이 그렇게 말하는 바람에 서동수는 숨을 들이켰다.

선입견이 때로는 대사(大事)를 그르칠 수가 있다. 인간이 완벽한 존재가 아닌 것이다. 덕망과 경륜을 쌓은 사람도 선입견의 함정에 빠진다. 그런 실수를 하지 않기 위해서는 먼저 마음을 비워야 한다. 자신의 입장을 버려야 하는 것이다. 서동수가 한때 우수한 세일즈맨으로 인정을 받았던 것도 그런 맥락이다. 윈윈은 서로 좋다는 의미지만 대등한 거래는 극히 드물다. 따라서 상대방의 입장으로 생각하고 내가 조금 양보한다는 자세가 돼야 윈윈의 준비가 갖춰지는 것이다. 그리고 다음번에 상대방이 그렇게 보답해주면 대등한 윈윈이 된다. 서동수가 김 대장에게 전하고 싶었던 것도 그런 내용이다. 그것을 간단하게 말하는 바람에 조바심이 났지만 김 대장의 반응이 놀라웠다. 밝아진 것이다. 그것이 만찬장의 분위기에서 나타났다. 몇 년 전에 사망한 김 대장의 부친 김 위원장이 파티를 즐긴다는 기사를 읽은 적이 있다. 그러나 김 대장의 파티 소식은 듣지 못했다.

"자, 듭시다."

술잔을 든 김 대장이 건배를 제의했다. 주석궁 만찬장에는 10여 명의 북한 고위층이 모였고 서동수 측은 임청까지 다 왔다. 김 대장이 건배사를 했다.

"신의주 자치령을 위하여!"

"위하여!"

따라 외친 서동수의 말끝이 떨렸다. 감동한 서동수가 한 모금에 60

도짜리라는 금강산 살모사주를 삼켰다. 신의주가 자치령이 된 것이다. 김 대장이 이렇게 거침없이 결단하리라고는 상상도 못했던 서동수다. 자리에 앉았을 때 옆자리에 있던 인민군 총정치국장 최대섭이 서동수의 술잔을 채워주면서 웃었다. 최대섭은 오후의 회의에도 동석한 인물이다.

"장관, 김 대장 동지께서 장관님께 호의를 품고 계시는 것 같습니다."

"영광입니다."

최대섭은 60대 중반이었지만 북한군 장성 기준으로 보면 젊은 편이다. 그러나 눈매가 날카로웠고 건장한 체격이다. 최대섭이 말을 이었다.

"그러나 앞으로 난관을 헤쳐가야 될 것입니다, 장관."

"쉽지 않겠지요. 하지만 희망이 보입니다, 정치국장님."

그때 김 대장이 서동수를 불렀다. 이제 플로어에서는 악단과 가수가 등장해서 먼저 음악이 연주되고 있다.

"서 장관, 가깝게 앉으시오."

김 대장이 말하자 뒤쪽에 서 있던 경호군관이 서동수의 의자를 김 대장의 옆쪽에 바짝 붙였다. 김 대장이 몸을 기울여 서동수의 귀에 대고 말했다.

"장관, 이대로 가면 북남 통일은 언제 될 것 같습니까?"

통일이라, 순간 심장이 덜컥 내려앉는 느낌이 든 서동수가 숨을 골랐다. 서동수가 머리를 돌려 김 대장을 보았다.

"대장님, 이대로 간다면 통일은 15년쯤 후에 될 것 같습니다."

김 대장은 긴장한 표정으로 시선만 주었고 서동수의 말이 이어졌다.

"그동안 북한은 무섭게 경제성장을 할 테니까요. 아마 북한 주도의 통일이 될 가능성이 많습니다."

"……."

"한국은 그때까지 서로 물어뜯고 싸우겠지요. 그대로 놔두시고 한국의 60년, 70년, 80년대의 경제 부흥기를 연구하시지요."

"그, 박 대통령 시대군요."

"그렇습니다."

심호흡을 한 서동수가 김 대장의 귀에 입술을 가깝게 붙였다.

"그리고 통일이 되면 한국의 좌파부터 소탕하시지요. 북한을 제일 먼저 오염시킬 테니까요."

평양을 떠난 동성-1호기가 다시 베이징에 도착했을 때는 다음 날 오후 4시경이다. 이번에도 멈춰선 비행기 앞에 차가 기다리고 있었다. 저우커장 총리가 보낸 차다. 오후 6시, 이제는 익숙해진 이화원 근처의 안가에서 서동수와 저우커장, 산둥성 서기 리정산의 3자 회동이 시작되었다. 인사를 마친 서동수가 김 대장의 신의주 자치령을 위한 건배 제의부터 꺼내니 저우커장이 손바닥으로 무릎을 치며 웃었다.

"잘되었습니다. 중국 정부는 최선을 다해 신의주 자치령의 발전을 도울 거요."

저우커장이 찻잔을 들어 건배하는 시늉까지 했다.

"이제 회담은 순풍에 돛을 단 셈이 되겠습니다."

"김 대장은 예상하고 있었던 것 같습니다."

서동수의 말에 저우커장이 머리를 끄덕이며 웃었다.

"우리가 정보를 흘렸지요. 놀라게 하면 안 되니까요."

"놀랍습니다. 잘하셨군요."

결과가 좋으면 과정은 잊어진다. 서동수가 유도했지만 둘은 김 대장과 무슨 이야기를 주고받았는지 궁금한 눈치가 아니었다. 저우커장이 생각난 듯 물었다.

"한국 정부도 환영하지요?"

"당연하지요."

베이징으로 날아오는 비행기 안에서 비서실장 양용식에게 보고를 한 것이다. 대통령에게 바로 알리려면 그 방법밖에 없다. 양용식도 펄쩍 뛸 듯이 반겼는데 지금쯤 대통령 주재하에 신의주 자치령 회의가 열리고 있을 것이었다.

"일이나 사람이나 운(運)이라는 것이 있는 것 같습니다."

의자에 등을 붙인 저우커장이 이제는 여유 있는 표정으로 서동수를 보았다.

"서 장관은 운이 맞는 분이라는 생각이 들어요. 운이 맞는 분 옆에 있으면 함께 돈벼락을 맞는다는 우리 고향 속담이 있습니다."

서동수는 저우커장의 고향이 상하이라는 것을 떠올렸다. 한국에도 비슷한 속담이 있다. 재수 없는 놈하고 같이 있으면 같이 벼락을 맞는다는 말이다.

"좋은 날, 술 한 잔 안 할 수가 없지요."

저우커장의 눈짓을 받은 리정산이 방을 나갔다. 주연을 준비하려는 것 같다. 둘이 남았을 때 저우커장이 물었다.

"김 대장 성품이 어떻습니까?"

"훌륭했습니다."

세상에서 저한테 잘해준 사람한테 욕하는 놈은 정신병자뿐이다. 문득 저우커장의 얼굴을 보면서 서동수는 제가 한 말을 떠올렸다. 15년 후면 저우커장은 권력의 자리에서 물러난 지 7, 8년쯤 되었을 때다. 한국도 마찬가지다. 세 번째 새 대통령이 등장했을 것이다. 그렇다면 북한은?

그때 저우커장이 다시 덕담을 했다.

"김 대장이 서 장관의 솔직 담백한 성품에 호감을 느꼈을 것입니다."

"과찬이십니다, 총리님"

했지만 김 대장한테 한 말을 다 이야기할 수는 없다. 이제 신의주 자치령을 기반으로 북한이 경제 부흥을 이루면 3국 중 가장 안정된 국가가 바로 북한이 될 것이다. 그때 리정산이 방으로 들어서며 말했다.

"자, 준비되었습니다. 가시지요."

저우커장과 함께 일어선 서동수가 옆쪽 만찬장으로 들어서다가 숨을 들이켰다. 장치가 기다리고 서 있었기 때문이다. 놀란 서동수의 표정을 보더니 장치가 빙그레 웃었는데 양귀비 같기도 했고 여포의 아내 초선 같기도 했다. 저우커장이 웃음 띤 얼굴로 말했다.

"기뻐하실 것 같아서 모셨습니다."

서동수가 답례로 머리를 숙여 절을 했다.

"술을 한 잔 더 해야겠어."

서동수가 말하자 장치는 전화기를 들더니 룸서비스를 부른다. 오후 10시 반, 천안문 근처에 신축된 '황제호텔' 스위트룸 안이다. 저우커장, 리정산과 저녁을 먹고 둘이 이곳으로 온 것이다. 장치는 저녁을 먹을 때 술을 두어 잔 마신 터라 볼이 빨갛게 상기되어 있다.

"여보, 욕조에 물 받아 놓을까요?"

주문을 마친 장치가 물었는데 여보는 한국말이다. 쓴웃음을 지은 서동수가 머리만 끄덕이고 핸드폰의 버튼을 눌렀다.

"예, 장관님."

신호음이 한번 울렸을 때 곧 유병선의 목소리가 울렸다. 유병선도 황제호텔에 묵고 있는 것이다.

"앞으로 자치령에 대해서는 일체 노코멘트를 하도록, 3국 정부에 맡기고 우리는 모르는 일이야."

핸드폰을 귀에 붙인 서동수가 강조했다.

"3국 정부에서 발표할 때까지 일절 나서지 말도록."

"알겠습니다. 장관님."

유병선의 목소리에 활기가 띠어져 있다. 이제 서동수의 성품을 아는 것이다. 간혹 말부터 앞세우고 언론에 등장하기를 좋아하는 사람이 있다. 얼굴이 많이 알려질수록 선거에 유리했기 때문이다. 핸드폰을 귀에서 떼었을 때 욕실에서 장치가 나왔다. 어느새 재킷을 벗고 반소매 셔츠에 반바지 차림이 되어 있다.

"욕조가 수영장만 해."

눈을 둥그렇게 뜬 장치가 웃었다.

"거기서 우리 벗고 술 마셔요."

"무슨 영화를 본 거야?"

장치의 분위기에 전염된 서동수가 저고리를 벗어 던지면서 다가갔다.

"내가 룸서비스 오면 욕조로 가져갈 테니까 먼저 들어가 있어요."

서동수의 팔에 안긴 장치가 하반신을 문지르며 말했다.

"만찬장에서 당신을 본 순간부터 거기가 젖었어."

"요부가 다 되었구나."

서동수가 장치의 입술에 키스했다. 두 팔로 서동수의 목을 감아 안은 장치가 입을 열어 혀를 내주었다. 서동수는 달고 탄력이 강한 장치의 혀를 빨았다.

"이제 그만, 욕조로 가요."

입을 뗀 장치가 가쁜 숨을 뱉으며 말했다. 서동수의 팔을 끌고 욕실로 들어선 장치가 옷을 벗겨주면서 말했다.

"고위층하고 같이 있는 당신을 보니까 어울렸어. 나는 자극을 받았고."

"……."

"내가 중국 국적인 데다 당원이니까 당신만 국적 변경을 하면 금방 성장(省長)되는 건 일도 아닐 거야."

이제 알몸이 된 서동수는 물이 차 있는 욕조로 들어가 몸을 눕혔다. 장치가 말한 대로 욕조는 작은 수영장만 했다. 반대편에는 수압으로 안마하는 장치도 있다. 장치가 욕조 끝에 앉아 물 온도를 조절하며 말을 이었다.

"그러고 나서 상하이방과 친지들의 지원을 받아 정치국원에 오르고 당주석이 될 수도 있는 거야, 여보."

장치가 한국어의 여보를 또 썼다. 머리만 내놓고 욕조에 누운 서동수가 심호흡을 했다. 여진의 누르하치는 대청(大淸)을 건국, 중국 대륙을 지배했다. 금(金)은 어떤가? 원(元) 제국은 어떻고? 충청도 출신 서동수가 신의주 장관에서부터 성장, 성의 서기를 거쳐 중국의 국가 주석이 되지 말란 법이 있느냐? 서동수는 눈을 떴다. 일단 그러려면 조선성(省)에서 시작해야 될 것이다.

"어머, 섰네."

그때 장치가 물속을 들여다보며 웃었다. 물속에서 서 있는 놈을 본 것 같다.

다음 날 아침, 8시가 되었을 때 서동수는 청와대 비서실장 양용식에게 평양에서의 일을 보고했다. 대통령에게 바로 전하려면 이 방법이 가장 빠르다.

"수고하셨습니다."

보고를 끝냈을 때 양용식이 밝은 목소리로 치하했다.

"중국에서도 한턱냈으니 우리도 파티 한번 해야겠습니다."

서동수는 저우커장과의 회식도 이야기해 준 것이다. 서동수가 아직도 침대에서 잠들어 있는 장치의 알몸을 보면서 말했다.

"언론 발표는 중국 측과 상의하시지요. 저는 내일부터 신의주에 들어가 있을 테니까요."

신의주에 들어가 있으면 파파라치는커녕 언론사 출입도 허가를 맡아야 한다. 자치령이 되면 달라지겠지만 지금의 신의주에는 아무나 들어올 수가 없다. 그러자 양용식이 짧게 웃었다.

"알겠습니다. 바로 중국 정부하고 상의하지요."

통화를 끝낸 서동수는 그 사이에 장치가 침대에서 상반신을 일으킨 것을 보았다. 알몸이어서 도톰한 젖가슴과 아랫배, 짙은 숲까지 보인다. 장치가 물었다.

"오늘 칭다오로 가실 건가요?"

"칭다오 들렀다가 신의주로 갈 거야."

"바쁘시네요."

두 손을 치켜든 장치가 기지개를 켰다. 만족한 밤을 보낸 장치의 얼굴은 활기가 배어 있었다.

"신의주에 한번 데려다줘요, 여보."

"그러지."

아직 여가를 보낼 시설이 부족한 터라 장치는 신축된 호텔방에만 박혀 있어야 할 것이다. 장치와 룸서비스로 아침을 먹고 헤어진 서동수가 칭다오에 도착했을 때는 오후 1시경이다. 공항에는 딸 미혜가 마중 나와 있었는데 오전에 통화를 했더니 공항에 나오겠다고 한 것이다.

"아빠, 앞으로 신의주에서 사는 거야?"

차에 나란히 앉았을 때 미혜가 불쑥 물었다. 미혜는 이제 열여덟 살이다. 일곱 살 때 할머니하고 중국에 온 후로 11년이 지났다. 그동안 형 가족하고 같이 살면서 사촌 언니, 오빠가 옆에 있어 주었고 형수 박애영이 어머니 노릇을 했다. 그러나 서동수는 미혜만 보면 죄책감을 느낀다. 이렇게 탈 없이 잘 커준 것이 고맙기만 하다. 서동수가 머리를 저었다.

"사업체를 다 옮길 수는 없으니까 이곳이 내 본거지야. 고향은 한국이고."

"그럼 나는?"

"너는 아빠하고 같이 있어야지. 지금처럼 나는 항상 너한테 돌아와."

"나도 아빠 따라갈 테니까."

하고는 잠시 있다가 미혜가 다시 물었다.

"그럼 그 여자는 어떻게 할 건데?"

순간 서동수는 미혜가 공항에 나오겠다는 이유를 알았다. 장치다. 언론에도 자주 거론되었기 때문에 미혜가 모를 리가 없다. 심호흡을 하고 난 서동수가 대답했다.

"우리는 그대로 살아. 나, 너 그리고 네 할머니, 숙모, 숙부, 사촌들까지."

"……."

"그 사람은 따로 살지. 아마 가끔 들르게 될 거다."

"그럴 수도 있는 거야?"

"있지."

"대학교수라던데. 집안도 좋고, 미인이던데. 내가 인터넷에서 다 봤어."

"그렇구나."

"축하해, 아빠."

그때 다시 서동수가 심호흡을 했다. 다행히 유병선은 이 차에 타지 않았다. 운전사 미스터 왕은 중국인이라 한국어는 모른다. 서동수가 손을 뻗어 다 큰 숙녀가 된 미혜의 손을 잡았다. 미혜는 신의주 자치령 따위는 관심도 없는 것 같다.

대단위 공사가 진행되고 있다. 건설 인력만 해도 한국과 중국에서 1만여 명이 투입됐고 북한에서는 5000여 명이다. 북한 인력이 대규모로 투입돼야 하지만 선별, 교육 과정에 시간이 걸리고 있기 때문이다. 그래서 북한 측 부장관 최봉수는 과정을 단축하기로 약속을 했다. 서동수가 신의주 제2지구 공사장 식당에 들어섰을 때는 오후 12시 반쯤이다. 500명이 한꺼번에 식사할 수 있는 식당은 건설 인력으로 가득 차 있었는데 뷔페식이어서 줄이 길게 늘어섰다.

"이쪽으로."

동행한 유병선의 안내를 받아 서동수가 안쪽 주방 옆의 방으로 들어섰다. 방 안 테이블에는 이미 상이 차려져 있다.

“식당 인기가 좋습니다.”

동행한 한국 측 부장관 문영규가 말했다.

“한국에 내놔도 손색이 없습니다.”

북한 측 부장관 최봉수는 말이 없고 건설본부장 왕창궈(王長國)는 한국어에 익숙한 터라 머리를 끄덕였다. 왕창궈는 중국관리 출신으로 중국 동성의 사장이었다가 신의주 특구 생산본부장 겸 건설본부장이 됐다. 그들이 자리 잡고 앉았을 때 쟁반에 밥과 국을 받쳐 든 종업원들과 함께 식당 사장 진윤화가 들어섰다.

“오셨습니까?”

진윤화가 깊게 허리를 굽혀 절을 하고는 종업원을 도와 음식을 배열했다. 진윤화는 ‘동성식당’의 사장 겸 주주다. 건설현장의 17개 식당에서 하루 평균 5만 명분의 식사를 공급하고 있다.

“잘 됩니까?”

진윤화가 옆으로 다가왔을 때 서동수가 물었다. 숨을 들이켜자 진윤화한테서 옅은 향내가 맡아졌다. 코에 익숙해진 냄새다.

“네, 잘 되고 있습니다.”

조금 굳어진 목소리로 진윤화가 대답했는데 얼굴은 보이지 않았다. 지난번 카이로에서 헤어진 후로 처음 만나는 것이다. 그동안 진윤화는 라고스 식당을 정리하고 이곳으로 왔다. 식당을 개업하는데 진윤화는 얼굴만 내밀면 됐다. 비서실장 유병선이 하나에서 열까지 다 챙겨 주었기 때문이다. 그러나 영업을 시작하고서는 진윤화가 열성적으로 일한다고 했다. 한식과 중국식이 섞인 음식은 맛이 있었다. 서울 특급 호텔의 뷔페 요리보다 떨어지지 않았다.

"맛이 있습니다."

서동수가 칭찬했더니 진윤화가 다시 머리를 숙여 정중하게 답례했다.

"감사합니다. 열심히 하겠습니다."

장관 대우를 해주는 것이지만 서동수는 어쩐지 허전해서 어깨가 늘어졌다. 그래서 장관실로 돌아왔을 때 유병선에게 말했다.

"식당 진 사장이 군기가 딱 잡혔더구먼, 그렇지 않아?"

"예, 그렇습니다."

외면한 유병선이 말을 이었다.

"현재 신의주특구에서 유일하게 수익을 내고 있는 회사가 대동식당이거든요."

"그런가?"

"진 사장한테 10퍼센트 지분을 주었으니까 한 달에 1억5000만 원 정도가 수입금이 됩니다."

"곧 부자 되겠군."

"더구나 자기 자본을 한 푼도 투자하지 않은 상태니까요."

"왜? 배 아프냐?"

"아닙니다."

깜짝 놀란 유병선이 서동수의 얼굴을 보더니 쓴웃음을 지었다. 서동수가 웃고 있었기 때문이다. 그때 서동수가 말했다.

"나 진 사장하고 안 잤어."

당황한 유병선이 외면했고 서동수가 말을 이었다.

"내가 그럴 때도 있는 사람이다."

그로부터 15일 후, 남북한과 중국 정부는 신의주특구를 자치령으로 전환시키는 역사적인 협정에 조인했다. '신의주'는 향후 50년간 자치령으로 운영되며 행정수반인 장관에 의해 통치된다는 협정이다. 자치령은 이제 동북아의 신(新) 홍콩이 되었다. 주요 합의 사항은 투자이민의 적극적 수용, 자치대 운용, 이주자 구성이다. 진통 끝에 신의주 시민의 비율은 북, 남, 중에 한하여 4, 1, 1로 했는데 한국과 중국의 이주자는 투자 이주자로 제한했다. 5년 후에 신의주에 3국인 숫자가 600만이라면 북한 국적이 400만, 한국과 중국에서 각각 100만 명의 투자자가 이주해온 것이 될 것이다. 장관직은 현재 3국의 합의하에 서동수가 수행하고 5년 후에는 대의원에 의해 간접선거로 선출할 예정이다. 이제 기본 뼈대는 갖춰졌고, 투자에 대한 불안 요소도 가셨다. 우선 서동수는 신의주 내각을 구성하고 자치대 편성이 시급해서 신의주에 머물고 있었다.

"관광과 유흥시설을 서둘러야 돼요."

오전 10시, 회의석상에서 서동수가 말하자 모두의 시선이 모아졌다. 다만 비서실장 유병선과 회의에 참석한 관광청 장관 예정자 박흥섭만 시치미를 떼고 있을 뿐이다. 서동수가 말을 이었다.

"생산시설로 창출한 부를 이곳에서 소진시키도록 하겠습니다. 또한 라스베이거스처럼 카지노, 호텔, 향락시설을 유치해서 관광객이 몰려들도록 해야 됩니다."

이미 이것은 시장조사를 마친 사업이다. 홍콩은 자동차를 만들지 않았어도 번영했다. 중계무역과 시장의 활성화다. 수십 년간 홍콩은 신제품, 유행의 본산이었다. 싱가포르는 어떤가? 조선소가 없지만 세계 몇 위의 무역항이다. 서동수가 간부들을 둘러보며 웃었다.

"다시 한 번 세계 최고의 요정, 룸살롱, 노래방을 신의주에 건설한다는 자세로 시작합시다."

북한 측 부장관 최봉수만 눈을 껌벅일 뿐 모두 알아듣는 눈치였다. 신의주를 '사람'이 모이는 도시로 만들자는 뜻이다. 그리고 사실 지구상에서 한국처럼 요정, 룸살롱 문화가 발달되었던 나라는 없다. 누구는 그곳이 퇴폐와 부정의 산실이었다고 하지만 오장이 비비 꼬인 인간들이 하는 말이다. 서동수가 보기에 긍정적인 요소가 몇 배나 많은 곳이었다. 서동수만 해도 룸살롱, 요정에서 계약을 따내었고 클레임을 해결했으며 상사와 화해했다. 물론 리베이트를 부드럽게 받은 적도 있다. 그때 한국 측 부장관 문영규가 입을 열었다.

"오글라스 맥도날드에서 연락이 왔습니다. 신의주에 비행기 조립공장을 세우겠다고 합니다. 바로 투자를 하겠다는데요."

"검토해 봅시다."

해놓고 서동수가 똑바로 문영규를 보았다.

"내 생각인데 비행기 조립공장이면 엄청난 부지가 필요할 것 아닙니까?"

"그렇습니다."

"그렇다면."

서동수가 간부들을 둘러보았다.

"그 면적에 룸살롱 1000개는 세울 수 있을 것 같은데요."

최봉수는 또 룸살롱이야? 하는 표정을 지었지만 나머지는 알아듣는 눈치였다. 최봉수도 한국에서 자주 룸살롱을 다녔다면 금방 이해했을 것이다.

"무슨 말씀인지 알겠습니다."

문영규가 웃음 띤 얼굴로 대답하고는 화제를 돌렸다. 남북한과 중국이 연합해서 신의주 특구를 신의주 자치령으로 발전시켜 나가는 동안 미국과 일본이 위기의식을 느낀 것은 당연하다. 역사가 그것을 증명해 주고 있다. 청일전쟁, 가쓰라·태프트 조약에서 한일합방, 애치슨 라인에서 6·25, 그리고 미·일 동맹에 이르기까지.

욕정

"정력이 바로 국력이다."

강정만이 호기 있게 말했는데 맞는 말이다. 물론 강정만이 말하는 정력이란 것이 '섹스능력'이긴 해도 그렇다. 힘이 있어야 국력도 신장된다. 오늘, 서동수는 베이징의 클럽에서 고등학교 동창인 강정만과 우명호하고 셋이 모였다. 둘 다 서동수가 어렸을 때부터 직장생활을 할 때, 그리고 지금에 이르기까지 꾸준히 만나 온 친구들이다.

"그럼, 옛날에는 외국 출장을 나갔을 때 태극기를 꽂고 오는 것이 필수사항이었지."

우명호가 맞장구를 쳤다.

"그것으로 국력을 과시하고 대한민국을 만방에 알렸단 말이다."

"물론 짜게 놀거나 문전만 어지럽히고 나오는 바람에 국위를 손상시킨 경우도 있었지만."

술잔을 든 강정만이 지그시 옆에 앉은 파트너를 보았다. TV에서 본 것 같은 미인이다. 서동수와 우명호 옆에도 영화배우 같은 미인이 앉아 있다. 이곳은 베이징에서 가장 비싸고 은밀한 클럽이다. 철저하게 통제되어서 아무나 못 온다. 서동수가 한 모금에 우량예(五糧液)를 삼켰다. 50도짜리 알코올이 식도를 타고 내려가는 느낌이 짜릿했다. 서동수가 둘을 이곳으로 초대한 것이다. 강정만은 곡절을 겪은 끝에 지금은 건설회사 전무가 되었다. 처음 입사한 직장에서 20년 만에 중역이 되었으니 서동수는 저보다 낫다고 치켜세웠다. 그리고 우명호는 중국에서 은행을 퇴직하고 중국계 은행의 중역으로 취업했다. 둘 다 나름대로 성공한 직장인이다.

"야, 여기서는 2차를 어디로 가냐?"

술 마신 지 한 시간도 안 되었는데 강정만이 2차 장소부터 물었다. 강정만의 2차는 '자는 곳'이다. 이곳은 우명호도 처음이어서 둘의 시선이 서동수에게 모아졌다.

"분위기 내고 싶으면 밖으로 데려다 주고 급하면 여기서 해결해."

서동수가 턱으로 문 쪽을 가리켰다.

"바로 옆방이야."

"이제는 마음이 놓이는군."

소파에 등을 붙인 강정만이 얼굴을 펴고 웃었다.

"과연 천국이 따로 없다. 이 순간이 가장 행복한 거야."

"그렇지, 하기 직전이 가장 행복할 때지."

우명호가 맞장구를 쳤다.

"하기 한 시간 전이 가장 에너지가 솟구치는 때고 그다음이 옷을 벗을 때, 그리고 할 때가 그다음이라는 거다."

"맞다."

강정만이 파트너의 허리를 당겨 안으면서 말했다.

"넣고 나면 고행이지, 안 싸려고 기를 쓰는 고행, 한 방 탕, 쏘려고 그렇게 소쩍새가 밤새도록 울었단 말인가?"

"이 새끼가 시를 쓰나?"

둘의 이야기를 흘려들으면서 서동수가 파트너에게 말했다. 물론 중국어다.

"방 세 개 준비하라고 해."

"네."

자리에서 일어선 파트너의 허리와 엉덩이 선이 눈부셔 서동수가 숨을 들이켰다. 파트너의 이름이 린이라는 것만 알 뿐 아무것도 모른다. 방을 나가는 린의 뒷모습에서 시선을 뗀 서동수가 둘에게 말했다.

"방 준비하라고 했으니까 파트너 데리고 나가."

서동수가 손목시계를 보았다.

"9시 반이니까 11시까지만 놀다가 다시 이 방으로 와라."

"두 시간이면 충분할까?"

강정만이 걱정스러운 얼굴을 했다가 우명호가 던진 물수건에 어깨를 맞았다.

"네가 3분짜리라는 거 내가 잊은 것 같냐?"

우명호의 목소리도 들떠 있었다.

방은 호텔방 구조였지만 더 세련되고 고급스러웠다. 클럽은 5층 건물의 지하 1층이었는데 방은 5층이다. 그래서 호텔방으로 옮겨온 것처럼 느껴졌다.

"씻지 않으실래요?"

욕실로 들어서면서 린이 물었는데 시선이 마주치자 눈웃음을 쳤다.

갈아입은 은색 원피스가 팬티만 가렸을 뿐이어서 허벅지와 맨 다리가 다 드러났다.

"먼저 씻어."

린의 엉덩이와 다리에 시선을 준 채로 서동수가 말했다. 욕정이 솟아올라 몸이 후끈거렸고 피가 머리로 솟는 느낌이 들었다. 클럽 이름은 퀸, 간판도 손바닥만 하게 현관에 문패처럼 붙여졌고 로비는 텅 비었다. 그러나 엘리베이터로 지하 1층에 내렸더니 딴 세상이 펼쳐졌던 것이다. 유병선이 예약을 했으니까 사전 답사까지 마쳤다고 봐야 된다. 소파에 앉은 서동수가 핸드폰을 꺼내 버튼을 눌렀다. 오후 10시가 되어가고 있다.

"여보세요."

신호음이 두 번 울리고 나서 유병선이 응답했다. 기다리고 있었던 것이다. 서동수는 입맛부터 다시고 말했다.

"그래, 내 파트너가 린이라는 여자야. 지금 방에 같이 왔는데 씻으러 갔어."

"그러십니까?"

유병선이 사무적인 목소리로 말했다.

"린은 본명이 린윈(林雲)입니다. 홍콩 출신으로 27세, 홍콩 국제대학 영문학부를 졸업하고 베이징에 온 지 4년 되었습니다. 퀸에서 일한 지는 6개월째 됩니다."

"……."

"그전에는 학원 영어강사, 무역회사 직원, 통역사를 했군요."

"……."

"별 문제가 없을 것 같습니다, 회장님."

여기서는 회장이라고 한다. 심호흡을 한 서동수가 쓴웃음을 지었다.

"참 피곤하구먼, 유 실장."

"네, 죄송합니다. 하지만"

"알고 있어."

"최 과장이 밖에 있습니다, 회장님."

"수고했어."

핸드폰을 귀에서 뗀 서동수의 시선이 욕실로 옮겨졌다. 욕실에서 물 떨어지는 소리가 들렸다. 린이 샤워를 하는 것 같다. 유병선은 파트너까지 예약을 해놓았는데 나중에 전화를 해달라고 했던 것이다. 그때까지 파트너인 린에 대해서 조사를 해놓으려는 것이었다. 그리고 '별 문제가 없다'고 보고를 했다. 그것은 '같이 자도 된다'는 말이었다. 이제는 공인(公人)이니 오입도 사전 조사를 마친 후에 안전하다는 허가가 나와야 되는 것이다. 그때 욕실문이 열리더니 린이 나왔다. 그 순간 서동수는 숨을 들이켰다. 린이 알몸으로 나온 것이다. 양손에 옷과 타월을 쥔 린이 서동수를 보더니 활짝 웃었다. 흰 이가 드러났고 주위가 밝아지는 것 같다.

"씻지 않으세요?"

"아니, 난 됐어."

시선을 준 채로 서동수가 말을 이었다.

"린, 네 몸이 눈부시게 아름답다."

"고맙습니다."

린은 알몸을 가리지 않았다. 옷을 옷장에 건 린이 몸을 닦으면서 서동수를 보았다. 룸에 있을 때보다 표정이 밝아졌다.

"어디서 많이 뵌 분 같아요. 혹시 방송인이세요?"

"응, 그래."

엉겁결에 서동수가 대답하자 눈을 동그랗게 뜬 린이 다가왔다. 가슴이 출렁거렸고 짙은 숲과 선홍빛 골짜기가 바로 눈앞에 떠 있다.

"어떤 프로에 출연하셨어요?"

"어, 건강 프로. 내가 정력제 선전을 자주 했거든. 너 본 적이 없어?"

꿈틀거리는 린의 몸은 연체동물 같았다. 사지가 비틀리며 격렬하게 움직였지만 율동적이다. 서동수와 리듬이 맞춰지는 것이다. 미끈한 두 다리가 솟아올랐다가 바닥을 받치기도 했고 비틀리며 감으면서 서동수와 한 몸처럼 움직였다. 익숙하다. 많이 했다고 해서 전문가가 되는 것이 아니다. 호흡을 맞추려면 상대방의 느낌을 먼저 이해해줘야 되는 것이다. 저만 잘났다고 제멋대로 올렸다가 비틀면 빠지기 십상이다.

"오 마이 갓, 오 마이 갓."

숨넘어가는 소리로 그렇게 외치면서 린이 또 절정으로 솟아올랐다. 율동을 시작한 지 한 시간여, 그동안 린은 두 번 늘어졌는데 예선전, 준결승전을 치른 셈이다.

"허니, 허니, 허니."

동굴의 흡반이 무수하게 일어나는 느낌이 들면서 린이 다시 소리쳤다. 이젠 리듬을 맞추려는 움직임이 그쳤고 대신 온몸을 한 덩어리로 웅크렸다가 펴면서 서동수의 끝내기 펀치를 받아들이고 있다. 그러고는 터졌다.

"아아아아."

쾌락의 탄성이 뱃속 깊은 곳에서 분출되어 목구멍 밖으로 터져 나왔다. 보라. 땀투성이가 된 린의 얼굴은 뒤로 잔뜩 젖혀졌고 두 다리는 서동수의 하반신을 억세게 조인 채 떤다. 그 순간 서동수도 폭발했다.

린이 다시 입을 딱 벌렸지만 이젠 다 소진된 목소리가 뱉어지지 않는다. 대신 흐려진 두 눈을 부릅떴을 뿐이다. 잔뜩 밀착된 흡반이 거칠게 박동을 계속하고 있다. 서동수는 몸을 늘어뜨리면서 가쁜 숨을 길게 뱉어내었다. 숨소리에 앓는 것 같은 신음이 섞였다. 쾌락의 감동이 치솟았다가 따뜻하고 감미로운 풀숲 위로 내려앉고 있다.

"허니, 사랑해요."

문득 가쁜 숨소리에 섞여 린이 그렇게 말했으므로 서동수가 머리를 들었다. 아직도 둘은 한 덩이가 된 채로 엉켜 있는 터라 린의 얼굴이 바로 아래다. 그때 린이 눈동자의 초점을 잡고 다시 말했다.

"사랑해요."

서동수는 숨을 들이켰다. 돈 주고 사는 사랑은 사랑이 아니라고 누가 말했는가? 도대체 사랑이 뭔가? 자꾸 그렇게 나누려면 사랑이란 말도 나누자꾸나. 구분하기 쉽게 1사랑, 2사랑, 3사랑, 이렇게, 그렇다면 아마 백만 단위는 갈 것이다. 그때 몸을 굴린 린이 침대에서 일어서더니 서동수를 보았다. 파마한 머리가 물결처럼 어깨에 흘러내렸고 땀이 밴 온몸이 번들거렸다. 아직도 상기된 얼굴에 반짝이는 두 눈이 서동수를 바라보고 있다.

"허니, 제가 씻겨 드릴게, 가요."

린이 서동수의 손을 잡아당겼다.

"너무 좋았어요, 허니."

서동수쯤 되면 이것이 립서비스인지 아닌지 안다. 린은 지금 진실을 말하고 있다. 침대에서 일어선 서동수는 린과 함께 욕실로 들어섰다. 그러고는 샤워기 물을 맞으면서 서로의 몸에 비누칠을 해주었다. 린의 몸은 정성들여 만든 조각품 같았다. 작은 상처 하나 없었고 발끝까지 섬세하게 다듬어졌다. 서동수는 어느덧 린의 몸에 비누칠을 해 주는 것에 몰두했다. 마치 예술품을 만지면서 감상하는 분위기가 된 것이다. 린은 서동수가 이끄는 대로 몸을 맡기고 있다. 그때 서동수의 남성을 두 손으로 문지르던 린이 물을 맞는 얼굴을 펴고 웃었다.

"허니, 또 해요?"

어느덧 서동수의 남성이 다시 단단해져 있었기 때문이다. 서동수는 머리를 숙여 린의 입술에 키스했다. 사랑한다는 말이 목구멍까지 나왔다가 들어갔다. 이것도 사랑이다.

신의주가 자치령이 되고 서동수는 자치령 장관이 되었지만 한 달의 절반은 신의주 밖에서 생활했다. 투자자를 만나고 상담을 하는 것도 신의주 밖이 더 편리했기 때문이다. 자치령이 되면서 신의주는 북한 간섭을 거의 받지 않았는데 내부 치안과 국경 경비도 자치 경찰과 자치군(軍)이 맡게 되었다. 한국과 북한이 각각 5:5의 비율로 조직된 경찰과 군인인 것이다. 이로써 신의주의 내부 체제가 굳어지자 해외 투자자들이 그야말로 밀물처럼 몰려들었다. 자치령이 된 지 6개월 만에 신의주의 인구는 벌써 100만을 돌파했다. 기존 인구에 50여만이 증가한 것이다.

"장관님, 후미코 회장이 오셨습니다."

오후 2시, 비서실장인 유병선의 목소리가 인터폰에서 울렸다. 칭다오의 동성 본사회장실 안이다.

"응, 모시고 와."

대답한 서동수가 자리에서 일어나 손님을 맞을 차비를 했다. 그때 방문이 열리면서 유병선의 안내를 받은 손님이 들어섰다. 두 남녀다. 앞장선 여자는 일본 호텔업계의 거물인 '일본산업'의 대주주 후미코 회장, 뒤쪽 남자는 전무 오다일 것이다. 투자 협의였으므로 신의주 행정청 부장관 문영규도 따라와 자리를 잡고 앉았다. 인사를 마쳤을 때 서동수가 후미코에게 말했다.

"일본 대기업 진출을 기다리고 있었습니다. 잘 오셨습니다."

영어로 말하자 후미코가 덧니를 드러내고 웃었다.

"그렇습니까? 감사합니다. 일찍 올 수도 있었는데 내부 협의에 시간이 걸렸네요."

후미코는 4대째 이어지는 재벌가문의 상속자이며 경영자인 것이다. 후미코의 고조부 이시하라는 일제의 조선 점령기에 조선에서 금광을 5개나 소유했었다.

서동수가 지그시 후미코를 보았다. 일본산업은 호텔사업과 카지노, 유흥, 요식업, 여행사업 등이 주력 업종으로 호화 유람선이 5척이나 있다. 후미코는 48세, 서동수보다 2살 연상이나 젊게 보인다.

성형의 덕분일 것이다.

"행정청에서 적극 협조하겠습니다. 그래서 부장관이 모시고 가려고 여기서 기다리고 있었습니다."

"영광입니다, 부장관님."

후미코가 문영규를 향해 머리를 숙여 인사를 했다. 미국에서 석사까지 받은 후미코의 영어는 유창했다. 서동수의 영어는 미국 물을 한 번도 안 마신 '맨땅 영어'다. 그래서 물을 끝까지 '워터'라고 발음해서 주변 사람들의 '애'를 먹였지만 상담하는 데 전혀 지장이 없었다. 지금은 좋은 선생님들이 쨌지만 옛날에는 선생님한테 귀싸대기 맞는 건 다반사였다. 서동수가 중1 때 danger를 '단거'라고 읽었다가 영어 선생님한테 귀싸대기를 맞은 적도 있다. 그때 일본산업의 오다 전무가 탁자 위에 서류봉투를 놓았다. 투자계획서다. 그것을 먼저 검토해 보려고 비공식으로 만난 것이다.

"검토해보시고 다시 이야기를 나눴으면 합니다."

서류를 눈으로 가리키며 후미코가 정중하게 말했다. 양측이 그러기로 이야기가 된 터라 서동수가 머리를 끄덕였다.

"좋습니다. 오늘 중으로 실무자들이 검토를 할 것입니다."

그러고 나서 후미코는 문영규와 함께 신의주 현장을 둘러볼 것이었다. 서동수가 후미코를 보았다.

"그럼 회장님, 오늘 저녁 식사는 제가 초대하겠습니다."

이것도 미리 약속이 된 터라 후미코가 상냥하게 웃으며 받아들였다.

신의주에 일본이 오지 않으면 약방에 감초가 없는 꼴이 될 것이다. 동북아의 균형이네, 전략적·정략적 요소를 계산하기 이전에 일본은 경제대국이다. 그리고 중국과 함께 한반도의 동서에 위치하고 있는 것이다. 그날 저녁 회식은 칭다오의 중식당 '베이징'에서 열렸다. 특실의 원탁에 둘러앉은 인원은 다섯, 서동수와 문영규, 유병선과 후미코, 오다까지다. 요리도 중국식으로 시켰지만 별미다. 돼지고기, 소의 간, 오리와 생선요리를 시켰는데 후미코도 맛있게 먹었다. 술은 도수가 낮은 한국 소주를 시켰더니 음식과 잘 맞았다. 술잔을 든 서동수가 후미코를 보았다.

"일본의 진출을 환영합니다."

"감사합니다."

후미코가 눈웃음을 치면서 화답했다.

"신의주의 발전을 위하여 건배."

서동수는 한 모금에 술을 삼켰다. 이제 '일본산업'을 시작으로 일본 기업들이 진출해 오면 신의주는 한·중·일의 기업 각축장이 된다. 그때 빈 잔을 내려놓은 후미코가 서동수를 보았다.

"저는 서 회장님이 한국의 차기 대권주자가 되실 줄 알았습니다."

"그렇습니까?"

웃음 띤 얼굴로 서동수가 말을 이었다.

"잠깐 그 생각도 해 보았지요. 그랬더니…."

후미코가 계속하라는 듯이 시선을 주었다. 옆쪽 문영규와 오다, 유병선은 신의주 이야기를 하는 중이다. 서동수가 말을 이었다.

"할 일이 별로 없었습니다. 내가 아니더라도 잘할 사람이 많기도 했고요."

"그래요?"

후미코가 서동수의 잔에 소주를 채우면서 웃었다.

"장관님은 듣기와는 달리 겸손하시네요."

"아니, 제가 오만하다고 그럽니까?"

"자신만만한 분으로 보였지요."

서동수가 다시 한 모금에 소주를 삼켰다. 50~60도짜리 술을 마시다 보면 소주는 맹물 같다. 기분이 좋은 때는 취하지도 않는다. 서동수가 말을 이었다.

"사업은 계산해야 되겠지만 정치는 큰 겁니다. 계산해서 될 일이 아닙니다."

“신의주가 정치라고 보시는군요.”

“정치보다도 큰 것이죠. 신의주는.”

말을 그친 서동수가 다시 잔에 술을 채웠다. 후미코는 말이 통하는 상대다. 말의 맥을 잘 잡고 이어주는 기술이 있다. 그만큼 이해하고 있는 데다 순발력을 겸비하고 있기 때문이다. 또한 자신에 대해서 많이 연구를 해온 것 같다. 그때 후미코가 술잔을 들면서 말했다.

“이야기를 더 나누고 싶네요, 장관님.”

“얼마든지 좋습니다.”

서동수가 정색하고 대답했다.

“언제든 연락하십시오.”

그런데 그날 오후 10시가 되었을 때 집에 돌아가 막 옷을 벗던 서동수가 핸드폰의 벨소리를 듣고 꺼내 보았다. 비서실장 유병선이다.

“응, 무슨 일이야?”

서동수가 물었더니 유병선이 억양 없는 목소리로 대답했다.

“후미코 회장이 시간 있으시면 연락해 주시랍니다. 핸드폰으로 해 주시라는데요.”

언제든 연락하라고 했더니 저녁 끝나고 헤어지고 난 후에 한 것이다. 쓴웃음을 지은 서동수가 명함에 적힌 핸드폰의 번호를 눌렀더니 신호음 두 번 만에 응답소리가 들렸다.

“장관님, 늦은 시간에 실례한 건 아닌가요?”

후미코가 걱정스러운 목소리로 물었으므로 서동수의 얼굴에 웃음이 떠올랐다.

“아니, 마침 술 한 잔 더 마시고 싶었는데 잘됐습니다. 어디서 뵐까요?”

후미코는 48세, 7년 전 남편 가와무라와 이혼하고 혼자 산다. 가와무라는 일본산업의 사장을 지냈지만 지금은 은퇴하여 쉬고 있다. 후미코의 부친 사이토는 1남1녀를 두었는데 아들 하시모토가 30여 세의 젊은 나이로 죽자 사위 가와무라에게 기대를 걸었다고 했다. 그러나 7년 전 이혼을 시키고 딸에게 기업을 맡긴 것이다. 그것이 세간에 알려진 일본산업의 후계자 사연이다. 서동수가 국제호텔 스위트룸 앞에 섰을 때는 오후 11시 10분이다. 벨을 누르자 숨 두 번 쉬고 났을 때 문이 열렸다. 후미코가 웃음 띤 얼굴로 서동수를 맞는다.

"어서 오세요."

후미코는 정장 차림에 옅게 화장까지 했다. 늦은 시간이지만 예의를 갖추고 있는 것이다. 방으로 들어선 서동수가 후미코를 보았다.

"우리 둘뿐입니까?"

일부러 그렇게 물은 것이다. 후미코와 통화를 할 적에도 혼자 기다릴 줄은 예상하고 있었다. 서동수의 시선을 받은 후미코가 눈웃음을 치더니 벽 쪽의 바로 다가가며 물었다.

"술 뭐로 드릴까요?"

"스카치, 안주는 물만 있으면 돼요."

"술은 가리지 않는다고 알려졌더군요."

서동수가 소파에 기대앉아 후미코의 뒷모습을 보았다. 몸 관리를 잘했는지 군살은 없다. 165㎝쯤 되었을까? 허리선이 곱고 엉덩이는 단단했다. 풍만한 스타일이다. 그때 후미코가 머리만 돌렸으므로 시선이 마주쳤다. 자신의 뒷모습을 응시하는 서동수의 시선을 본 것이다.

"방송에 나온 필름도 모두 보았습니다."

후미코가 다시 앞쪽을 향한 채로 말하자 서동수는 심호흡을 했다.

허리를 조금 굽혀 냉장고를 여는 후미코의 엉덩이가 터질 듯이 부풀어 올랐기 때문이다. 후미코는 단정한 용모다. 쌍꺼풀이 없는 눈, 콧날은 곧고 작은 입술은 굳게 닫혀졌다. 몸을 돌린 후미코가 쟁반에 술병과 잔, 물병을 받쳐 들고 다가왔다. 정색하고 있는 것이 마치 20년쯤 같이 산 남편 시중을 드는 것 같다. 서동수가 쟁반을 받아들고는 탁자 위에 놓았다. 자리에 앉아 술병과 잔을 배열시켰더니 후미코가 옆에 앉아 돕는다. 나란히 앉은 셈이다. 후미코한테서 옅은 향내가 맡아졌다.

"반대가 심했어요."

잔에 스카치를 따르면서 후미코가 말했다. 후미코의 조금 숙인 재킷의 가슴 속 젖가슴 윗부분이 보였다. 가운데 골짜기는 깊다. 서동수가 시선을 떼었을 때 후미코가 머리를 들었다. 시선이 부딪쳤다가 잠깐 후에 떼어졌다.

"베트남이나 미얀마, 캄보디아가 더 안전하고 갈등에 휩싸이지 않을 것이라는 의견이 많았죠."

술잔을 든 서동수가 한 모금에 술을 삼켰다. 한국과 중국은 일본의 침략을 받은 과거가 있다. 양국 모두 처참한 피해를 입었으며 굴욕의 시기를 보낸 것이다. 그런데 잠잠해지던 과거의 상처가 다시 되살아나는 상황이 되었다. 일본의 우경화 때문이다. 한국과 중국의 반일 감정이 높아지는 시기인데 신의주에 투자를 한다니, 경영진에서 반대하는 것은 당연한 일일 것이다. 술잔을 든 후미코가 말을 이었다.

"내가 그랬죠. '이제 전쟁은 안 일어난다. 일본이 한국 침략 못하고 한국도 그렇다. 중국이 일본 쳐들어오지 못하고 일본도 그렇다. 그러니까 괜한 감정싸움에 끼어들지 말고 우린 사업이나 하자. 현대는 경제전쟁, 경제대국 시대다' 하구요."

그때 서동수가 후미코의 손을 잡았다. 부드럽고 긴 손가락이 굽혀지더니 서동수의 손을 마주 쥐었다. 따뜻했다.

그때 후미코가 머리를 들고 서동수를 보았다. 차분한 표정이어서 서동수의 심장이 철렁 내려앉았다. 처음 보는 여자의 손을 난데없이 잡았을 때의 표정 같다.

"저, 섹스 안 한 지 오래되었습니다."

그 표정 그대로 후미코가 말을 이었다.

"욕구는 있지만 기회도 없었고 또 금방 시들어서요."

무슨 대답을 하겠는가? 이런 때는 가만있는 것이 상책이다. 시선만 주는 서동수를 향해 후미코가 한마디씩 말을 내놓는다. 아직 서동수는 후미코의 손을 쥔 채다.

"뵙자고 했을 때 이런 분위기도 예상은 했지만 지금은 두렵습니다."

"……."

"더구나 작년부터는 멘스도 끊겨서 여자 구실도 못할 것 같아서요."

서동수는 후미코의 말을 듣는 동안 가슴이 가라앉아가는 것을 느끼고 있다. 진솔한 여자다. 후미코의 시선을 받은 서동수가 손을 당겨 손등에 입술을 붙였다가 뗐다.

"후미코 씨, 신의주에 과감하게 투자를 결정한 분 같지가 않습니다."

"자신 없는 일에는 나서지 않았거든요."

여전히 후미코가 정색하고 있었으므로 서동수가 머리를 끄덕였다.

"편하신 대로 하시지요, 후미코 씨."

손을 내려놓은 서동수가 똑바로 후미코를 보았다.

"먼저 내 생각을 말씀드린다면 나는 당신을 안고 싶습니다."

"……."

"당신은 충분히 성적 매력이 있고 나를 만족시켜줄 것 같습니다."

이게 무슨 소리인가? 속으로는 살다보니 별소리를 다 하면서 여자를 꾄다는 생각이 번개처럼 스치고 지나갔지만 서동수는 진심을 담아서 말을 이었다.

"후미코 씨는 다른 걱정은 안 하셔도 됩니다. 나한테 맡기시면 되는 일이지요."

"그럼."

어깨를 부풀렸다가 내리면서 긴 숨을 뱉은 후미코가 서동수를 보았다.

"어떻게 할까요? 먼저 방 안의 불을 끌까요?"

회장 노릇을 오래 하면 이렇게 남의 의사를 물어보는 것도 무게 있게 들리는 법이다. 이런 것은 안 물어봤어야 했다. 그러나 서동수는 진실한 표정으로 대답했다.

"처음 할 때는 끄는 것이 낫겠지요, 어색하실 테니까요."

"그럼 제가 욕실에 먼저 가겠습니다."

후미코가 자리에서 일어서다가 갑자기 현기증이 나는지 비틀거렸다. 서동수가 팔을 뻗쳐 후미코의 허리를 잡았다. 물컹한 촉감이 전해지면서 그동안 얼떨떨한 상태였던 남성이 갑자기 팽창되었다. 그때 서동수는 생각보다 행동이 먼저 일어났다. 후미코의 팔을 잡아 끌어당긴 것이다. 후미코가 자리에 앉았을 때 서동수는 손을 잡아 자신의 남성 위에 붙였다. 놀란 후미코가 손을 빼려다가 서동수가 더 세게 당기자 가만있었다. 서동수의 남성을 손바닥으로 덮고 있는 셈이다. 그때 서동수가 말했다.

"이놈이 먼저 인사를 하겠다는군요."

후미코는 여전히 이사회 회장님 얼굴이었지만 눈 밑이 조금 붉어졌다. 그때 서동수가 바지 지퍼를 열고 팬티 소변구 사이로 남성을 빼내었다. 답답했던 남성이 살았다는 듯이 튀어 나왔을 때 서동수가 후미코의 손을 잡아 남성을 감싸 쥐게 했다.

"잘 부탁합니다."

남성을 감싸 쥔 후미코의 손에 힘이 들어가는 것이 느껴졌다. 그러더니 이제는 시선을 내려 바라보기까지 했다. 서동수는 그러도록 놔두었다.

욕실의 문이 열리더니 후미코가 나왔다. 침실의 불은 모두 꺼놓아서 욕실에서 비친 불빛으로 후미코의 모습이 드러났다. 후미코는 가운을 입었는데 가슴 부분까지 꽉 조였고 허리띠도 단단히 매었다. 서동수는 침대에 누워 후미코를 보고 있다. 곧 욕실 문이 닫히자 방 안은 다시 어둠에 휩싸였다. 그러나 서동수의 눈은 이미 어둠에 익숙해져 있어서 후미코의 모습이 다 보인다. 후미코가 조심스럽게 침대로 다가왔다. 짧게 파마한 머리를 수건으로 감싸 둘러서 목이 드러났다. 가운 밑의 다리는 맨발이었고 슬리퍼를 신었다. 이윽고 침대 끝에 닿은 후미코가 1초쯤 주춤거렸다. 그때 서동수가 말했다.

"이쪽으로."

서동수가 손을 내밀었지만 닿지 않았다.

"여기요, 여기."

침대는 크다. 서동수가 말하자 후미코는 침대 위로 올라왔다. 그러고는 서동수 옆으로 다가와 시트를 젖혔을 때다. 서동수가 후미코의 허리를 감아 안고 쓰러뜨렸다. 넘어진 후미코의 몸을 덮친 서동수가 입술에 입을 붙였다. 서동수는 이미 알몸이다. 입술이 닿았을 때 후미코가 두 손으로 서동수의 목을 감아 안았는데 눈이 감겨져 있다. 입도 꾹 닫고 있어서 아랫입술을 빨던 서동수가 손을 뻗어 가운을 젖혔다. 그때 서동수의 심장 박동이 빨라졌다. 후미코는 팬티를 입고 있었던 것이다. 다 씻고 나서 또 입었다. 가운의 끈을 푼 서동수가 팬티를 잡아 찢듯이 아래로 끌어내렸다. 그때서야 놀란 듯 후미코의 입이 열렸고 혀가 잡혔다. 서동수의 손가락이 후미코의 숲과 양쪽 골짜기를 애무하기 시작했다. 샤워는 했기 때문에 몸의 물기는 남아 있었지만 골짜기 주변은 말랐다. 후미코의 벌어진 입에서 거친 숨소리가 새 나오기 시작했다. 서동수는 서두르지 않았다. 골짜기를 더듬던 손을 떼어 젖가슴을 만졌더니 또 브래지어가 잡혔다. 뒤쪽 후크를 끌러 브래지어를 천천히 벗겨 내린 서동수가 이제는 무방비 상태가 된 후미코의 혀를 애무했다. 가운까지 벗겨 던졌더니 후미코도 알몸이 되었다. 후미코의 입술에서 입을 뗀 서동수가 아래쪽의 젖가슴을 입 안에 가득 물었다. 후미코의 젖가슴은 컸다. 풍만한 편이었지만 젖꼭지는 작고 야무졌다. 입 안에 가득 젖가슴을 물고 나서 혀로 젖꼭지를 굴리자 후미코의 입에서 앓는 소리가 새어 나왔다. 다시 팔을 뻗은 서동수가 후미코의 골짜기를 애무했다. 이제는 조금 깊고 강하게 골짜기 안팎을 문지르면서 위쪽의 작은 창문을 건드렸다. 후미코의 앓는 소리가 점점 커져갔다. 두 손으로 서동수의 머리칼을 어루만졌다가 이제는 움켜쥐고 있다. 두 다리가 비틀거리더니 서동수의 몸을 감으려고 했다. 서동수의 혀가 젖가슴에서 아랫배로 내려왔다. 놀란 듯 후미코가 주춤했지만 혀가 배꼽을 애무하자 엉덩이를 추켜올렸다. 가쁜 숨결에

쉿소리가 섞여 있다. 서동수는 팔을 뻗어 후미코의 젖꼭지를 애무하면서 몸을 가로로 눕혔다. 그때 서동수의 입술이 후미코의 골짜기를 물었다.

"아아아."

그때 처음으로 후미코의 탄성이 터졌다. 그 순간 서동수는 숨을 들이켰다. 후미코의 골짜기가 젖어 있는 것이다. 혀가 골짜기를 쓸어 올리자 후미코는 허리를 추켜올려 받았다. 서동수의 혀가 골짜기에서 동굴 안으로 밀려들어갔다. 그때 후미코가 헐떡이며 소리쳤다.

"허니, 허니, 이제 그만, 됐어요."

후미코가 서동수의 어깨를 움켜쥐었다.

"해 줘요, 제발, 허니."

그러나 서동수는 끌려들지 않았다. 후미코를 더 뜨겁게 만들어주려는 것이다. 지금 당장에 시작해도 후미코는 절정에 닿을 것이지만 더 올려주고 싶다.

"아아아."

후미코의 탄성이 거침없이 뱉어졌다. 눈을 치켜뜬 후미코가 입을 딱 벌리면서 환호한다. 이제 후미코는 몸을 틀어 서동수의 머리를 두 다리로 조였다.

"오 마이 갓."

영어로 그렇게 소리치더니 이제는 일본어로 내뱉는다.

"나 죽겠어! 아 좀 어떻게 해줘!"

이제 서동수는 후미코의 샘에서 분출되는 애액에 젖었다. 후미코의 몸이 정상으로 돌아온 것 같다. 그때 서동수는 후미코의 몸 위로 올랐다. 애타게 기다렸던 후미코가 다리를 벌리더니 두 손으로 서동수의 허리부터 쥐었다. 어둠 속이었지만 치켜뜬 후미코의 두 눈이 번들거리고 있다. 후미코가 헐떡이며 말했다.

"여보, 세게, 그냥 세게!"

일본어였지만 본인은 의식하지 못하고 있다. 그 순간 서동수가 거칠게 진입했다.

"아아악!"

이것은 터져나갈 듯한 쾌락의 신음이다. 후미코는 서동수의 움직임에 맞춰 춤을 추기 시작했다. 입에서는 쾌락의 탄성이 노래가 되어 터져 나온다. 이것은 마치 휴화산이 폭발한 것 같다. 수백 년간 마그마를 압축시켜 놓았다가 터져버린 것 같다. 정상위로 시작했던 후미코가 곧 절정에 올라가고 있다. 그러더니 참지 못하고 터졌다. 서동수가 흐름에 맞춰 절정으로 끌어올린 것이다.

"아아앗."

폭발하면서 사지를 오그렸던 후미코는 정신을 잃은 것처럼 신음과 함께 늘어졌다가 곧 서동수가 몸을 돌려 엎드리게 했더니 머리를 들었다.

"여보, 왜?"

이제는 후미코가 일본어를 쓴다. 그 순간 서동수가 뒤에서 진입하자 후미코는 입을 딱 벌렸다. 다시 신음이 터져 나오기 시작했다. 이제는 더 거칠어졌고 더 커졌다. 서동수는 후미코의 풍만한 엉덩이를 내려다보면서 다시 한 번 감동을 받는다. 후미코의 열성적인 움직임이 쾌락에 대한 반응만이 아닌 것 같았기 때문이다. 그래서 서동수는 또 한 번 분출을 억제한다. 후미코의 신음이 울음으로 변해졌다. 이제는 아무도 의식하지 않는다. 얼마나 시간이 지났는지 모른다. 이제 둘은 시체처럼 침대 위에 늘어져 있다. 가쁜 숨소리가 가라앉으면서 열기 속에 애액의 냄새가 맡아졌다.

"좋았어."

천장을 향한 채 누운 서동수가 말했다.

"당신 같은 몸은 처음이야."

"고맙습니다."

후미코가 몸을 비틀어 서동수의 가슴에 얼굴을 붙였다. 둘의 몸은 땀으로 미끈거리고 있다.

"댁에 들어가셔야죠?"

후미코가 서동수의 가슴에 입술을 붙이고 물었다. 머리를 비튼 서동수는 탁자에 붙여진 전광시계가 오전 2시 10분을 가리키고 있는 것을 보았다.

"그래야겠군."

후미코의 젖가슴을 조금 거칠게 주무르면서 서동수가 웃었다.

"처음에는 어색하더니 이젠 아주 편안해요, 후미코 씨."

"다음에는 불을 켜고 해요."

후미코가 손을 뻗어 서동수의 남성을 감싸 쥐었다. 어느새 서동수의 남성이 부풀어 오르고 있다. 후미코가 속삭이듯 말했다.

"당신의 얼굴을 올려다보면서 하고 싶어."

서동수가 잠자코 후미코와 입을 맞췄다. 엄숙한 표정의 후미코가 신음을 뱉는 모습은 더 자극적일 것이었다.

다음 날 오후 4시, 신의주에 돌아가 있던 서동수가 장관실에서 손님을 맞는다. 손님은 바로 한국 제1의 대기업인 광일그룹의 박재은 회장과 유영수 사장이다. 광일그룹은 신의주가 자치령이 된 직후부터 대규모 투자를 하는 중이었는데 75세의 박재은은 이것이 자신의 마지막 열정을 바칠 사업이라고 했다. 장관실에는 비서실장과 부장관 둘까지 모여 있었으니 박재은에게 최고의 예우를 갖추고 있다. 인사를 마치고 원탁에 둘러앉았을 때 서동수가 먼저 말했다.

"어제 일본산업의 회장을 만나 투자협상을 했습니다. 일본산업도 신의주 투자를 결정했습니다."

"호오."

박재은이 안경알 속의 두 눈을 빛내며 웃었다. 주름진 얼굴이 환해졌다.

"좋은 소식입니다. 일본산업이 시작했으니 일본 기업들이 신의주로 몰려오겠습니다."

"후미코 회장도 그렇게 말하더군요."

"이제야말로 동북아의 균형 잡힌 새 시대가 열리게 되는 것 같습니다."

박재은의 목소리가 방을 울렸다. 서동수는 물론이고 둘러앉은 모두 박재은의 기뻐하는 모습에 감동을 받았다. 그때 북한 측 부장관 최봉수가 웃음 띤 얼굴로 박재은을 보았다. 북한군 4군단 참모장 출신인 최봉수는 신의주 체제에 적응해 나가는 중이다.

"회장 동지께서 기뻐하시는 모습을 보니 저도 반갑습니다."

웃음 띤 최봉수의 표정을 본 박재은이 정색했다.

"일본 기업의 참여는 신의주가 한·중·일의 교두보 역할을 해 준다는 것을 의미합니다. 동북아의 3대국이 신의주에 모이게 된 것이지요."

박재은의 시선이 서동수부터 최봉수까지 훑어갔다. 그러고 보니 장관실에는 신의주의 남북한 고위층이 다 모였다.

"19세기에 한반도는 청·일의 각축장이었지요. 러시아, 미국이 끼어들었지만 청·일 두 나라가 조선을 삼키려고 전쟁까지 벌이지 않았습니까?"

다 아는 사실이었지만 상대가 누군가? 이제는 최봉수도 박재은의 권위를 안다. 박재은의 말이 이어졌다.

"그런데 이번에는 우리가 주도할 수 있게 됐습니다. 비록 중국의 제안으로 성립됐지만 신의주를 무대로 해서 우리가 중국과 일본을 견제 또는 선도할 수 있을 것입니다."

서동수는 숨을 들이켰고 부장관 둘도 눈만 껌벅였다. 모두 알아들은 것이다. 그렇다. 서동수 또한 신의주에서 원대한 꿈을 보았다. 그것을 박재은이 요점을 찍어 설명해준 것이다. 이윽고 서동수가 크게 머리를 끄덕였다.

"그렇습니다. 명심하겠습니다."

서동수가 듣기에 박재은은 임원들에게 대의(大意)만 말해주고 집행은 맡긴다고 했다. 지금도 그러는 것이다. 이것이 바로 대국(大局)을 공략하는 대인(大人)의 자세인 것 같다. 박재은을 배웅하고 자리로 돌아왔을 때는 오후 6시가 돼 갈 무렵이다. 서동수에게 유병선이 다가왔다.

"장관님, 만경봉 악극단 간부들과의 저녁 약속이 7시에 있으십니다."

서동수가 머리만 끄덕였고 유병선이 말을 이었다.

"참석 인원은 악극단장과 단원 둘입니다."

북한은 건설인력을 위문하려고 대규모 악극단을 파견했는데 아직 여가 시설이 부족한 남북한 건설인력에게 대인기였다. 서동수가 물었다.

"저녁 장소는 어딘가?"

"예, 동성1호관입니다."

진윤화가 경영하는 고급식당이다.

동성 1호관. 특실에 둘러앉은 손님은 여섯, 서동수와 부장관 둘, 그리고 만경봉 악극단장 임수영과 가수 양민아, 무용수 정수현이다. 오늘 모임은 신의주 장관이 악극단 공연에 감사를 표시하는 자리여서 선물도 준비해 놓았다. 임수영은 30대 중반쯤 되어 보였는데 가수 출신이라고 했다. 정부로부터 영웅 칭호를 받은 가수이며 이제는 북한 제1의 악극단 단장이 되어 있다. 양민아와 정수현은 20대쯤의 늘씬한 미인으로 원탁에 고위 측과 둘러앉았는데도 전혀 위축되지 않았다. 서동수급보다 더 고위층을 상대한 흔적이 역력했다.

"자, 건배합시다."

서동수가 술잔을 들고 말했다.

"신의주의 발전을 위하여 건배."

모두 따라서 술잔을 들고 건배를 외쳤는데 처음의 어색했던 분위기가 금방 지워졌다. 세 여자의 능숙한 접대 솜씨 덕분이다. 원탁에 앉았을 때도 임수영의 제안에 의하여 짝을 지었다. 문영규 옆에는 양민아가, 최봉수 옆은 정수현이 앉았고 서동수는 임수영이 시중을 들고 있는 것이다. 문영규는 물론이고 최봉수도 벌어진 입이 다물어지지 않는다. 진수성찬에 좋은 술과 천하절색 미인들이 옆에 있는 터라 방안은 떠들썩해졌다. 두 부장관도 자주 부대끼다 보니까 익숙해져서 자연스러운 분위기다. 그때 서동수의 잔에 술을 따르면서 임수영이 말했다.

"장관 동지, 저도 신의주에서 일하고 싶습니다."

"그럼 좋지요, 악극단을 데리고 오면 호텔에서 매일 공연할 수 있을 거요."

술잔을 든 서동수가 지그시 임수영을 보았다. 빼어난 미모다. 진주색 양장 차림이었는데 한국의 톱모델도 이보다 더 낫지 않을 것이다. 양민아와 정수현은 말할 것도 없다.

"미국 라스베이거스의 호텔 쇼를 참고로 하셔도 되겠지."

"필름으로만 보았는데 지원만 해주시면 우리도 얼마든지 더 잘할 수 있습니다."

"잘하실 겁니다."

대답은 그렇게 했지만 한국의 쇼는 어떤가? 이미 세계 일류 수준이다. 오히려 K팝은 세계를 선도하고 있지 않은가? 그때 임수영이 말했다.

"북조선에 가수, 무용수, 곡예단으로 양성된 인력이 수천 명입니다. 장관 동지께서 그들의 역량을 빛낼 기회를 주시지 않겠습니까?"

어느덧 옆쪽의 부장관 둘도 임수영의 말에 귀를 기울이고 있다. 서동수의 시선이 임수영에서 양민아, 정수현을 스치고 지나갔다. 모두 긴장하고 있다.

"검토해 보지요."

서동수가 웃음 띤 얼굴로 말을 이었다.

"신의주는 능력을 인정받은 만큼 대가가 주어지는 땅 아닙니까? 극단이 경쟁력만 있다면 성공할 겁니다."

그러나 악극단은 이곳 진윤화의 식당처럼 동성이나 신의주 정부에서 지원해줄 수는 없는 노릇이다. 일단은 경쟁력을 갖추고 진출해야 한다. 그런 다음에 치열한 경쟁을 하면서 성장하는 것이 원칙이다. 만일 '쇼'를 북한의 만경봉 악극단에 맡긴다면 쇼와 함께 연관 산업이 자멸하게 될 것이다. 서동수의 말을 알아들은 임수영이 웃음 띤 얼굴로 머리를 끄덕였다.

"알겠습니다. 경쟁력을 갖추기 위해서 더 분발하겠습니다."

"세계 각국에서 만경봉 악극단의 쇼를 보려고 신의주로 날아와야 됩니다."

서동수가 응원했다. 하지만 다른 쇼단과 경쟁력에서 밀리면 신의주 무대에 설 기회조차 없을지도 모른다. 한국 업체들도 벼르고 있을 것이기 때문이다. 당연한 말이었으므로 두 부장관은 거들지 않았다.

관사로 가는 차 안에서 옆에 앉아 있던 유병선이 목소리를 낮추고 말했다.

"임 단장이 드릴 말씀이 있다는데요."

서동수의 시선을 받은 유병선이 말을 이었다.

"10시쯤 관사로 찾아뵐 수 있느냐고 물었습니다."

"선약이 있다고 해."

"예, 장관님."

대답은 했지만 유병선의 눈이 두어 번 깜박였다. 어떤 선약인지 잠깐 생각한 것 같다. 등받이에 몸을 붙인 서동수가 힐끗 앞쪽을 보았다. 유병선이 채용한 운전사와 최성갑이 나란히 앉아 있다. 믿을 만한 직원들이었지만 서동수가 목소리를 낮췄다.

"임 단장이 10시에 오겠다는 의도가 뭐야? 그 시간에 할 이야기는 없어."

"예, 혹시 만찬 때 하시다 만 이야기가 있습니까?"

"신의주에 진출할 악극단을 지원해 달라길래 경쟁력을 갖추는 것이 우선이라고 했어. 세계 각국에서 쇼단이 진출할 텐데 만경봉에만 특혜를 줄 수는 없지."

"만나 보시지요."

유병선이 조심스러운 시선으로 서동수를 보았다.

"만경봉 악극단장이면 세상 돌아가는 물정도 다 안다고 봐야 될 것입니다. 장관님께 무리한 부탁을 하겠습니까?"

"아니, 이 사람이."

입맛을 다신 서동수가 유병선을 흘겨보았다.

"내가 미인계에 빠지지 않도록 견제를 해줘야지. 밤늦게 만나라고 해?"

"이런 상황에서 악극단장의 미인계는 통하지 않을 것 같습니다, 장관님."

"무슨 말이야?"

"악극단장이 누구의 사주를 받았을 것 같지가 않습니다, 장관님."

"…"

"지금 미인계를 쓰면 중국은 물론, 한국, 일본의 조롱을 받게 되지 않겠습니까? 미인계도 통하지 않을 것입니다."

"…"

"또 장관님께선 여자 문제에 대해서는 특별하신 분입니다. 이미 여러 여자들이 매스컴에 등장했고 그럴 때마다 장관님 인기가 더 올라

가셨지요."

"이 친구가 지금 무슨 말을 하는 거야?"

"한번 만나 보시지요. 만나 보시고 그냥 돌려보내실 수도 있지 않겠습니까? 주저하실 것 없습니다, 장관님."

"아무래도 관사에 혼자 있을 때는 진윤화를 불러야 할 것 같다."

서동수가 불쑥 말했더니 이번에는 유병선이 입을 다물었다.

"그것이 낫겠어. 진윤화를 놔두는 것이 내 생활관하고 맞지를 않아. 냉장고에다 성경책을 넣어둔 것처럼 어울리지 않아."

"…."

"진즉 침대에서 엉켰어야 돼. 한번 어긋나니까 오늘 같은 일이 생기는 거야. 진윤화가 내 관사에 온다는 소문이 났다면 악극단장이 온다는 소리를 못했지."

"악극단장을 부를까요?"

유병선이 물었으므로 서동수가 심호흡을 했다.

"너는 대통령 비서실장은 못 될 것 같다, 유 실장."

"부르겠습니다."

핸드폰을 꺼내면서 유병선이 말을 이었다.

"악극단장이 떠나고 나면 진 사장을 부르겠습니다. 진 사장은 12시가 되었더라도 관사에 갈 테니까요."

서동수는 입을 다물었다. 그런 일은 없을 것이었다. 진윤화는 꿩 대신 닭으로 써먹을 대상이 아니다. 지금까지 공을 들인 것이 얼마인데 그렇게 값싸게 소비한단 말인가? 차라리 놔두는 것이 낫다.

임수영이 응접실에 들어섰을 때는 오후 9시 55분이다. 만찬을 9시

10분에 끝냈기 때문에 임수영은 숙소에 들렀다가 바로 관사에 온 셈이다.

“장관 동지, 밤늦게 죄송합니다.”

최성갑의 안내를 받으며 들어선 임수영이 민망한 표정을 짓고 말했다.

“오늘밖에 시간이 없을 것 같아서요.”

“괜찮습니다. 혼자 살고 있으니까 임 단장 같은 미인이 오시면 반갑죠.”

유병선이 들으면 투덜거릴 대답을 해놓고 둘은 소파에 마주보고 앉았다. 임수영은 만찬 때 40도짜리 금강산주를 대여섯 잔 마셨는데 지금은 말짱한 얼굴이다. 술이 다 깬 것 같다. 둥근 얼굴에 곧은 코, 눈은 반달 모양으로 눈 꼬리가 조금 솟았다. 쌍꺼풀이 없었고 속눈썹이 드러나지 않았어도 또렷한 눈이다. 키는 170㎝쯤 되었을까? 날씬한 몸매가 유연성 있게 움직였다. 서동수의 시선을 받은 임수영이 입을 열었다.

“저, 만경봉 악극단에서 나온 인원으로 이벤트 회사를 차리려고 해요. 이벤트 회사 내에 악단, 무용단, 가수, 곡예단, 그리고…….”

힐끗 서동수의 눈치를 살핀 임수영이 수줍게 웃었다.

“룸살롱이나 유흥업소까지 경영해 보려고요.”

순간 숨을 삼켰던 서동수는 표시가 날까봐서 소리 죽여 숨을 뱉었다. 임수영의 말이 이어졌다.

“당의 허가도 받았고 인력도 충분히 확보되었습니다. 당에서는 몇천 명이라도 인력을 공급시켜 준다고 약속했습니다. 그런데요…….”

임수영이 정색하고 서동수를 보았다.

"합작 파트너를 구해야겠어요. 그래서 먼저 장관님께 말씀드리는 것입니다. 중국이나 일본 측에다 이야기할 수도 있겠지만 먼저 남조선 측하고 상의하는 것이 도리일 것 같아서요."

서동수가 다시 심호흡을 했다. 만일 중국이나 일본 측이 이 제의를 받았다면 환장을 했을 것이다. 이것만큼 확실하고 안전한 장사가 있겠는가? 북한이 전문 인력을 얼마든지 댄다는 것이다. 북한이 마음만 먹는다면 '천리마운동'의 반의 반의 반만 노력해도 수천 명의 무희, 수천 명의 가수, 수만 명의 룸살롱 아가씨를 공급할 수가 있다. 라이브쇼? 아주 무대에서 수십 명이 부르는 생음악 노래를 들려주마, 지금처럼 입과 노래가 맞지 않아서 금붕어가 깔딱거리는 것 같은 장면도 사라질 것이었다. 작게 헛기침을 한 임수영이 서동수를 보았다.

"장관님, 저는 장관님의 동성하고 파트너가 되고 싶어요. 괜찮겠지요?"

순간 서동수는 목구멍 안에서 손이 뻗어 나온 것 같은 느낌을 받는다. 입만 벌리면 손이 빠져나와 임수영하고 악수를 할 것이 분명했다. 그래서 어금니를 물었다가 풀면서 이 사이로 대답했다.

"검토해 봅시다."

"그럼 이야기는 된 거예요, 그렇죠?"

"그런 셈이네요."

그때 임수영이 서동수에게 손을 내밀었다. 악수를 청하는 것이다. 서동수가 손을 잡았더니 임수영이 흔들면서 웃었다.

"제가 밤늦게 뵙자고 해서 긴장하셨지요?"

"아니, 그런 적 없습니다."

정색한 서동수가 임수영의 손을 힘주어 쥐었다. 말랑하고 따뜻한 손이다. 순간 목구멍이 좁혀지는 느낌이 들었지만 서동수는 숨을 들이켜 숨길을 넓혔다. 그때 손을 뺀 임수영이 집 안을 둘러보는 시늉을 했다.

"집이 넓네요, 저 오늘 여기서 자고 가도 될까요?"

웃지도 않고 말했으므로 서동수는 긴장했다.

인간은 가끔 진심을 농담처럼 말하는 경우가 있다. 그러나 서동수는 그 짧은 순간 번민에 빠졌다가 대답했다.

"임 단장보다 내가 먼저 이야기를 꺼냈어야 되는데."

"그러지 못하실 걸요?"

자리에서 일어선 임수영이 눈웃음을 쳤다. 반달 모양의 눈이 둥그레지면서 얼굴 전체가 웃는 모습이 되었다. 웃는 모습이 좋은 사람은 인상이 오래 남는다. 서동수의 머릿속에 임수영의 인상이 깊게 박혔다. 응접실 밖으로 나온 임수영이 현관으로 다가가다가 서동수의 옆에 바짝 붙었다. 현관에서는 최성갑이 기다리고 있다.

"언제 다시 집으로 초대하실 건데요?"

임수영이 낮게 묻자 서동수는 정색하고 대답했다.

"계약하고 나서."

"기다릴게요."

임수영이 발을 떼면서 슬쩍 엉덩이로 서동수의 몸을 부딪쳤다. 촉감과 후각이 동시에 발동된 것은 그만큼 신경을 곤두세우고 있었기 때문일 것이다. 강렬한 색향(色香)과 탄력 있는 촉감이 또 서동수의 머릿속에 깊게 박혔다.

임수영을 현관 앞에서 배웅하고 돌아온 서동수가 곧 기다리고 있던 유병선을 응접실로 불러들였다. 밤 10시 45분이다. 앞쪽에 앉아 잠자코 시선만 주는 유병선에게 서동수가 임수영의 제의를 말해주었다.

"당신 말이 맞았어."

서동수가 정색하고 유병선을 보았다.

"내가 실언했어. 당신은 대통령 비서실장 감이야."

"지금 10시 50분이 되었습니다."

손목시계를 보는 시늉을 하면서 유병선이 말했다.

"냉장고에 넣어둔 성경책을 지금 꺼내셔도 될 것 같은데요."

유병선의 시선을 받은 서동수가 심호흡을 두 번이나 했다. 그때 시선을 내린 유병선이 핸드폰을 꺼내들었다. 그러더니 그 자리에서 버튼을 누른다. 단축 다이얼로 저장시켜 놓았는지 버튼을 한 번만 누르고 나서 기다렸다.

"네, 실장님."

수화구에서 진윤화의 목소리가 울렸다.

"네, 제가 지금 장관님을 모시고 있습니다, 진 사장님."

외면한 채 유병선이 말했고 진윤화는 대답하지 않는다.

"장관님께서 뵙자고 하시는데요. 괜찮으시겠습니까?"

"저기, 지금 옆에 계세요?"

진윤화가 되묻는 소리를 듣자 서동수는 손을 내밀었다.

"네, 바꿔 드리겠습니다."

서둘러 대답한 유병선이 핸드폰을 서동수에게 건네주고는 응접실을 나갔다. 서동수가 핸드폰을 귀에 붙였다.

"전화 바꿨어."

"웬일이세요?"

진윤화의 목소리에 웃음기가 섞여 있다.

"절세미인 셋을 데리고 식사를 하시더니 2차는 안 했어요?"

"그런 관계가 아냐."

"갑자기 왜요?"

"왜? 싫어?"

"누가 싫대요? 갑자기 그러니까 놀란 거지. 거기 유 실장님 옆에 있어요?"

"전화기 주고 나갔어."

"그럼 마음 놓고 말할 수 있겠네. 내 생각이 났어요?"

"항상."

"그럼 지금 갈게요."

그러고는 전화가 끊겼으므로 서동수가 소파에 등을 붙였다. 저절로 긴 숨이 뱉어졌고 저절로 말이 나왔다.

"역시 살던 대로 살아야 돼."

"기다렸어요?"

응접실로 들어선 진윤화가 웃음 띤 얼굴로 물었다. 밤 11시 반, 식당에서는 인사만 했는데 그때 입었던 가운을 벗고 분홍색 원피스로 갈아입었다.

"어, 미안해, 밤늦게 불러내서."

자리에서 엉거주춤 일어선 서동수가 말하자 진윤화는 피식 웃었다.

"오늘 지나면 이런 인사치레 안 하게 되겠죠."

진윤화가 앉지도 않고 주위를 둘러보았다. 집안은 조용하다. 그러나 관리인과 가정부, 수행비서까지 집안에 다섯 명이나 있다. 모두 숨을 죽이고 있을 것이다.

"침실은 어디죠?"

"2층."

"그럼 거기로 올라가요, 아래층에 있는 분들이 긴장하고 계시겠어요."

"그럴까?"

끌려가는 느낌이 들었지만 오히려 그것이 나았다. 진윤화의 다른 면이 보이는 것 같았고 그러고 보니 진윤화하고는 햇수만 길었지 많이 알지 못한다는 생각이 스쳐갔다. 계단을 앞장서 오르는 서동수의 뒤를 따르면서 진윤화가 또 물었다.

"왜 갑자기 내 생각이 났어요?"

"네 생각은 매일 해."

"거짓말."

"나하고 이렇게 오래 겪으면서 같이 안 잔 여자가 너뿐이거든."

"그런데 왜 날 놔둔다고 했어요?"

"한번 안 해보려고 했더니 안 되겠어."

"왜요?"

2층에도 응접실이 있었지만 TV와 소파만 놓여 있어서 실용적이다. 응접실 옆이 바로 침실이었는데 안에는 냉장고와 술병이 놓인 선반이 있고 안쪽이 화장실이다. 2층을 둘러본 진윤화가 서동수에게 말했다.

"늦었으니까 저 씻을까요?"

시선이 마주치자 진윤화는 옅게 웃었다.

"오빠 편하게 해주려고 그래요. 괜히 얌전빼면 피곤하실 것 같아서."

"일부러 그러진 마."

"저도 이게 편해요."

"그럼 씻어."

해놓고 서동수가 물었다.

"나도 같이 들어가도 돼?"

"미리 말하지만 나 요즘 배가 좀 나왔어요, 실망하지 마."

"난 배가 좀 나와야 좋더라."

"처음에는 다 그러지."

눈을 흘겨 보인 진윤화가 몸을 돌리더니 욕실로 다가갔다. 편하다. 소파에 앉은 서동수가 길게 숨을 뱉고 나서 일어섰다. 옷을 벗어던진 서동수가 욕실로 들어섰을 때 진윤화는 샤워기 밑에 알몸으로 선 채 물을 맞고 있었다. 머리에 캡을 써서 긴 목이 드러났고 두 손으로 얼굴을 감싼 자세여서 젖가슴과 허리, 다리 사이의 짙은 숲도 다 드러났다.

"네 벗은 몸을 내가 처음 보는 건가?"

눈을 가늘게 뜬 서동수가 진윤화와 세 걸음쯤 간격을 두고 서서 물었다. 진윤화의 어깨에서부터 떨어진 물이 온몸으로 번져나가고 있다.

"나도 오빠 몸을 처음 보네."

진윤화도 눈을 좁혀 떴지만 수증기 때문인지 얼굴이 상기되었다. 진윤화의 시선이 건들거리는 서동수의 남성으로 옮아갔다.

"예뻐."

"뭐가?"

"오빠 물건."

"예쁘다는 소리는 처음 듣는다."

"먹고 싶어."

진윤화가 손을 들어 오라는 시늉을 했다.

"이젠 그만 보고 이리 들어와, 오빠."

서동수가 다가가 진윤화의 허리를 두 팔로 감아 안았다. 진윤화도 서동수의 목을 끌어안았다.

서동수가 진윤화의 입을 맞췄다. 거침없이 입술을 붙인 순간 진윤화가 입을 벌림으로써 다 받아들인다는 표현을 했다. 아무리 급박하고 고조된 흥분 상태에서도 상대의 반응은 빠짐없이 입력되는 법이다. 서동수의 심장 박동이 터질 것처럼 뛰기 시작했다. 세월을 건너뛰어 지난 옛날, 단 세 번 만나고 차였던 진윤화. 그때는 진윤화가 천상의 꽃이었다면 서동수는 가망 없는 삼류 인생이 아니었던가. 그 가망 없음에 진윤화가 서슴없이 등을 돌렸지 않은가 말이다. 그런데 보라, 입술이 부딪친 순간 입이 딱 벌어지며 혀가 뽑혀져 나온다. 물론 진윤화는 서동수의 이 감개를 의식하지 못한다. 그 순간 서동수의 목을 감싸 안았던 진윤화의 두 손이 풀리더니 아래쪽 남성을 감싸 쥐었다.

"으으."

혀가 물린 진윤화의 입에서 기이한 신음이 터지고 있다. 온수가 사정없이 쏟아져 둘의 몸을 적셨다. 서동수가 손을 뻗어 진윤화의 허벅지를 쓸어 올렸다. 진윤화가 다리 하나를 들어 서동수의 손길을 이끌었다. 허벅지를 쓸고 올라간 손이 골짜기에 닿았다. 서동수의 남성을 문지르던 진윤화의 손에 힘이 실려졌다.

"아, 오빠."

진윤화가 헐떡이며 말했다.

"너무 좋아."

서동수의 손이 골짜기를 문지르다가 동굴 안으로 진입했다. 그때 진윤화가 입을 떼더니 소리치듯 말했다.

"오빠, 침대로 가."

"아직 씻지도 않았어."

서동수가 샤워기의 레버를 눌러 물을 잠갔다. 그러고는 진윤화의 상기된 볼에 입술을 붙였다. 이제 둘은 빈틈없이 부둥켜안은 채 샤워기 밑에 서 있다.

"오빠, 나 급해."

서동수의 남성을 당겨 제 골짜기에 문지르면서 진윤화가 말했다.

"넣어줘, 응?"

"난 얼마든지 참을 수 있어."

진윤화의 귓불을 입술로 물면서 서동수가 더운 숨을 뱉었다. 다시 서동수의 손가락이 진윤화의 골짜기를 더듬었다. 물줄기가 끊기자 진윤화의 골짜기가 싱싱하게 살아났다. 끈끈한 애액이 쏟아져 나오면서 동굴 안의 미세한 박동도 손끝에 느껴졌다. 서동수가 다시 진윤화의 입술에 키스했다. 이것은 존경의 의미여서 입술끼리만 닿았다. 다음 순간 서동수가 진윤화의 무릎 밑에 한 손을 넣고는 번쩍 안아 들었다. 진윤화가 양팔로 서동수의 목을 감아 안더니 입술에 키스를 했다. 욕실에서 나오면서 서동수는 진윤화의 젖가슴을 입에 물었다. 침대 위에 진윤화를 눕힌 서동수가 바로 몸 위로 오른다. 진윤화가 온몸을 활짝 벌리면서 서동수를 맞는다.

"아아아."

한 몸이 된 순간 진윤화의 입에서 탄성이 터졌다. 서동수는 온몸이 빨려 드는 느낌을 받고는 어금니를 물었다.

"오빠, 천천히, 천천히."

서동수가 깊게 들어갔더니 진윤화가 악문 이 사이로 말했다. 입을 딱 벌리면서 신음을 뱉으려다가 서두르며 말한 것이다. 허리를 추켜올려 서동수를 끝까지 받으면서 진윤화가 소리쳤다.

"너무 좋아."

서동수는 이제 집중적으로 진윤화를 탐색하기 시작했다. 거칠게 움직였다가 때로는 한없이 부드럽게, 다시 폭풍이 몰아치고 벼락이 치는 순간이 왔다가 산새가 우는 숲 속으로 떨어지기도 한다. 그동안 진윤화가 따라 울었다가 웃었으며 절규를 했다가 환호했다. 그러고는 마침내 폭발했다. 함께 불덩이가 된 것 같다.

"묻고 싶은 말이 있었어요."

오전 6시가 조금 넘었다. 서동수의 팔을 베고 누워 있던 진윤화가 말했다. 진윤화는 알몸 위에 서동수의 가운만 걸쳤다. 알몸으로 자는 것이 어색한지 옷장을 뒤져 가운을 찾아 걸친 것이다. 서동수가 머리를 돌려 진윤화를 보았다. 5시쯤 깨어 또 한 번 뜨거워졌던 열기가 가라앉는 중이다. 진윤화가 아직도 상기된 얼굴로 서동수를 보았다.

"오빠하고 곧 결혼하게 될 중국여자 장치라고 했던가? 그 여자 사랑해요?"

"그럼."

서동수가 바로 머리를 끄덕였다.

"야망이 있는 여자지. 그리고 자신의 가치도 알고."

"결혼하실 거죠?"

"할 거야."

"장치 씨가 우리 둘의 관계를 알면 어떻게 될까요?"

"모른 척 하겠지."

"하지만 가슴은 아프겠죠?"

"당연히."

그러고는 서동수가 머리를 돌려 진윤화를 보았다.

"그걸 왜 묻는 거야?"

"오빠, 앞으로 우리 또 만날 거죠?"

진윤화가 되물었으므로 서동수가 젖가슴을 움켜쥐었다. 풍만한 젖가슴이다. 진윤화는 가만있었고 서동수가 다시 물었다.

"아니, 네가 대답을 해. 내가 말하기엔 좀 그렇다."

"우리, 만나려면 다른 곳에서 만나요. 여기하고 중국은 소문이 금방 날 테니까요."

정색한 진윤화가 말을 이었다.

"한 달에 한 번, 두 달에 한 번도 좋으니까 오빠만 바라보고 살게. 나는 오빠 하나면 돼. 그러니 우리 조심하자고요."

"……."

"여자 때문에 망하는 남자, 우리 주변에도 많이 있었잖아요? 나 때문에 오빠 가정에 풍파가 일고 사업에 지장이 오면 안 된다고."

"……."

"다 오빠하고 나를 위한 일이야."

"내 그것 좀 세워봐."

서동수가 말하자 진윤화가 손을 뻗어 남성을 주무르기 시작했다.

"조금 전에 서 있었는데 내가 심각한 이야기를 해서 죽었나봐."

진윤화가 다리를 벌리면서 말을 이었다.

"오빠도 나 좀 만져줘."

"너 요부다."

서동수가 진윤화의 동굴 안을 부드럽게 건드리며 말했다.

"네가 이런 모습이 될지 전혀 상상도 못했다."

"왜? 실망했어?"

"아니, 그 반대야."

"나도 오빠가 이런 남자인 줄 몰랐어."

진윤화의 숨소리가 가빠졌다. 얼굴이 더 붉어졌고 숨소리에 섞여 옅게 신음이 새어 나왔다.

진윤화가 서동수의 남성을 당기는 시늉을 하면서 말했다. 남성도 이미 돌덩이처럼 단단해져 있다.

"오빠, 해 줘."

서동수는 진윤화의 몸 위에 올랐다. 진윤화의 샘에서도 생명수가 분출되고 있었던 것이다.

"좋아, 앞으로는 다른 곳에서 만나기로 하지."

그 순간 진윤화가 입을 딱 벌리더니 서동수의 허리를 감싸 안았다. 다시 방 안에 열띤 숨소리와 함께 탄성이 울려 퍼지기 시작했다. 그렇다. 카이로쯤이 좋겠다. 앞으로 장치하고 결혼하게 되면 조심은 해야겠지. 서동수가 진윤화의 얼굴을 내려다보면서 생각한다. '본래 나는 사랑에 대한 자신감이 결여된 놈이었다. 그것을 진윤화가 가장 잘 알 것이다. 그래서 나는 여자를 욕정의 대상으로만 여겼는가?'

오전 10시쯤 되었을 때 결재 서류를 받은 유병선이 책상에 바짝 붙어 서서 말했다.

"잘하셨습니다, 장관님."

어젯밤 임수영 사건을 말하는 것이다. 서동수도 생각이 같았으므로 웃음만 지었더니 유병선이 말을 이었다.

"악극단이 신의주 진출을 적극적으로 서두르고 있는 것 같습니다. 동성이 만경봉 악극단과 제휴한다면 대박이 나겠지요."

"그것 참."

마침내 쓴웃음을 지은 서동수가 의자에 등을 붙였다.

"마무리 급하다고 그렇게 육탄 삼용사처럼 몸으로 뛰어들면 어떡해?"

입을 꾹 다문 유병선이 서동수를 노려보는 시늉을 했지만 콧구멍이 벌름거렸다. 기를 쓰고 웃음을 참고 있는 것 같다. 서동수가 정색한 얼굴로 유병선을 보았다.

"내가 성경책을 급하게 꺼낸 셈인가?"

진윤화를 말한다. 그때 어깨를 부풀렸다가 내린 유병선이 대답했다. 목소리가 갈라져 있다.

"예. 그런 모양이 되겠습니다."

"하지만 북한 측에서는 다시 언제라도 부딪쳐 올 가능성이 있겠군."

"예, 그렇습니다."

"어떻게 대처하면 되겠나?"

누가 들으면 큰 프로젝트에 대한 상의를 하는 것으로 생각할 것이다. 서동수의 시선을 받은 유병선이 어깨를 늘어뜨리면서 말했다.

"지금까지 해오신 대로 하시는 것이 가장 무난할 것 같습니다."

"하긴 개가 시간이 지난다고 고양이가 될 수는 없지."

그때 퍼뜩 유병선이 시선을 들었다가 내렸다. 어깨도 부풀려졌다가 가라앉는 것이 할 말을 참은 것 같다.

"내가 비공식으로 서울에 가야겠는데."

서동수가 말하자 유병선이 수첩을 꺼내 들고 메모했다.

"오늘 저녁에 광일의 박 회장님하고 만날 약속을 정해 줘. 사업 문제로 상의드릴 일이 있다고 말씀드리도록."

"알겠습니다. 참석자는 어떻게 할까요?"

"유 실장만 같이 가도록 하지."

"연락하겠습니다."

유병선이 서둘러 방을 나갔을 때 서동수가 핸드폰을 꺼내 버튼을 눌렀다.

"아빠야?"

신호음이 두 번 울렸을 때 바로 미혜가 전화를 받는다.

"응. 난데, 아빠가 오후에 서울 갔다가 내일 너한테 갈게."

서동수가 칭다오에 있는 미혜에게 출장 보고를 했다. 미혜는 곧 고3이 되고 대학은 베이징대에 갈 예정이다.

"응. 그래, 알았어. 그런데…."

미혜가 조금 망설이는 기색을 보이다가 말을 이었다.

"아빠, 내가 서울에다 전화를 해봤어."

"서울? 누구한테?"

불쑥 물었다. 서동수의 가슴이 철렁 내려앉았다. 미혜하고 인연이 있는 사람은 서울에 딱 하나뿐이다. 미혜의 생모(生母) 박서현. 미혜가 여섯 살 때 이혼하고 나서 일곱 살 때 중국으로 데려온 후에 12년 동안 제 엄마를 만나지 않았다. 그런데 미혜가 전화를 해봤다는 것이다. 그때 미혜가 대답했다.

"내 생모한테."

생모라는 호칭의 의미가 가슴에 닿았으므로 서동수가 쓴웃음을 지었다. 미혜도 이제 제 엄마가 저를 버리다시피 한 것을 아는 것이다. 박서현은 재혼해서 또 딸 둘을 낳고 산다.

"잘했다."

우선 그렇게 말해준 서동수가 소리 죽여 숨을 뱉었다. 미혜의 입장에서 볼 필요가 있는 것 같다.

오늘은 박재은 회장이 서동수를 장충동 영빈관에서 맞는다. 오후 8시, 영빈관이라고 했지만 시내 별장쯤의 용도로 사용되는 곳이다. 한식 주택으로 사랑채, 행랑채, 대청이 딸린 안채가 정연하게 배치되어 있다. 서동수와 유병선이 안내된 곳은 안채 대청이다. 커다란 마룻방을 응접실로 꾸며 놓아서 아늑한 분위기다. 박재은 회장은 기조실 사장 유영수만 참석시켰으니 넷이 마주 보고 앉았다. 인사를 마치고 각자 앞에 놓인 음료수 병을 쥐었을 때 서동수가 입을 열었다.

"어제 제가 북한에서 온 만경봉 악극단장을 만났습니다."

박재은과 유영수는 시선만 주었고 서동수의 말이 이어졌다.

"북한은 악극단원 수천 명을 국가적으로 양성할 수 있다고 했습니다."

임수영이 말한 대로 설명해준 서동수가 박재은을 보았다.

"악극단 단장이 저한테 사업 제의를 했습니다. 동성한테 말씀입니다."

서동수가 임수영이 제의한 내용을 그대로 전해주고 나서 박재은을 보았다.

"저는 동성의 사주지만 신의주 장관입니다. 이권사업에 손을 뻗칠

수가 없습니다. 그래서 이 사업을 광일그룹이 맡아 주셨으면 합니다."

서동수의 시선을 받은 박재은이 한동안 입을 열지 않았다. 시선을 떼지 않고 눈도 깜박이지 않았다. 응접실 안에 한동안 정적이 덮였다. 이것은 유흥사업의 남북한 합작을 말한다. 거대한 사업이다. 라스베이거스는 관광도시, 또는 유흥도시인 것이다. 신의주가 번성하려면 관광산업이 발전해야 한다. 이윽고 박재은이 입을 열었다.

"호의 감사합니다, 장관님."

심호흡을 한 박재은이 말을 이었다.

"내일까지 심사숙고한 후에 장관께 말씀드리도록 하겠습니다."

박재은의 눈이 반짝였고 다시 서동수의 시선을 잡은 채 한동안 떼지 않았다. 별장을 나왔을 때는 9시가 조금 지났을 때다. 차가 대문을 빠져 나왔을 때 유병선이 머리를 돌려 서동수를 보았다.

"박 회장이 감동했을 것입니다."

"내가 못하면 그분이 해야 돼."

의자에 등을 붙이고 앉으면서 서동수가 말을 이었다.

"광일이 신의주를 본거지로 삼게 될 테니까."

한국 제1의 대기업이 신의주에 전력투구를 한다면 성공 가능성은 더 높아질 것이었다. 관광 유흥산업은 현금 회전율이 빠르고 이윤이 많은 알짜 산업이다.

서동수는 북한의 전폭적인 지원을 바탕으로 한 이 사업을 광일그룹에 넘긴 것이다. 그때 핸드폰을 꺼내본 유병선이 말했다.

"최 변호사가 미혜 어머니를 만나 일을 다 끝냈다고 보고해 왔습니다."

서동수는 잠자코 머리만 끄덕였다. 박서현은 마침내 두 달 전에 두 번째 남편이었던 정영철과 이혼을 한 것이다. 박서현은 며칠 전에 미현이 전화를 했을 때 그 이야기를 하지 않았으나 정영철하고 사이에서 난 두 딸도 넘겨주고 나왔다. 겉으로는 성격 차이로 합의이혼을 했다지만 실제는 생활고 때문이다. 정영철이 몇 년째 실업자가 되어 있었기 때문이다. 전에 서동수가 정영철에게 중국에서 사업을 해보라고 조언을 했지만 듣지 않았다. 그전에도 도움을 받은 적이 있었기 때문에 자존심도 상했을 것이었다. 그때 유병선이 다시 말을 이었다.

"미혜 어머니가 고맙다는 말씀을 전해달라고 했다는군요."

최 변호사는 박서현에게 일자리를 주선해준 것이다. 서동수는 대답하지 않았다.

다음 날 오후, 서동수가 영등포역 근처의 설렁탕 식당에서 점심을 마치고 나왔을 때 박재은 회장의 전화를 받았다.

"장관님, 저희 광일이 신의주를 세계 제1의 관광도시로 만들겠습니다."

박재은이 또렷한 목소리로 말을 이었다.

"라스베이거스, 홍콩, 싱가포르 등 각국의 장단점을 비교해서 신의주에 전력투구하겠습니다."

"저도 적극 도와드리지요."

서동수도 화답했다.

"북한 측도 환영할 것입니다. 곧 광일과 북한의 합자회사를 설립하도록 제가 중개 역할을 하겠습니다."

박재은과 통화를 마친 서동수가 웃음 띤 얼굴로 옆자리의 유병선을 보았다.

"동성이 했다면 세계 제1의 재벌 그룹이 되었을 거야."

"잘하신 겁니다."

유병선도 따라 웃으며 말했다.

"장관님은 물욕이 없으십니다. 제가 존경하는 부분 중의 하나입니다."

"또 있나?"

"그건 말씀드리기 곤란합니다."

"여자관계는 어때?"

그때 유병선의 시선이 앞쪽을 스치고 지나갔다. 승용차 앞좌석에는 운전사와 수행비서 최성갑이 앉아 있다. 서동수의 시선을 받은 유병선이 심호흡을 했다.

"제 주관적인 소견입니다만 저는 그것으로 회장님을 더 인간적으로 느끼고 있습니다."

"때로는 색욕이야. 욕정이라고."

창밖으로 시선을 돌린 서동수가 말을 이었다.

"다만 상대방에게 비난을 받지 않을 뿐이지 자랑할 만한 일은 못 되네."

그때 서동수의 핸드폰이 진동을 했으므로 대화가 끊겼다. 주머니에서 핸드폰을 꺼내 본 서동수가 빙그레 웃었다. 장치였기 때문이다. 서동수가 핸드폰을 귀에 붙였다.

"응, 나, 서울인데, 웬일이야?"

"여보, 우리 안 만난 지 열흘쯤 되었지?"

불쑥 장치가 묻더니 제 말에 제가 대답했다.

"맞아, 열흘째야, 그런데 언제 돌아와?"

"오늘 오후에 중국으로 출발해."

"그럼 내일 오후에 내가 칭다오로 갈게, 시간 있지?"

"당연히 저녁 시간은 우리 몫이지."

서동수가 부드럽게 말했다. 그러고 보니 장치와 안 만난 지 열흘이 된 것이다. 통화를 끝낸 서동수가 유병선에게 말했다.

"장치는 제 역할을 잘 알고 있는 여자야. 나하고 거래관계라는 의식이 강해."

유병선은 숨을 죽였고 서동수의 말이 이어졌다.

"그래서 내놓을 것이 없어지면 자신의 존재성을 낮추게 될 거야. 삭막하게 느껴지겠지만 사업 동반자로서는 둘도 없는 짝이지."

"그런 성격이신지는 몰랐습니다."

"자립심과 자존심이 강한 여자지."

그러고는 서동수가 입을 다물었다. 차 안에 정적이 덮였다. 서동수는 옆에 앉은 유병선도 지금 박서현 생각을 할 것이라고 생각했다. 말을 하다 보니까 어제 오후에 최 변호사를 보내 처리해 준 박서현과 비교가 되었기 때문이다. 박서현은 동성 계열사 중 한 곳의 매장 관리인으로 채용이 된 것이다. 혼자 생활하는 데는 충분한 보수를 받게 되었고 숙소도 사내 간부사원에게 배정된 아파트에 입주할 것이었다. 이윽고 생각에서 깨어난 서동수가 말했다.

"지금까지는 무난하게 전개되었다. 각자 기대하는 것이 있었기 때문이지. 하지만 앞으로는 많이 부딪히게 될 거야."

사업뿐만이 아니라 인간사도 다 그렇다.

내분이 일어나다

신의주 장관은 자치령 수반이나 같다. 신의주에도 내각이 있으며 남북한과 중국 측의 추천을 받아서 장관이 임명한 임명직 입법위원은 25명, 또한 치안과 방위를 맡은 경찰도 존재한다. 모두 남북한, 중국과의 협의에 의하여 배분되고 권한을 행사해 왔는데 시간이 지나면서 갈등이 일어났다. 모두 예상했던 일이기는 했다. 남북한의 체제, 경제수준 차이가 컸을 뿐만 아니라 사고(思考)의 벽이 굳어져 있었기 때문이다. 자치령 6개월이 지났을 때 가장 큰 문제로 대두된 것은 밀입국자 처리였다. 특구 초기부터 하나둘씩 넘어왔다가 돌려보내지거나 흡수시켰던 북한 측 밀입국자가 요즘은 하루에 50~60명씩 국경 경비경찰에 체포되는 상황이 되었기 때문이다. 신의주의 경찰력은 3000명, 자치령법상 최고지휘관은 장관이며 책임자는 북한의 군사령관 출신 이경주가 경찰총감이다. 부총감은 한국의 경기경찰청장 출신의 박재성, 오늘 장관실에서 셋이 둘러앉았다. 오후 2시 반, 배석자는 장관 비서실장 유병선까지 넷이다. 이경주가 말했다.

"현재 수감된 밀입국자가 755명입니다. 그중 중국에서 넘어온 놈들이 87명인데 남한 국적자가 12명, 조선족이 34명, 중국인이 41명입니다."

이경주는 대장 출신으로 65세다. 북한은 70대 장군들도 많아서 아직 팔팔한 축에 들었고 붉은 얼굴에 체격도 당당했다. 이경주가 똑바로 서동수를 보았는데 얼굴이 상기되어 있다.

"신의주 경찰은 흰밥에 고깃국을 주고 중국 국적이라고 거짓말을 하면 확인도 안 하고 중국으로 보내준다는 소문이 나서 놈들이 마구 들어오려고 하는 것 같습니다. 따라서"

숨을 고른 이경주가 말을 이었다.

"시범적으로 열 명쯤 공개 총살을 하도록 해주십시오. 내일 즉시 집행하겠습니다, 장관님."

서동수의 시선이 박재성에게로 옮겨졌다. 시선을 받은 박재성이 어깨를 내리면서 소리 죽여 숨을 뱉는 것이 드러났다. 한국에서는 사형집행이 보류된 지 10년이 지났다고 한다. 사형선고를 받은 사형수가 10년이 지나도록 살 수 있게 하는 나라다. 그런데 이경주는 체포된 밀입국자를 바로 다음 날 사형집행을 한다는 것이다. 다시 이경주가 말했다.

"장관님께서 범법자의 직결처분권을 갖고 계십니다. 명령만 내려주시기 바랍니다."

"사형은 안 됩니다."

마침내 박재성이 나섰다. 부총감이 총감의 의견을 반대한 셈이다.

"당치도 않습니다. 신의주의 이름에 먹칠을 하는 행동입니다. 저는 반대합니다."

"먹칠을 하다니?"

이경주가 눈을 치켜떴다.

"그럼 불법 데모를 해도 놔두고 나중에는 술 취한 자가 경찰서에서 난동을 부려도 쩔쩔매는 남조선식으로 놔두겠단 말인가? 그런 건 국가도 아니요."

"뭐라고 하셨습니까? 그럼 걸핏하면 총살하고 대공포로 쏴 죽이고 박격포로 쏴 죽여야 제대로 된 국가란 말입니까?"

50대 중반의 박재성도 강골이다. 두 경찰 총수가 부딪치자 유병선이 말렸다.

"진정들 하시지요."

"총살이 보기 흉하면 교수형도 좋습니다. 그래야 밀입국자가 줄어듭니다."

이경주가 말했을 때 서동수가 머리를 들었다.

"밀입국자가 많다는 건 그만큼 신의주가 동경의 대상이란 선전효과도 있으니까 사형은 당분간 보류합시다."

당분간이란 표현으로 이경주를 달랜 서동수가 말을 이었다.

"하지만 사형제도를 폐지하자는 건 아니오. 국가 기강을 흔드는 난동범은 예외요."

"감찰비서관을 부르겠습니다."

경찰 총수들이 돌아간 후에 비서실장 유병선이 말했다. 유병선은 장관 비서실장이지만 한국의 청와대 비서실장 역할을 한다. 신의주가 자치령으로 국가체제와 비슷한 터라 자연스럽게 비서실도 맞춰서 구성된 것이다. 서동수가 머리를 끄덕이자 유병선이 벨을 눌렀고 곧 집무실 안으로 사내 하나가 들어섰다. 감찰비서관 조기택이다. 한국 출신, 48세, 육군 중령으로 예편한 후에 3년 동안 실직자가 되었다가 신의주 장관 비서실에 채용이 되었다. 짧은 머리, 단단한 체구에 각진 얼굴은 긴장으로 굳어져 있다. 다가선 조기택이 머리를 숙여 보이더니 보고서를 서동수 앞에 내려놓고 말했다.

"증거를 확보했습니다."

서동수가 잠자코 보고서를 보았다. 한 달 전 건설부의 제2과장 유백상은 신의주 개발지역 요지인 A-7지구의 유흥가 부지를 한국의 투자기업 성호상사에게 분양했다. 대지 1만㎡였고 용도는 호텔과 상업시설, 분양가는 신의주 정부에서 고지한 대로였다. 적법한 절차를 밟아 분양을 받았지만 원체 요지여서 경쟁자가 4곳이나 있었던 것이다. 분양은 경쟁 입찰이 아니라 5명으로 구성된 선정위원에 의하여 결정된다. 선정위원은 건설부장과 경제, 행정, 문화, 경찰부에서 각각 1명씩이 선출된 5명인 것이다. 보고서에서 시선을 뗀 서동수가 긴 숨을 뱉었다. 선정위원 5명 중 건설부장을 포함한 3명이 한국계, 2명은 북한계다. 그중 건설부장 장주식만 빼놓고 4명이 모두 뇌물 10만 불씩을 먹은 것이다. 물론 2과장 유백상도 먹었으니 성호상사는 5명에게 뇌물을 먹였다. 조기택이 말했다.

"행정부와 경찰부의 북한계 선정위원은 배경이 좋습니다. 둘 다 호위총국 제1경비단 소속 중화 출신입니다."

호위총국 제1경비단이 어디인가? 김동일 장군의 직속 경호대인 것이다. 서동수가 쓴웃음을 지은 얼굴로 조기택을 보았다.

"다섯 명을 장관 직권으로 긴급 체포할 수 있겠지요?"

"예, 그럴 권한이 있으십니다."

신의주는 그렇다. 장관에게 그럴 권한이 있는 것이다. 신생 자치령의 초기 혼란 수습을 위하여 남북한이 합의한 법이다. 서동수의 시선이 유병선과 조기택을 차례로 멈춰졌다.

"먼저 그 후유증에 대한 대비를 해두는 게 낫겠군, 그렇지요?"

"알겠습니다."

긴장한 유병선이 말을 이었다.

"이것을 부정부패에 대한 정부당국의 강력한 경고로 활용해야 될 것입니다."

서동수가 머리를 끄덕였다.

"난 한국계만 부패에 익숙한 줄 알았더니 같은 민족이어서인지 북한계도 뒤지지 않는구먼."

유병선과 조기택은 가볍게 말을 받을 수도 있었을 텐데 입을 다문 채 시선만 주었다. 사건 비중이 컸기 때문일 것이다. 신의주 정부의 탄생 이후 처음 고위급 남북한 관리들의 전격 체포가 될 것이다. 그때 조기택이 말했다.

"장관님, 부정부패 사범으로 기소장을 작성토록 하겠습니다."

"아니."

정색한 서동수가 조기택을 보았다.

"반역 혐의로 하세요."

놀란 둘이 시선만 주었고 서동수가 말을 이었다.

"자치령 고위 공무원이 부정한 뇌물을 수수한 건 자치령을 붕괴시키려는 반역행위와 같아요. 반역행위로 처형되어야 합니다."

서동수는 처형이란 단어를 사용했다.

경찰총감 이경주가 부장관 최봉수를 노려보았다. 이경주가 연상인데다 북한군 시절 계급도 위였지만 이곳에서는 최봉수가 상급자가 되었다.

"부장관 동지, 이런 식으로 밀리면 신의주는 몽땅 남조선 차지가 될 거요. 양보하면 안 됩니다."

부장관실에는 둘뿐이었지만 이경주가 목소리를 낮췄다. 오후 5시 반, 이경주가 말을 이었다.

"노동조합은 남조선에도 다 있는 것 아니오? 교직원은 물론이고 공무원까지 노동조합을 만들어놓고 있단 말이오. 그런데 신의주에서는 안 된다니? 이게 말이나 되는 일이오?"

"글쎄, 총감 동무."

입맛을 다신 최봉수가 지그시 이경주를 보았다.

"노동조합 이야기를 꺼냈다면 신의주 자치령은 물론이고 특구도서 장관이 받아들이지 않았을 겁니다. 그걸 아셔야 해요."

"그럼 이대로 두잔 말입니까?"

이경주의 시선을 받은 최봉수가 외면했다. 이경주의 배후에는 노동당 선전선동부가 있다. 이 부서의 본래 임무는 전당과 모든 사회를 김일성주의로 만드는 것이니 북한에서 가장 강력한 당 기관인 것이다. 이경주가 말을 이었다.

"자치령이 발족된 지 6개월이 지났습니다. 각 단위 사업장에 배치된 북조선 근로자가 벌써 15만이오. 이 동무들을 이대로 놔두었다가는 장악하기 힘듭니다. 먼저 비밀 조직이라도 만들어야 된단 말입니다."

"…."

"그러기 위해서는 각 사업장의 고용원 임면권을 수정해야 됩니다.

이것은 우리 측 입법위원이 한 달이면 통과시킬 수가 있어요."

최봉수가 다시 외면했다. 그것이 되더라도 장관이 거부해 버리면 끝장이다.

"어쨌든 각 사업장에 조직 간부들은 투입시켜 놓았으니까 안팎에서 손발을 맞춰줘야 한단 말입니다."

그때 최봉수가 물었다.

"밀입국자 10명을 시범적으로 총살시키자고 했습니까?"

"그랬습니다. 어제 장관께 건의했더니 잠깐 보류시키자고 합니다."

"앞으로 그런 제안은 먼저 저하고 상의해 주시지요."

그 순간 이경주가 눈을 치켜떴다.

"부장관, 그것도 내가 즉흥적으로 꺼낸 말이 아니오. 당과 협의하고 나서 장관에게 말한 것입니다."

그렇다면 최봉수를 무시했다는 말이나 같다. 쓴웃음을 지은 최봉수가 이경주를 보았다.

"총감 동무, 나는 신의주의 공식 북조선 대표이고 내 보고선은 내각 부총리를 거쳐 지도자 동지께 직보됩니다. 총장 동무의 보고선은 어떻게 되시오?"

"그것은…."

말은 그친 이경주의 얼굴이 붉어졌다.

그때 최봉수가 정색했다.

"총감 동무의 보고가 선전선동부를 거쳐 지도자 동지께 전달되는지 확인이 됩니까?"

이경주가 어깨를 부풀린 채 숨만 가쁘게 쉬었으므로 최봉수는 입맛을 다셨다.

"과욕은 화근을 일으킵니다. 나는 지도자 동지의 원대한 이상을 충실하게 따르고 있다고 자부하고 있습니다."

이경주가 최봉수의 옆모습을 한동안 응시하더니 이윽고 자리에서 일어섰다.

"잘 알겠습니다, 부장관 동지."

"앞으로 자주 들러 주시지요."

따라 일어선 최봉수가 이경주에게 손을 내밀면서 덕담을 했다.

"우린 모두 당과 지도자 동지께 충성을 바치고 있는 것입니다."

"한 달에 약 3000만 불이 북한으로 송금되고 신의주 주변의 북한 지역이 생필품 생산지역으로 변모하고 있습니다."

행정부 경제부장 오영복이 보고했다.

"주변 북한 지역으로부터 수입되는 석탄에서부터 농작물, 수산물에 이르는 각종 수입 금액이 월 1000만 불, 계획보다 훨씬 빨리 물량이 증가하고 있습니다."

서동수가 머리만 끄덕였다. 오후 2시 반, 장관 집무실에서 서동수는 오영복으로부터 월간 경제보고를 받고 있다. 배석자는 비서실장 유병선과 감찰비서관 조기택, 경찰부총감 박재성이다. 이제 신의주의 첫발은 단단하게 디뎌졌다. 6개월 만에 신의주 산업의 매출액은 월 3억 불에 이르렀다. 아직도 수백 개의 공장과 호텔, 유흥시설이 건설 중이고 건설 노동자만 6만여 명이다. 송금액 증가는 북한 노동자의 경우 '신의주 법'에 의하여 임금의 절반을 북한으로 송금하게 되어있기 때문이다. 그것은 북한계 입법위원은 물론이고 경찰총감까지 다 포함이 된다. 이것이 신의주 6개월 만의 실적이다. 1년 후에는 2배가 될 것이고 3년 후에는 기하급수적으로 늘어난다. 이윽고 서동수의 시선이 감찰비서관 조기택에게 옮겨졌다.

"조 비서관, 말해 보시오."

기다리고 있던 조기택이 허리를 펴고 서동수를 보았다.

"오늘 오후에 부정부패를 저지른 건설부 제2과장 유백상과 선정위원 4명, 그리고 뇌물을 준 성호상사 대표와 담당 이사까지 7명을 반역혐의로 구속 수감할 예정입니다."

부총감 박재성은 잠자코 있었지만 경제부장 오영복이 긴장했다. 그때 유병선이 말했다.

"구속시키기 전에 장관께서 각료회의에서 통보하실 것입니다."

유병선이 말을 이었다.

"부총감께서 반역범 체포 발표를 하신 후에 경제부장께서 따로 신의주의 경제계획을 6개월 단위로 발표해 주시면 분위기에 도움이 되겠습니다."

"알겠습니다."

바로 알아들은 오영복이 앞에 놓인 서류를 접었다. 어서 나가서 준비하겠다는 시늉이다. 그때 서동수가 입을 열었다.

"이제는 내부의 적과 싸워야 됩니다. 한국과 북한에서 해온 타성을 이곳에서는 완전히 개조해야 됩니다."

둘러앉은 간부들을 훑어본 서동수가 소리죽여 숨을 뱉었다.

"이곳에서 새 한국을 만듭시다. 새로운 대한민국을 말입니다."

그것이 무엇이라고는 일일이 말하지 않아도 모두가 안다. 한국인 개개인의 능력으로 본다면 세계 제일이다. 과장이 아니다. 근래의 예만 들어도 2차 대전 후의 독립국으로 선진국 대열에 든 국가는 대한민국이 유일하다. 1960년대에서 80년대까지 20년간의 눈부신 성장이 선진국가의 토대를 만들었다. 이런 전례가 없는 것이다. 이 위대한 국민에게 다시 한 번 신바람을 불러일으켜 이끄는 것이 신의주의 목표다. 회의를 마친 서동수가 혼자 소파에 기대앉아 있을 적에 탁자 위의 전화벨이 낮게 울렸다. 전화기를 들었더니 비서가 말했다.

"장관님, 장치 교수님이십니다."

마침내 장치가 신의주에 도착한 것이다. 전화기를 귀에 댄 서동수의 얼굴에 웃음이 떠올랐다. 갈증 난 사람한테 물 잔이 놓인 것 같다. 그때 장치가 말했다.

"여보세요?"

한국어다. 요즘 장치는 한국어를 배워서 제법 의사소통이 된다.

"응, 지금 어디야?"

"공항에서 관사로 가고 있어요."

장치의 목소리에 애교가 넘쳐흘렀다.

오후 6시, 신의주 장관 관사의 응접실 소파에 나란히 앉은 서동수와 장치가 TV를 보고 있다. TV 화면에 신의주 국영방송의 앵커가 나오더니 엄숙한 표정으로 뉴스특보를 보도했다.

"오늘 오후 5시 정각에 신의주 경찰청은 반역 혐의로 7명을 긴급 체포했습니다."

한국어를 3할쯤 알아듣는 장치가 서동수를 보았다. 그러나 서동수는 화면을 응시한 채 움직이지 않았다. 앵커는 이어서 건설부 관계자와 성호상사의 유착과 뇌물 수수를 설명했고 이것은 신의주의 미래를 파괴하는 반역행위라고 열변을 토했다. 이어서 왜 반역행위인가를 앵커가 설명하기 시작했다.

"여보, 괜찮겠어요?"

긴장한 장치가 중국어로 물었다. 다 알아듣지는 못했어도 사태가 심각한 것은 알 수가 있는 것이다.

"아, 당연한 일을 했는데 왜?"

그렇게 대답했지만 장치의 질문은 모든 사람들의 생각과 비슷할 것이었다. 7명 중 북한계는 3명, 한국계는 4명이다.

그때 앵커가 마지막 멘트를 했다.

"신의주의 첫 반역범은 처형될 가능성이 높습니다."

처형(處刑)이란 무엇인가? 사형에 처한다는 뜻으로 사용된다. 서동수가 리모컨으로 TV를 껐을 때 전화벨이 울렸다. 이 시간에 이 상황에서 관사로 전화를 해오는 사람은 유병선일 것이었다. 전화기를 귀에 붙였더니 과연 유병선이다.

"장관님, 방금 경찰총감이 저한테 연락을 해왔습니다."

서동수는 잠자코 들었다. 경찰총감 이경주는 비리 혐의자 체포 실무 책임자다.

감찰 비서관 조기택이 제출한 증거들을 보자 체포에 동의했지만 바로 북한 당국에 보고를 했을 것이다. 유병선이 말을 이었다.

"중요한 일이라면서 장관님 면담을 신청했는데요. 본국의 지시를 받았다고 합니다."

본국이라면 북한이다. 서동수가 대답했다.

"그럼 7시에 여기서 보지."

이것도 예상하고 있던 일이다. 그래서 오후 7시가 되었을 때 관사의 1층 회의실에는 서동수와 이경주가 마주보고 앉았는데 배석자는 유병선과 조기택이다.

건성으로 인사를 마친 이경주가 똑바로 서동수를 보았다.

"바로 말씀드리겠습니다. 상부의 지시인데 처형은 과하다는 것입니다. 오히려 북남의 오해와 갈등만 일으킬 소지가 있으니만치 사건을 크게 확대하지 말고 조용히 처리하는 것이 낫겠다고 건의하라는 지시를 받았습니다."

서동수가 시선만 주었고 이경주의 말이 이어졌다.

"북한계 3명은 모두 파면 처리하고 본국으로 소환시키는 것이 가장 적당한 조치라는 의견입니다."

말을 그친 이경주가 서동수를 보았다.

회의실에 잠깐 정적이 덮이면서 이경주의 눈동자가 흔들렸다. 서동수 좌우에 앉은 유병선과 조기택도 앞쪽에 시선만 주고 있었으므로 정적이 무겁게 느껴졌다. 이윽고 서동수가 머리를 돌려 유병선을 보았다.

"유 실장, 모두 녹음 되었겠지요?"

"예, 장관님."

유병선이 바로 대답하자 서동수가 이제는 조기택을 보았다.

"이 내용을 근거로 경찰총감을 신의주법에 의거, 체포할 수 있겠소?"

"됩니다."

조기택이 바로 대답하자 서동수가 머리를 끄덕였다.

"이 내용을 3국 정부에도 보냅시다."

"아니, 장관 동지."

정신을 차린 이경주가 어깨를 폈다.

"그게 무슨 말씀이십니까?"

이경주쯤의 경륜이면 목숨을 걸고 살아왔다고 해도 과언이 아니다. 한국에서 권력의 줄이 끊어졌을 때 못 되면 교도소지만 북한은 그런가? 이경주의 원상회복 속도는 빠른 편이다. 그때 서동수가 유병선에게로 머리를 돌렸다.

"북한 지도자동지께 면담 신청을 하도록, 내일이 좋겠어."

"예, 장관님."

그 순간 서동수는 이경주가 숨을 들이켰다가 어깨만 올린 채 품지 못하고 있는 것을 알 수 있었다. 온몸이 굳어져 있다. 이제는 서동수가 이경주를 보았다.

"당신을 총살시키지 않는다면 내가 장관 그만둔다고 하겠어. 자, 됐나?"

그때 유병선과 조기택은 이경주의 목구멍에서 침이 넘어가는 소리를 들었다.

"자, 그만 일어나시지요."

유병선이 말했을 때 다시 정신을 차린 이경주가 몸을 일으켰다가 다리에 쥐가 났는지 비틀거렸다. 그러고는 서동수에게 시선도 주지 않고 방을 나갔다. 잠시 후에 셋은 1층 응접실에 둘러앉았는데 유병선이 조심스럽게 물었다.

"총감을 체포하실 겁니까?"

"당분간 놔두도록, 하지만"

정색한 서동수가 말을 이었다.

"내일 지도자를 면담하자고 연락을 해."

"알겠습니다. 하지만 내일 어렵다면 어떻게 합니까? 저쪽에서 정해 준 날짜로 맞춥니까?"

"내일 어렵다면 그만두기로 하지. 나도 스케줄이 차 있으니까."

"알겠습니다."

"한국 대통령도 전날 면담 신청을 하면 시간을 내주는데 북한이 예외가 될 수는 없어."

혼잣소리처럼 말한 서동수가 자리에서 일어섰다.

"일 다 끝났어요?"

이층 응접실로 올라갔더니 TV를 보고 있던 장치가 물었다. 장치는 붉은색 가운차림이었는데 허리띠를 맺지만 가슴과 허벅지가 드러났다. 가운 옆구리가 갈라져 있었기 때문이다.

"저녁식사를 가져왔어요."

장치가 옆쪽 원탁에 놓인 저녁상을 가리키며 말했다. 오후 7시 40분, 그동안 1층 식당에서 저녁 준비를 해놓았던 것이다.

"내일 북한에 가게 되면 장치, 당신도 함께 가도록 하지."

저녁을 먹으면서 서동수가 말하자 놀란 장치가 젓가락을 내려놓았다.

"북한에요? 가서 지도자를 만나나요?"

"지도자 면담 신청을 했어."

"벌써부터 가슴이 뛰는군요."

심장 부근에 손바닥을 붙였다 뗀 장치가 정색한 얼굴로 서동수를 보았다.

"오늘 일 때문이군요."

"만날 때도 되었어."

밥을 삼킨 서동수가 말을 이었다.

“당신과 같이 가면 분위기가 좋아질 거야. 미인계를 쓰는 셈이지.”

“나보다 더 예쁘고 날씬한 여자가 많아요, 여보.”

쓴웃음을 지은 장치가 서동수를 보았다.

“나는 처음으로 당신 파트너가 되어서 공식석상에 나타나는 것이군요.”

“그런 셈인가?”

“그래서 흥분돼요.”

“난 아까부터 흥분되어 있어.”

그러자 장치가 눈을 흘겼다. 고혹적인 모습이다. 옅게 화장을 한 데다 비스듬히 앉은 장치의 모습은 익어서 터지려는 복숭아 같다. 서동수는 그 모습에 끌려든 것처럼 수저를 놓고 일어섰다.

가쁜 숨을 몰아쉬면서 장치가 말했다.

“여보, 신의주 장관 임기가 5년이죠?” 그렇다. 5년에 2번 연임할 수 있으니까 10년 장관을 할 수가 있다. 서동수는 장치의 땀이 밴 눈두덩에 입을 맞췄다. 장치의 늘어뜨렸던 두 팔이 서동수의 목을 감아 안는다. 방 안은 금방 소나기가 지난 것 같은 눅눅한 습기로 덮여 있다. 이런 때 애액의 비린 냄새는 향기처럼 달콤하다. 장치의 두 다리가 다시 서동수의 하반신을 감았다. 절정에 오르고 난 후였지만 둘의 몸은 아직 붙어 있다. 반쯤 열린 베란다의 유리문으로 밤바람이 몰려 들어와 커튼이 펄럭였다. 서동수가 입술을 떼고 물었다.

“그건 왜 묻는 거야?”

“당신의 미래를 생각해 보았어요.”

그때 서동수가 장치의 몸에서 옆으로 내려와 누웠다. 장치는 서동수의 팔 한쪽을 베고 몸을 붙였다.

"내 미래가 어떻게 될 것 같아?"

장치의 엉덩이를 당겨 안으면서 서동수가 다시 물었다. 풍만한 엉덩이에 탄력이 느껴졌다.

"신의주가 동북아의 중심 도시로 발전하기 시작하면 당신의 미래도 함께 열리겠죠."

장치의 아랫배가 호흡에 맞춰 몸에 부딪쳐 왔다. 서동수가 바로 턱 아래에 놓인 장치의 얼굴을 보았다. 아름답다. 반짝이는 검은 눈동자, 반듯한 콧등에 작은 땀방울이 돋아나 있고 반쯤 열려진 입술은 물기에 젖었다. 장치가 손을 뻗어 서동수의 남성을 움켜쥐었다.

"여보, 당신이 어떤 사람인지 아세요?"

서동수가 다시 장치를 보았다. 웃음 띤 얼굴로 장치가 서동수의 시선을 받았지만 말을 잇지는 않는다. 대신 두 손으로 서동수의 남성을 부드럽게 애무하기 시작했다.

"무슨 말이야?"

서동수도 장치의 젖가슴을 움켜쥐고 물었다. 손에 가득 잡힌 젖가슴은 탄력이 있다. 장치가 몸을 비틀면서 더 바짝 붙었다.

"당신의 위상 말이에요."

"내 위상이 어때서?"

"남북한의 지도자들과 대등한 위치라고요. 중국에서는 당신 인기가 더 높아요."

"……."

"한국에선 당신이 차차기 대통령 후보로 나오면 당선될 확률이 90

퍼센트 이상이라는 여론조사가 나왔다지요?"

"……."

"2년 후의 대선에도 당선 확률이 70퍼센트, 나도 한국의 뉴스는 다 보거든요."

그렇다. 언제부터인가 한국에서는 걸핏하면 여론조사를 해대는 바람에 교통법규 하나 고치는 데도 여론조사를 하고 나서 하든지 말든지 한다는 소문이 났다. 자신과 소신이 없는 인간들이 국민의 뜻을 받든답시고 여론조사에 매달리는 것이다. 그때 장치가 눈을 크게 떴다.

"어머, 섰네."

어느새 서동수의 남성이 성이 난 것이다. 서동수는 잠자코 장치의 몸 위로 올랐다. 장치가 다리를 벌려 맞으면서 서동수를 올려다보았다.

"여보, 괜찮아요?"

"이건 여론조사 안 해도 돼."

그냥 나오는 대로 뱉은 소리였지만 장치가 풀썩 웃더니 두 손으로 서동수의 어깨를 움켜쥐었다.

"이번에는 더 길겠네, 여보."

"각오해."

"천천히 해요, 여보. 나 죽어도 좋으니까."

그때 서동수가 진입했으므로 장치가 입을 딱 벌렸다. 장치의 동굴은 아직도 뜨겁고 용암이 차 있다. 서동수는 천천히 움직였다. 난 욕심 없다. 그러니 서둘 것 없다.

다음 날 오후 4시, 서동수는 주석궁의 접견실에서 김동일 대장과 나란히 앉아 있다. 접견실 좌석 배치는 주인과 손님 의자가 두 개 가로로 놓였고 양 측 배석자 좌석은 좌우에 세로로 놓인 구조다. 통역이 필요 없어서 서동수와 김동일 사이에는 30센티미터쯤 폭의 탁자가 있을 뿐이다.

서동수의 배석자는 위쪽부터 장치, 부장관 최봉수와 문영규, 그리고 유병선이었고 김동일은 부인 이옥주와 군정치국장 최대섭, 총리 현영수, 자치령담당 비서 겸 부총리인 정오석의 순(順)이다. 인사가 끝나고 자리에 앉았을 때 김동일이 장치에게 물었다.

"이번이 서 장관하고 첫 공식 방문이지요?" 서동수의 통역을 들은 장치가 한국어로 대답했다.

"예, 그렇습니다, 대장 동지."

"한국말 잘하십니다."

그러자 장치가 이번에는 통역도 듣지 않고 대답했다.

"감사합니다, 대장 동지."

"미인이십니다."

김동일이 웃음 띤 얼굴로 계속 장치에게 말을 잇는다.

"감사합니다, 대장 동지."

그래 놓고 장치가 서동수를 보았다.

"부인께서도 아름답다고 해주세요, 저보다 훨씬요."

중국어로 말했으므로 서동수가 서둘러 통역했다.

"대장 동지의 사모님께서 열 배는 더 아름답다고 했습니다."

"앗핫핫, 열 배는 안 되지요."

김동일이 소리 내어 웃었고 이옥주도 웃음 띤 얼굴이 되었다. 그때 김동일이 서동수를 보았다.

“어제 신의주에서 체포된 반역자 문제 때문에 오셨지요?”

“예, 그렇습니다, 대장 동지.”

“무슨 일 있습니까?”

“신의주를 오염되지 않은 성공한 자치령으로 만들어야 합니다, 대장 동지.”

“그래야지요.”

“그것이 대장 동지의 의지인 줄로 알고 있습니다.”

“맞습니다.”

어느덧 정색한 김동일이 서동수를 보았다.

“그 반역자 놈들은 즉결처분해야 됩니다, 장관.”

“앞으로 무슨 문제가 있으면 직접 말씀을 드리도록 조처해 주십시오.”

“언제든지 환영합니다.”

커다랗게 머리를 끄덕인 김동일이 배석자들을 보았다.

“즉시 장관과 나 사이에 직통전화를 개설하시오.”

“알겠습니다.”

서열이 가장 높은 최대섭이 대답했고 나머지 배석자들은 열심히 적는다. 이 자리에서 경찰총감 이경주의 행태를 비판하면 당장 고사기관포로 처형을 시킬 가능성이 많다. 그러나 그 방법은 최악이다. 그것으로 또 다른 적을 만들고 더 은밀하고 교활한 저항을 받게 될 것이었다. 가장 좋은 방법은 적을 끌어들여 우군으로 삼는 것이다. 그러기 위해서는 힘을 갖춰야 한다. 그날 밤 서동수는 김동일의 만찬 초대를 받았다. 악단과 무용수, 마술사까지 동원된 만찬장의 분위기는 화기애애했다. 노래 한 곡이 끝났을 때 김동일이 옆에 앉은 서동수에게 몸을 기울이며 물었다.

“서 장관, 신의주가 우리 것이 되겠소?”

그 순간 서동수는 심장이 철렁이는 느낌을 받는다. 세속에 찌든 인간일수록 단순하고 순수한 말 한마디에도 감동을 받는다. 김동일은 그렇게 물은 것이다. 서동수도 김동일에게로 몸을 기울였다.

“다 조선인, 한국인의 것입니다.”

머리를 끄덕인 김동일이 다시 물었다.

“서 장관 인기가 높습디다. 그 인기의 비결은 무엇이오?”

만찬장의 무대에서는 여가수 셋이 노래하고 있었는데 목소리가 똑같아서 한 사람이 부르는 것 같다. 모두 박수를 치며 장단을 맞추고 있어서 분위기가 뜨겁다. 서동수가 잠시 생각하다가 대답했다.

“제가 있는 그대로 내놓는 성격이라 그런 것 같습니다. 가식을 싫어하거든요.”

“가식이라.”

혼잣소리로 말한 김동일이 몸을 더 바짝 붙였다.

“서 장관, 나에 대해서 조언해줄 것 있소? 내 행동이나 관리방법 같은….”

말을 그친 김동일의 두 눈이 번쩍였다. 머리를 든 서동수와 김동일의 시선이 마주쳤다. 서동수가 소리 죽여 숨을 뱉었다. 김동일은 이런 이야기를 북한에서는 아무한테도 할 수 없었을 것이다. 다른 나라는 말할 것도 없다. 갑자기 가슴이 먹먹해진 서동수가 심호흡을 하고 나서 말했다.

“불안해하는 사람들이 많은 것 같습니다. 안정된 분위기를 보여주시면 좋겠습니다.”

"안정된 분위기라."

다시 혼잣소리로 따라 말한 김동일이 서동수를 보았다.

"또 있습니까?"

"서두르지 마십시오. 제가 신의주를 성공시키면 모두 대장 동지의 공적이 됩니다."

"서 장관은 한국 대통령이 되실 것 아니오? 여론조사를 보면…."

"아닙니다."

정색한 서동수가 머리를 저었다.

"제가 분명히 말씀드립니다만 저는 신의주 장관에서 그만둡니다. 다시 동성으로 돌아갈 것입니다."

"아니, 왜? 신의주를 다 만들어놓고…."

눈을 크게 뜬 김동일에게 서동수가 웃어 보였다.

"대통령 돼서 5년 봉사하는 것보다 기업인으로 수십 년 일하는 것이 결국 애국하고 국민을 위하는 길입니다."

이제 김동일은 잠자코 시선만 주다가 자세를 바로잡았다. 주위에 둘러앉은 장군, 위원, 부장 등 고위층들은 무대를 주시하고 있었지만 이쪽으로 신경을 쓰고 있을 것이었다. 그때 김동일이 서동수에게 머리를 돌리더니 목소리를 높여 말했다.

"고맙소, 서 장관. 참고하겠소."

그 순간 주위의 모든 시선이 서동수에게 모아졌다가 돌아갔다. 먼 쪽에 앉아 있던 인사들도 마찬가지였다. 그날 밤, 초대소의 방 안에서 장치가 물었다.

"대장께서 당신한테 고맙다고 하셨는데 무슨 이야기를 한 거죠?"

"신의주 이야기."

왕의 침실 같은 침대에 누운 서동수가 오늘은 은색 실크 가운을 입고 다가온 장치를 바라보며 대답했다.

"신의주 발전에 대해서 말씀하신 거야."

"그렇군요."

시트를 들치고 들어온 장치가 서동수의 옆에 바짝 몸을 붙이고 누웠다.

"모두 당신을 보더군요. 당신과 대장 동지가 이야기하는 동안 모두 그쪽에 신경을 쓰느라고 건성으로 구경을 했어요."

"그렇겠지."

앞으로 오늘 밤의 광경은 부풀려져 퍼져나갈 것이다. 서동수가 기대했던 이상이다. 옛날, 서동수가 팀장이었을 때 부장 하나는 회장 비서실에 자주 들락거렸고 그것이 진급에 도움이 됐다는 전설도 전해졌다. 인사담당 중역에게 회장 측근인 줄로 착각하게 만든 것이다. 회사도 이럴진대 권부 주변의 풍경은 이보다 더할 것이었다.

평양에서 고속도로를 타고 개성을 거쳐 자유로에 진입할 때까지 3시간밖에 걸리지 않았다.

물론 서동수의 요청으로 고속도로를 통한 서울행이 이뤄진 것이다. 개성공단에서 차를 바꿔 탄 서동수 일행의 차량 대열이 자유로에 진입하자 언론사 차량들이 따라붙었다. 장치는 창밖 풍경에 정신을 빼앗기고 있다.

"언론사에서 인터뷰 요청이 쇄도하고 있습니다, 장관님."

앞자리에 앉은 유병선이 핸드폰을 귀에서 떼고 말했다. 차는 대형 밴이어서 유병선은 서동수와 마주보고 앉았다.

"이번 반역사건에 대해서도 언론이 계속해서 특집으로 보도를 하고 있습니다."

서동수는 머리만 끄덕였다. 북한은 특집은커녕 보도도 하지 않았다. 그때 유병선이 옆에 앉은 비서한테서 핸드폰을 넘겨받으면서 귓속말을 들었다. 그러고 나서 서동수에게 말했다.

"비서실장이십니다."

청와대 비서실장 양용식이다. 서동수가 핸드폰을 받아 귀에 붙였다.

"예, 서동수입니다."

"서 장관님, 잘 오셨습니다."

반갑게 인사한 양용식이 바로 말을 이었다.

"대통령님께서 기다리고 계십니다. 곧장 이곳으로 오시지요."

약속시간이 오후 3시였는데 지금이 1시 반이다. 2시 반이면 청와대에 도착할 것이었다. 전화기를 내려놓은 서동수가 유병선에게 말했다.

"내가 있으면 남북정상회담은 할 필요가 없을 것 같군."

서동수는 평양에서 출발하기 전에 김동일이 한대성 대통령에게 보내는 친서를 받았던 것이다. 그날 오후 2시 반에 서동수는 청와대 대통령집무실에서 한대성과 마주앉아 있다. 참석 인원은 여섯, 통일부 장관 윤병준과 국정원장 박기출, 그리고 양용식과 유병선이 각각 비서실장으로 배석했다. 장치는 영부인과 한담 중이다. 이윽고 한대성이 서동수가 전해 준 김동일의 친서를 읽고 나서 말했다.

"조만간 만나서 정상회담을 하자는군. 이제 한반도에 평화가 오는 모양입니다."

서동수는 따라 웃기만 했다. 신의주가 남북 공동사업이 된 후부터 남북 간 분쟁이 일어나지 않았던 것이다. 휴전선이나 NLL에서의 충돌은 거의 자취를 감추었다. 친서를 넘겨받아 윤병준과 박기출까지 읽고 났을 때 한대성이 다시 말을 이었다.

"오신다고 해서 마침 좋은 기회라는 생각이 들었습니다."

한대성의 시선이 국정원장 박기출에게로 옮겨졌다.

"말씀하세요."

박기출이 어깨를 펴더니 정색하고 서동수를 보았다.

"신의주의 건설, 발전은 눈이 부실 정도로 급성장하고 있지만 이제 내부 단속을 해야 할 때가 되었습니다."

서류를 편 박기출이 말을 이었다.

"신의주에는 현재 남북한, 중국은 물론이고 미국과 일본, 러시아의 정보원이 맹렬하게 기반을 굳히고 있는 상황이고 진출 기업 일부는 이미 포섭되어 있는 것으로 파악되었습니다."

박기출의 얼굴에 쓴웃음이 번졌다.

"정리된 자료를 드리겠습니다만, 현재 신의주의 상황은 조선 말기에 열강 세력이 각축전을 벌이는 상황과 비슷합니다. 다만 남북한의 위상이 달라져 있는 것이 다를 뿐이지요."

서동수는 소리 죽여 숨을 뱉었다. 신의주의 꿈이 쉽게 이뤄지리라고는 생각하지 않았다. 세상은 생각처럼 단순하게 살 수는 없기 때문이다. 올 것이 왔다.

다음날 오전 11시 반, 서동수는 투숙하고 있던 고려호텔에서 언론사 인터뷰를 한다. 이번 신의주의 반역사건을 세계가 주목하고 있는 터라 서동수가 인터뷰 결정을 내린 것이다. 바로 전날 오후에 인터뷰가 통보되었지만 고려호텔 기자실에서는 내외신 기자 200여 명이 모였다. 방송사들도 현장 생중계를 예고해 놓아서 전 국민의 관심이 기자 회견장에 집중되어 있다. 서동수는 신의주에서 부장관 문영규와 최봉수, 경찰총감 이경주까지 서울로 불러들였으므로 기자들은 더 긴장하고 있다.

한국은 현재 신의주의 제1투자국이다. 투자 물량의 52%를 차지했고 중국이 서동수의 동성그룹을 포함해서 27%, 일본, 미국, 러시아 등이 10%, 그리고 나머지 국가가 6%인 비율인 것이다. 서동수는 인터뷰 주제를 신의주의 현황 브리핑과 미래 계획으로 정했고 질문자와 질문내용까지 짜 놓기는 했다. 신의주의 현황은 거의 매시간 한국은 물론 세계 각지로 보도가 되는 터라 매스컴의 주된 관심사항은 이번의 반역사건과 신의주 정부의 처리 방법일 것이었다. 비서실장 유병선의 사회로 서동수는 브리핑을 무난하게 마쳤고 질문시간이 되었다. 생방송이어서 질문자도 긴장하고 있다. 먼저 대한신문의 기자.

"이번 반역사범은 신의주법을 적용해서 사형입니까?"

대뜸 묻는다. 신의주법은 한국 법을 그대로 적용했고 특별한 경우에는 원적지법과 절충하기로 합의를 했다. 경찰과 분리된 법무부에서 재판을 맡는데 이곳이 사법부다. 장관 서동수는 행정부 수장이며 신의주 통치자다. 사법부 판결을 최종 승인하는 역할인 것이다. 서동수가 머리를 끄덕였다.

"그렇습니다. 신의주에서 부정과 부패 행위는 공모자도 사형입니다."

"법에 명시되어 있더라도 너무 과격한 처벌 아닙니까?"

"이번 사건은 신의주 기반을 흔드는 사건입니다. 따라서 선례를 남기기 위한다는 점도 고려가 되었습니다."

서동수가 말했을 때 한반도신문사 기자가 나섰다.

"노동자 인권 보장이 안 되고 있습니다. 노조를 허용해야 될 것 아닙니까?"

"현재는 고려하지 못 하고 있습니다. 어느 정도 기반이 굳혀졌을 때 검토할 예정입니다."

기자가 다시 물었다.

"신의주의 체제는 북한식입니다. 개인의 자유가 말살되고 극형이 집행되는 공포정치 상황입니다. 이것이 한민족의 새로운 국가 모델인 신의주가 맞습니까?"

"예, 맞습니다."

서동수가 선선히 대답하자 회견장에서 웅성거리는 소음이 일어났다. 질문한 한반도신문사 기자의 얼굴에 득의의 웃음이 떠올랐다. 그때 서동수가 웃음 띤 얼굴로 기자를 보았다.

"신의주에서는 술 취한 자가 경찰청에 들어가 행패를 부리면 바로 현장에서 사살됩니다. 어린이 성추행범, 살해범도 바로 현장에서 사살됩니다. 신의주는 아주 엄격한 도시니까 오시지 않는 것이 낫습니다."

머리를 든 서동수가 기자들을 둘러보았다.

"법 집행이 엄격한 도시, 그러나 법만 지킨다면 다 보장해 줍니다. 신의주에서는 특권층에 대한 예외가 없습니다. 여러분은 새로운 한국을 보시게 될 것입니다."

서동수는 심호흡을 했다. 동북아의 한쪽에 작은 혹처럼 붙여진 한반도라는 땅에서 우리는 5000년을 이어 살았다. 같은 언어를 쓰는 한민족, 이것만 해도 얼마나 대단한 일이냐? 거기에다 이렇게 성장해왔으니, 위대한 민족 아닌가? 이제 다시 신의주다.

"미꾸라지가 용 되었어."

TV를 바라보면서 백기현이 말했다. 여의도의 일식당 '이화'의 방 안에는 재선 의원 양성기와 한국당 의원 이대용까지 셋이 TV를 향해 둘러앉아 있다. 아직 이른 시간이어서 TV부터 보고 점심을 시키려는 것이다. 인터뷰를 마쳤을 때 백기현이 전원을 끄고 나서 이대용에게 물었다.

"이 의원, 서동수하고는 연락 안 되지요?"

"글쎄요, 그것이."

시선을 내린 이대용이 얼버무렸다.

"서로 바쁘다 보니까요."

오늘 셋이 모인 것은 백기현이 이대용에게 밥을 같이 먹자고 초대했기 때문이다. 이대용은 여당인 한국당 의원으로 서동수 고향인 대전의 지역구 초선이다. 야당 원내총무까지 지낸 4선짜리 백기현의 초대를 받자 처음에는 당황했지만 받아들였다. 국회의원이 되었지만 이렇다 할 활동 성적을 내지 못해서 '듣보잡' 의원이 되어 가던 이대용이다. 어떻게든 지역구에 이름을 알려야 할 부담감으로 초조해진 터라 매스컴의 화려한 집중 조명을 받는 서동수를 보자 오장이 부글거리고 있다.

"서동수는 지금부터 앞길이 첩첩산중일 거요. 뭐? 새로운 한국? 꿈은 곧 깨지게 될 겁니다."

백기현은 서동수를 모함했다가 음성 녹음이 공개되어 거짓말쟁이로 개망신을 당한 전력이 있다. 그러나 한국 정치인은 '거짓말' 따위로는 큰 영향을 받지 않는다. 불체포 특권이 있는 데다 수많은 특권이 있다. 대다수의 한국인들로부터 불신을 받아도 지역구 유권자 5만 명 정도만 잡아 놓으면 국회의원을 계속할 수 있는 것이다. 바로 백기현이 그렇다. 백기현은 지역구 단속을 철저히 하는 터라 내후년의 총선에 5선이 될 가능성이 많다. 이대용이 백기현에게 물었다.

"위원장님, 절 보자고 하신 건 무슨 일 때문이십니까?"

백기현은 동북아연구회 위원장이어서 위원장으로 불리는 것을 좋아한다. 이대용의 시선을 받은 백기현이 심호흡을 했다.

"성호상사에서 연락을 받으셨지요?"

"예?"

되물었다 이대용이 입안에 고인 침을 삼키고는 대답했다.

"예, 받기는 했습니다만…."

"서동수의 쇼에 억울한 목숨이 넷이나 희생되는 겁니다. 이건 심각한 문제예요."

정색한 백기현이 말을 이었다.

"더구나 성호상사는 지역경제를 활성화시킨 공적이 큰 기업체 아닙니까?"

이대용이 어금니를 물었다가 풀었다. 성호상사는 이대용의 지역구는 아니지만 천안에 본사를 둔 중견기업인 것이다.

이번에 사형당할 처지에 있는 성호상사의 대표 임상효는 이대용의 후원회 회원이기도 했다. 신의주에서 반역사건이 발표되자마자 성호상사 측은 백방으로 구명활동을 벌였는데 이대용한테는 적극적으로 매달렸다. 이대용이 서동수와 각별한 인연이 있다고 떠벌렸기 때문이다.

"이대로 두면 신의주에서 한국인 넷이 사형을 당합니다. 서동수의 인기관리, 영향력 확대를 위해 희생되는 겁니다."

백기현의 목소리에 열기가 더해졌다.

"우리는 서동수의 만행을 좌시하면 안 됩니다."

그때 옆에 앉아 있던 양성기가 거들었다.

"그래서 말씀인데, 이 의원, 이번 일은 여야를 가릴 것 없이 범국민적, 초당적인 자세로 대처해야 됩니다. 하지만 처음에는 잘 아시다시피 여론도 있으니 비밀리에 행동을 해야겠지요."

양성기는 미리 백기현과 말을 맞춘 모양으로 거침없이 말을 잇는다.

"이미 여야 의원 30여 명이 합의했습니다."

그날 밤에 서동수는 이태원의 한정식집 방 안에서 국정원장 박기출과 제1차장 안종관을 마주보고 앉아 있다. 오후 9시, 앞에 놓인 상에는 가득 한정식 요리가 쌓여져 있었지만 셋은 거의 손을 대지 않았다. 주전자에 담긴 소주를 두어 잔씩 마셨을 뿐이다. 이곳은 요정이다. 한복 차림의 아가씨가 시중을 드는 곳이지만 아직 부르지 않았다. 주위가 조용한 것이 국정원 요원들이 통제를 한 것 같다. 당연한 일이다. 일국(一國)의 정보부서 수장과 신의주 장관과의 비밀회동인 것이다. 안종관은 신의주 내부의 각국 정보원 활동에 대한 브리핑을 하고 나서 결론을 말했다.

"남북한의 통치자가 신의주는 곧 통일 한국의 초석이 될 것이라는 의지를 품고 있는 것이 중요합니다. 현재로서는 그 조건이 갖춰진 상태니 장관께서 기반을 서둘러 굳히셔야 될 것입니다."

서동수는 소리죽여 숨을 뱉었다. 그렇다. 현재는 남북한 통치자가 뜻을 함께하고 있다. 하지만 어느 한 쪽이 흔들린다면 신의주의 기반은 순식간에 무너진다. 머리를 든 서동수가 둘을 번갈아 보았다.

"난 신의주 기반이 굳혀졌을 때 떠납니다. 난 내가 어느 시대에 필요한 인간인가를 압니다. 그것이 내 장점 중의 하나가 될 것입니다."

둘의 시선을 받은 서동수의 얼굴에 쓴웃음이 일어났다.

"나는 싸우고 개척하고 성취하는 데 맞습니다. 또 물욕이 없어서 거침없이 내놓을 수 있는 성품이죠. 하지만 성취한 후에 끌고 나가는 데는 부족합니다. 금방 나태해지고 타락하게 될 겁니다."

서동수의 말을 들은 둘은 한동안 움직이지 않았다. 숨도 쉬는 것 같지 않아서 서동수가 유심히 보았는데 박기출은 눈을 깜박였고 안종관의 입 꼬리가 조금 떨렸다. 이윽고 박기출이 어깨를 늘어뜨리더니 입을 열었다.

"인간사가 뜻대로 되지 않는다는 말이 있고 저도 실제로 그렇게 겪어왔습니다."

박기출이 똑바로 서동수를 보았다. 박기출은 62세, 피부가 검은 데다 입술이 고집스럽게 처져서 거친 인상이었지만 정치인으로 20년을 지내고 나서 국정원장을 맡은 후에 1년여 동안 무난하게 직을 수행하고 있다. 박기출이 말을 이었다.

"저 자신을 안다는 말씀, 감명 깊게 들었습니다."

그때 안종관이 말했다.

"제가 신의주에서 장관님을 돕고 싶습니다. 채용해 주십시오."

놀란 서동수의 시선이 박기출에게로 옮겨졌다. 박기출이 머리를 끄덕이며 말했다.

"현 상황에서 신의주에 가장 필요한 인재입니다, 장관님."

이것은 박기출과 미리 상의를 했다는 표시였다. 대통령의 승인까지 받았을 것이다. 서동수가 머리를 끄덕였다.

"제가 고맙지요."

기업은 말할 것도 없고 정부 또한 인재가 필요하다. 기업주나 대통령이 혼자서 다 할 수 있는 것이 아니다. 서동수가 동성을 빠른 시일 내에 대그룹으로 성장시킨 원인도 그것이다. 적재적소에 경영자를 임명하여 책임과 권한을 함께 주었기 때문이다. 셋의 얼굴이 밝아졌고 술잔을 든 서동수가 말했다.

"자, 이 아까운 안주와 분위기를 그냥 버리면 안 되죠. 아가씨를 부릅시다."

"알겠습니다. 제가 불러오겠습니다."

대답한 안종관이 자리에서 일어서더니 둘을 향해 머리를 숙였다.

"그럼 저는 이만 물러가겠습니다."

서동수의 의아한 표정을 본 박기출이 웃음띤 얼굴로 말했다.

"안 차장도 물러날 때를 알고 있는 겁니다."

방으로 들어온 아가씨들은 사전 교육을 받은 것이 분명했다. 거기에다 서동수는 여러 번 매스컴에 등장한 유명인사다. 각각 옆에 자리 잡고 앉았지만 긴장하고 있었다. 술잔을 든 서동수가 웃음 띤 얼굴로 박기출을 보았다.

"어떤 조사결과를 보았는데 제가 여자관계를 공개하고 나서 지지도가 더 높아진 것으로 나왔더군요."

미얀마의 동성 법인장 레이다. 박기출이 따라 웃었다.

"저도 보았습니다. 한마디로 부럽더군요."

박기출이 서동수의 의도를 모를 리가 없다. 따라서 분위기를 맞춘다.

"굉장한 미인이었습니다."

"똑똑한 여자지요."

"상대를 잘 만난 때문이 아닙니까?"

그때 서동수가 옆에 앉은 아가씨에게 물었다. 아가씨 이름은 지애다.

"지애는 신의주에 올 생각은 없니?"

"아직요."

갸름한 얼굴의 아가씨가 바로 말했다.

맑은 눈이 서동수의 시선을 받고는 깜박이지도 않는다.

"그럼 언제 올 거야?"

"유흥구가 자리를 잡으면 그곳에다 가게를 하나 내고 싶어요."

"옳지."

박기출이 머리를 끄덕였다.

"잘 생각했다. 신의주 유흥구는 아시아에서 가장 돈이 많이 도는 곳 중 하나가 될 거다."

"하지만 걱정이 있어요."

지애가 옆에 앉은 서동수를 보았다.

"거기에다 투자했다가 북한이 바로 문을 닫아버리면 끝난다고 하던데요. 그럼 어떻게 하죠?"

"그땐 나한테 와."

웃으면서 서동수가 말했지만 심장이 철렁 내려앉는 느낌이 들었다. 앞에 앉은 박기출은 쓴웃음을 지었다. 지금도 그런 소문이 돌고 있는 것이다. 지금 개방시킨 것은 함정이라고까지 했다. 다 쏟아붓게 해놓고 어느 시기가 됐을 때 딱 정권을 바꾸면 끝장이라는 소문이다. 그때 박기출이 말했다.

"그런 소문이 만들어지는 곳은 반한(反韓)세력의 비밀 단체입니다."

박기출의 얼굴에 다시 쓴웃음이 번졌다.

"그 반한세력은 이제 말 그대로 반(反)대한민국, 반(反)북한 세력이 돼 있는데 신의주의 성공을 방해하고 결국은 남북한의 평화공존, 통일을 가로막는 세력입니다."

술잔을 든 서동수가 지애를 보았다.

"그런 일 없을 거다. 요즘에는 그런 일 안 일어난다. 북한도 예전의 북한이 아냐."

지애가 머리를 끄덕여 주었지만 금방 의문이 풀렸을 리는 없다. 현 정권의 반대세력이 신의주, 남북 공존까지 방해를 하는 것이다. 한 모금에 술을 삼킨 서동수가 말을 이었다.

"말만 그러는 게 아니다. 앞으로 행동으로 보여줄 테니까 두고 보아라."

"전 가기로 했어요."

불쑥 앞쪽에 앉은 박기출의 파트너가 말했으므로 모두의 시선이 모여졌다. 동그란 얼굴의 아가씨가 시선을 받더니 볼이 빨개졌다.

"전 제 친언니하고 신의주에서 사업을 하기로 했거든요."

"어디로?"

서동수가 묻자 아가씨는 두 눈을 반짝이며 대답했다.

"이승만로(路) 3번 로터리 근처에 있는 '화정'이라는 꽃집인데요. 언니하고 둘이 투자했는데 다음 달 말에 오픈해요."

감동한 서동수가 머리를 끄덕였다. 신의주 신시가지는 거대한 두 개의 십자형 대로(大路)로 나눠졌다. 가로의 대로명이 이승만로이고 세로는 김일성로인 것이다.

술자리가 끝났을 때는 밤 11시가 되어 갈 무렵이다. 술값과 팁까지 이미 박기출이 계산을 했기 때문에 서동수는 잘 마셨다는 인사만 하면 되었다. 현관 앞에서 박기출의 배웅을 받고 차에 올랐던 서동수는 놀라 숨을 들이켰다. 뒷좌석 안쪽에 여자가 타고 있었기 때문이다. 그것도 박기출의 파트너다. 서동수가 타자마자 차는 출발했으므로 서동수의 시선이 운전석 옆자리에 앉은 수행비서 최성갑에게로 옮아갔다. 그때 뒤통수에도 눈이 달린 것처럼 최성갑이 말했다.

"원장께서 같이 이야기라도 나누시는 게 좋겠다고 하셨습니다."

벌어졌던 입을 다문 서동수에게 이번에는 옆자리 여자가 말했다.

"장관님께 투자 조언도 받고 투자자 동향도 말씀드리라고 하셨어요."

턱을 조금 든 채로 여자가 말을 이었다.

"이차 값은 결산 때 문제가 되기 때문에 내지 못한다고도 하셨습니다."

"핫하하."

서동수의 입에서 웃음이 터졌다. 박기출은 정치인 시절에 농담 잘하기로 유명했다. 잘못하면 무더기로 욕을 뒤집어쓰는 살벌한 정치판이었으니 박기출의 농담도 계산과 용기가 필요했을 것이다.

"안가로 모시겠습니다."

서동수는 안가가 없으니 박기출이 마련해준 안가일 것이다.

"제 이름 기억하시죠?"

여자가 물었으므로 서동수의 얼굴에 다시 웃음이 떠올랐다.

"양서진이 아니냐?"

"기억하시네요."

"여자가 둘뿐이었는데 기억 못한다면 실례지."

머리를 든 서동수는 어느새 앞좌석과의 사이에 칸막이가 막혀 있는 것을 보았다.

양서진은 27살이라고 했다. 지방대학을 졸업하고 2년쯤 직장생활을 하다가 요정에 나온 지 3년째라는 것이다. 처음에는 옷가게를 하려고 돈을 모았다가 언니가 하는 꽃가게를 동업하기로 마음을 바꿨다는 것이다. 투자금은 4억 원. 언니하고 2억 원씩 낸다고 했다. 술좌석에서 들은 이야기다. 서동수가 양서진을 보았다. 동그란 얼굴에 웃음기가 띠어 있어서 귀엽다. 날씬한 체격, 가슴 볼륨이 컸고 짧은 바지를 입은 맨다리가 눈이 부시도록 미끈하다.

"신의주로 갈 적에 가장 어려웠던 결정이 뭐였다는 생각이 드니?"

불쑥 물었는데도 양서진이 기다렸다는 듯이 대답했다.

"당연히 시장이죠. 전 소문 같은 거 신경 안 썼어요."

"왜? 아까 걔는 신경 많이 쓰던데."

"그런 애는 사업 못해요."

서동수의 시선을 받은 양서진이 이를 드러내며 환하게 웃었다.

"걘 신의주가 안정이 되어도 온갖 핑계를 대고 안 갈 거예요. 비판적인 애들은 끝까지 그래요."

"넌?"

"아버지가 사우디 건설현장에서 일하셨죠. 30년도 더 전인데 저를 낳기도 전에 한 일을 지금도 술만 드시면 이야기를 해요. 그게 자랑스러우신가 봐요."

"……"

"그 DNA가 저하고 언니한테 흐르는가 봐요. 신의주에 가서 한번 해볼래요. 그리고 나서 아버지처럼 제 자식들한테 이야기해줄 거예요.

멋있지 않아요?"

"그렇구나."

천천히 머리를 끄덕이던 서동수가 양서진을 보았다.

"네가 나보다 낫다."

서동수가 양서진의 손을 쥐었다. 부드럽다.

"열심히 하면 잘될 거다."

서동수가 양서진의 손을 쥐면서 말했다.

"그럼 내가 도와줄 테니까."

부드럽지만 탄력이 강한 손이다. 서동수의 손을 마주 쥔 양서진의 손가락에 힘이 실렸다. 이것이 무엇을 의미하는가? 서동수는 잠자코 꿈틀거리는 양서진의 손을 애무했다. 마주 쥔 양서진의 손가락이 오므렸다가 비틀렸고 비벼대더니 수줍은 듯 꼬무락거린다. 곧 손에 땀이 배어나오면서 끈끈해졌지만 두 손의 움직임은 더 거칠어졌다. 그때 서동수가 손을 떼더니 주머니에서 지갑을 꺼내 수표 한 장을 집어 내밀었다.

"자, 이거 이차비 받아라."

엉겁결에 수표를 받은 양서진이 눈을 크게 떴다. 동그라미가 많았기 때문이다.

"1000만 원이야."

서동수가 웃음 띤 얼굴로 말했다.

"신의주 장관하고 이차 뛰었으면 그쯤은 받아야지."

"장관님."

아직도 수표를 두 손으로 펴든 양서진이 울상이 되었다.

"왜 지금 주세요? 그냥 가시려는 거죠?"

"너한테 좋은 이야기도 들었어. 그 돈은 꼭 신의주에서 써야 된다."

서동수가 옆쪽 벨을 누르자 곧 칸막이가 걷혔다.

"택시 정류장에 세우도록."

최성갑에게 지시한 서동수가 양서진을 보았다.

"택시 타고 갈 수 있지?"

"여기서 가까워요, 장관님."

밖을 내다본 양서진이 어깨를 늘어뜨리면서 말했다.

"감사합니다. 꼭 신의주에서 쓸게요."

"네 자식들한테 자랑스러운 이야깃거리를 만들기 바란다."

차가 멈춰 서자 양서진이 내리더니 허리를 기역자로 꺾어서 절을 했다. 그래서 양서진이 허리를 다 펴기도 전에 차는 멀찌감치 떠나갔다.

서동수가 고려호텔에 도착했을 때는 오후 11시 50분이었다.

"여보, 바빴어요?"

기다리고 있던 장치가 방에 들어서는 서동수의 허리를 감아 안으면서 물었다. 장치는 실크 가운을 입었는데 젖꼭지의 돌출 부분이 드러났다. 안에 아무것도 입지 않았다는 표시다. 장치의 이마에 입술을 붙였다 뗀 서동수가 어깨를 당겨 안았다. 젖가슴의 촉감이 느껴졌고 하반신이 바짝 붙여졌다.

"그래, 회의가 조금 전에 끝났어."

"욕조에 뜨거운 물을 받아 놓았으니까 들어가요. 나도 들어갈게."

"좋지."

문득 양서진의 얼굴이 떠올랐다가 지워졌다. 서동수의 옷을 받아들면서 장치가 밝은 목소리로 말을 이었다.

“경복궁이 너무 훌륭했어요. 동대문에서는 옷을 일곱 벌이나 샀고….”

오늘 장치는 서울 관광을 한 것이다.

“미안해. 다음에는 내가 안내를 할게.”

욕실로 들어서면서 서동수가 말하자 장치가 웃었다.

“당신이 그렇게 한가할 때가 있으려고.”

욕조 물은 적당히 뜨거웠으므로 서동수는 머리만 내놓고 누워 길게 숨을 뱉었다. 하루 종일 긴장했던 터라 온몸에 쌓였던 피로가 몰려왔다. 몸이 욕조 바닥에 딱 붙는 느낌이 들었고 저절로 눈이 감겼다. 그때 문 열리는 소리가 들리면서 곧 욕조의 물이 출렁거렸다. 장치가 들어온 것이다.

“여보.”

맑고 약간 높으며 꼬리가 치켜 올라간 목소리가 들리더니 장치가 옆에 바짝 붙었다. 서동수가 눈을 떴다. 나란히 누워 있던 장치가 화사하게 웃었다. 요염했다.

신의주에 대한 공격은 인권단체에서부터 시작되었다. ‘국인권운동협회’라는 단체에서 신의주의 한국인 처형에 대한 성명을 발표한 것이다. 오전 10시 반, 서동수는 인천공항으로 향하는 차 안에서 유병선의 보고를 받았다.

“곧 언론에서 대서특필할 것입니다.”

유병선이 차분한 목소리로 말을 이었다.

“준비를 갖추고 있다가 이번 반역 사건을 기화로 터뜨린 것입니다.

그래서 공격이 체계적으로 계속될 것 같습니다."

예상을 하고 있었던 일이다. 리무진의 앞쪽 자리에 앉은 유병선이 말을 이었다.

"이어서 시민단체와 종교단체, 노조에서 일어날 것 같다고 합니다."

그렇게 된다면 국회의원들이 가만있을 리가 없다. 입법부에서 제동을 걸면 직접적인 타격이 온다.

"이건 내가 살인마라도 되는 것 같군."

서동수가 옆에 앉은 장치의 눈치를 살피면서 말했다.

"나는 꼭 죽여야겠다고 하고, 그 사람들은 못하게 말리는 판국이니 말이야."

"여론조사 결과를 보셨습니까?"

유병선이 묻자 서동수는 머리만 끄덕였다. 한국은 여론조사가 빠르다. 어제 서동수의 기자회견 후에 범법 행위를 한 7명의 처형에 대한 여론조사는 평균 60대 40이었다. 5개 여론조사 기관의 평균이다. 반대가 60퍼센트인 것이다. 너무 심하다는 것이다. 그것이 오늘 인권단체의 성명서를 촉발시킨 계기가 되었을 것이다. 장치가 서동수에게 시선을 주었지만 입을 열지는 않는다. 열심히 한국어를 배우고 있는 터라 몇 할쯤은 알아들었겠지만 공사 구분은 엄격한 성품이다. 듣기만 한다. 서동수가 입을 열었다.

"맞서겠어."

어깨를 부풀렸다가 내린 서동수가 말을 이었다.

"우린 신의주야."

딱 두 마디만 뱉고 난 서동수가 좌석에 등을 붙였다. 수백 마디 말을 두 마디로 줄인 셈이다. 어깨를 부풀렸던 유병선이 입을 다물었을 때 진동음 울리는 소리가 났다. 유병선의 핸드폰이다. 핸드폰을 꺼낸 유병선이 몇 마디 응답하더니 서동수에게 내밀었다.

"안종관 차장입니다."

안종관은 오늘 오전에 국가정보원에 사직서를 제출했지만 유병선은 아직도 직급을 부른다. 안종관이 신의주로 옮아온다는 것을 유병선도 아는 것이다. 핸드폰을 받은 서동수가 응답했을 때 곧 안종관의 목소리가 울렸다.

"현재 여야 의원 42명이 신의주 '인권회복운동'에 참여한다고 서명했습니다. 여당 11명, 야당 31명인데 더 늘어날 것 같습니다."

서동수는 깊은 숨소리로 대답을 대신했다. 안종관한테는 감정을 숨길 필요가 없다. 안종관의 말이 이어졌다.

"야당 의원 중에는 북한 측과 교감을 나누는 의원도 있는 것 같고 여당 의원 중에는 강경파 의원이 포함되어 있습니다. 이것은 신의주가 남북한, 미, 중, 일의 각축장이 된다는 신호 같습니다."

바로 그것 때문에 안종관이 신의주로 오는 것이다. 다시 심호흡을 한 서동수가 입을 열었다.

"수고했습니다. 신의주에서 기다리지요."

"예, 장관님."

안종관과 통화를 끝낸 서동수가 잠자코 유병선에게 핸드폰을 건네주었다. 장치는 이제 창밖을 보고 있다. 그렇다. 남북한에는 신의주의 번성에 불안을 느끼는 세력이 존재한다. 위장한 친북, 친미, 친중 세력도 마찬가지다. 이것이 바로 한반도의 현실이다. 그래서 신의주를 기반으로 한반도는 다시 태어나야 한다.

여당인 한국당 원내총무 박세중은 4선의원으로 서울시당위원을 겸하고 있다. 올해 53세, 성격이 원만하고 느린 편이나 목표를 세우면 밀어붙이는 저돌성, 인내심이 강하다고 알려졌다. 대중 인지도는 낮은 편, 도표를 만들기 좋아하는 언론에서 좌우로 선을 긋고 정치인 이념 등급을 매긴 적이 있었는데 0을 중심으로 좌우 5까지의 선에서 박세중은 우로 4.5쯤 되었다. 극우는 아니지만 강우(强右)등급이다.

낮 12시 반, 박세중이 장충동의 일식당 '애원'의 방으로 들어서자 기다리고 있던 안종관이 일어섰다.

"어, 안 차장님. 아니, 이젠 아니시지."

박세중이 손을 내밀어 악수를 청하면서 말을 이었다.

"장 수석한테서 이야기 들었습니다."

"잘 부탁드립니다."

서로 안면이 있는 사이여서 둘의 분위기는 어색하지 않다. 이미 회요리를 시켜놓고 있던 터라 둘은 잔에 소주를 한 잔씩 채우고 이야기를 시작했다.

"장경수 수석은 교수 출신이라 말하는 것이 가르치려는 것 같아. 15분 동안 강의를 들었어요."

박세중이 웃음 띤 얼굴로 말을 이었다.

"그러고 나서 양 실장이 잘 부탁한다고 마무리를 하더구먼. 그건 2분 30초 걸렸어."

입맛을 다신 박세중이 한 모금 소주를 삼켰다.

"대통령이 맨 마지막으로 한마디 했다면 내 기분도 업 되었을 텐데 그 양반 바쁘신 모양입니다."

웃기만 하던 안종관이 입을 열었다.

"박 총무께서 중심을 잡아주셔야겠습니다."

"그래야죠."

이제는 정색한 박세중이 똑바로 안종관을 보았다.

"신의주 인권회복운동에 여야 의원이 대충 20여 명 가입해 있는 것 같던데. 서 장관이 의외로 적이 많은 것 같습니다."

"조금 전까지 파악된 숫자는 39명입니다. 어제까지는 32명이었는데 늘어났지요."

"39명?"

놀란 박세중이 눈을 크게 떴다.

"여야 비율은 어떻게 됩니까?"

"여가 14명, 야당이 25명입니다."

"아니, 이런."

"예상외로 빨리 늘어납니다. 이렇게 진행되면 투자 분위기가 얼어붙게 됩니다. 말씀 안 드려도 잘 아시겠지요."

알다 뿐인가? 박세중이 들고 있던 술잔을 내려놓고 물끄러미 안종관을 보았다. 오전에 장경수의 이야기도 비슷했다. 국회에서까지 여야가 뭉쳐서 공격하면 인권 이전에 신의주 발전은 치명상을 입는다. 결국 여야의 목표는 서동수인 것이다. 서동수가 신의주다. 서동수를 공격하는 이유는 무엇인가? 자신들의 앞길에 장애물이 될 가능성이 많기 때문이다. 그때 안종관이 말했다.

"장관께서 통화를 하시고 싶다면서 기다리고 계십니다. 괜찮으십니까?"

"아니, 장관께서?"

되물었던 박세중이 숨을 들이켰다. 박세중이 머리를 끄덕이자 핸드폰의 버튼을 누른 안종관이 잠깐 이야기를 하더니 박세중에게 내밀었다.

"예, 박세중입니다."

핸드폰을 귀에 붙인 박세중이 말하자 서동수의 목소리가 울렸다.

"총무님, 도와주십시오."

"아이구, 제가 무슨 힘이 있다고들 그러십니까? 하지만 최선을 다해 볼랍니다."

뜸 들이지 않고 바로 그렇게 말했더니 서동수의 목소리가 차분해졌다.

"제가 평소에 총무님을 존경하고 있었습니다. 저는 정치에 뜻이 없으니 만치 신의주만 발전시키고 나면 정치는 총무님께 맡겨 드리겠습니다."

박세중은 평생 동안 이런 말을 들은 적이 없다.

"말씀 드릴 것이 있는데요."

신의주로 돌아가는 비행기 안이다. 서동수 동성1호기는 신의주장관 전용기로도 쓰이고 있었는데 복도에서 만난 부장관 최봉수가 말한 것이다. 표정이 굳어 있었으므로 서동수는 머리만 끄덕이고 앞장을 섰다. 잠시 후에 둘은 앞쪽 회의실에서 마주앉았다. 순항 고도에 오른 비행기는 허공에 멈춰 서 있는 것 같다. 어깨를 부풀렸다가 내린 최봉수가 입을 열었다.

"북조선에서 신의주 발전을 방해하는 세력이 적극적으로 움직이고 있습니다."

서동수는 시선만 주었고 최봉수가 말을 이었다.

"신의주 발전과 북남 간 평화 분위기 조성, 그리고 북남평화통일에 대한 반대 세력입니다."

"그럴 때가 되었지요."

머리를 끄덕이며 서동수가 말했다. 첫째로 북한 군부(軍部)다. 남북한 강경 분위기를 조성해야 군부의 가치와 위상이 높아졌고 그것을 분단 후 60년간 북한 지도층은 반복해서 사용해왔다. 그런데 이제 신의주로부터 시작된 남북한 경협, 발전, 평화 분위기가 군부의 존재 가치를 무너뜨리고 있는 것이다. 최봉수의 목소리가 낮아졌다.

"대장 동지의 측근으로부터 받은 정보입니다. 이 말씀을 장관 동지께 전하라고 했습니다."

"뭡니까?"

"신의주에 파견된 노동자들이 비밀리에 조직화돼 있다는 것입니다. 그리고 그 조직을 중심으로 필요시에 사보타지를 일으켜 신의주 체제를 뒤엎을 계획이라는 것입니다."

"……."

"이것은 남조선의 일부 세력들도 동조하고 있으며 결정적인 시기에 남조선의 정치권도 동조할 것이라는 것입니다."

서동수는 숨을 들이켰다. 서울에서도 그 이야기를 듣고 온 것이다. 남북한 반대세력의 연합이다. 그들은 현재의 분단과 대결 국면을 유지하는 것이 목표인 것이다. 그래야 살아남기 때문이다. 그때 최봉수가 말했다.

"지도자 동지께서는 이에 대비한 어떤 조치도 적극 후원할 것이라고 말씀하셨습니다. 저는 그 말씀을 전해드립니다."

남북한 지도자의 의지가 있는데도 반대 세력이 음모를 꾸미고 있는 것이다. 과연 이것은 한국인의 고질적 습성인가? 임진왜란 2년 전 통신사로 일본에 다녀온 정사(正使)와 부사(副使)는 제각기 정반대의 보고를 했다. 그때 도요토미 히데요시는 왜소하고 볼품없어서 조선을 침략할 인물이 아니라고 보고했던 부사 김성일은 왜란이 일어나자 선조로부터 소환을 당했다가 도중에 돌려보내 초유사에 임명되었다. 이것도 당파 싸움이 국가를 망친다는 증거일 것이다. 김성일은 당시 집권세력인 동인(東人)이었기 때문이다. 서동수가 천천히 머리를 끄덕였다.

"제 목숨들이 걸린 일이니 만치 결사적으로 방해를 하겠지요. 우리도 대비를 해야 되겠습니다."

"맞습니다."

최봉수가 어깨를 부풀렸다가 내리면서 말을 이었다.

"방심했다가는 큰일 납니다. 지금은 사방이 적이라고 봐도 될 것입니다."

최봉수에게 한국 내부의 상황까지 말해줄 필요는 없었으므로 서동수는 쓴웃음만 지었다. 그러나 북한 지도자의 의지는 다시 한 번 확인한 셈이다.

"이렇게 기반을 다져가는 것이지요. 단숨에 다 이룰 수는 없습니다."

그렇게 말해놓고 서동수는 먼저 자리에서 일어섰다. 이제는 안팎이 전장이다.

"전영주라고 합니다."

두 손을 모으고 반듯이 선 채 여자는 허리를 45도 정도 굽혔다. 목덜미를 반쯤 덮은 검은 머리칼에 윤기가 흘렀고 몸을 세웠을 때 맑은 눈이 정면으로 서동수를 응시했다.

"이번에 수행비서로 채용된 전영주 씨입니다."

옆에 선 유병선이 다시 소개했다. 유병선의 눈에 웃음기가 섞여져 있다. 호의다. 전영주는 북한 측이 추천해준 비서인 것이다. 북한 측은 모두 7명의 후보자를 추천했는데 유병선이 전영주를 골랐다. 머리를 끄덕인 서동수가 앞에 놓인 서류를 보았다.

'전영주, 30세, 평양외국어대 졸업, 모스크바대 정치학 박사, 영·러·중·일어 가능, 외교부 통역관, 남북경협 북한 측 보좌관 역임함.'

유병선이 보고하는 서류다. 맨 밑에 유병선이 이렇게 별첨으로 써 놓았다.

"최 부장관의 추천입니다. 주관이 뚜렷하고 애국심이 강하다고 했습니다."

'애국심'이라는 단어에 시선을 준 서동수는 길게 숨을 뱉었다. 북한에 대한 애국심이란 말인가? 그 순간 서동수의 머리가 저절로 끄덕여졌다. 충성심보다 애국심이 지금은 적절하다. 북한에 대한 애국심은 곧 신의주 발전으로 이어져야만 하는 것이다. 시선을 둔 서동수가 전영주를 보았다.

"꿈이 뭔가?"

"네, 전에는 인정받는 통역관이 되고 싶었는데 지금은 장관님으로부터 인정받는 비서가 되고 싶습니다."

서동수의 얼굴에 웃음이 떠올랐다. 입사 면접 때 서동수는 사장이 되고 싶다고 했던 것이다. 면접관들은 그것을 동양의 사장으로 착각하고 호의적으로 받아들였다. 서동수가 머리를 끄덕이자 유병선은 전영주를 데리고 나가더니 다시 혼자 돌아왔다. 벽시계가 오전 9시 반을 가리키고 있다. 서울에서 돌아온 다음 날이다. 장치는 아침에 베이징으로 돌아갔고 다시 서동수는 신의주에 혼자 남았다.

"전영주가 북한 측과의 비밀 연락을 맡게 될 것입니다."

앞에 선 유병선이 말을 이었다.

"최 부장관은 전영주가 믿을 만하다고 했습니다."

"안종관 씨는 언제 오나?"

"내일 오전에 도착할 것입니다."

국정원 1차장이었던 안종관은 이제 신의주 장관특보가 되어 내분 진압의 책임을 맡게 될 것이다. 전영주의 채용도 북한 지도부와의 소통을 강화하려는 목적이다. 바짝 다가선 유병선이 말을 이었다.

"한국의 전철을 밟게 되면 신의주의 발전은 물거품이 됩니다, 장관님."

서동수가 시선을 들었다가 내렸다. 유병선은 한국 내부의 갈등을 말하고 있는 것이다.

이윽고 서동수가 굳어진 얼굴로 말했다.

"이번 경우는 달라, 남북한 지도자가 70년 만에 합심해서 새로운 한국을 만들어 보자고 시도한 거야, 그 새 모델이 신의주란 말이지."

서동수가 입을 다물었지만 유병선은 그다음 말을 이을 수가 있다. 그 신의주를 시작으로 남북한은 공론, 번영의 시대로 진입한다. 그것은 통일의 시작이다. 통일은 그 후로 자연스럽게 이루어질 것이니 서둘 것도 없다. 이대로 간다면 5년마다 새 대통령이 나오는 한국보다 북한의 김동일 대장이 통일 한국의 지도자에 더 유리하다. 이것이야말로 윈윈 아닌가? 그때쯤이면 신의주의 영향을 받은 북한의 경제, 사회 체제도 한국과 비슷해져 있을 테니까 말이다.

파격

다음날 오후에 장관실에는 서동수와 유병선, 오전에 부임한 특보 안종관과 감찰비서관 조기택까지 넷이 둘러앉았다.

안종관이 먼저 입을 열었다.

"북한 군부의 강경파 명단을 확보했습니다. 이들이 뭉치면 정권이 단숨에 전복될 것입니다."

안종관이 주머니에서 접힌 메모지를 꺼내 서동수 앞에 내밀었다.

집어 펴 본 서동수는 육필로 쓴 명단을 보았다. 이름과 나이, 계급, 현 직책만 적혀 있었지만 모두 고위급이고 20여 명이나 된다.

대부분이 언론에 등장하는 이름들이다. 안종관이 차분한 표정으로 말을 이었다.

"반 김동일 세력이 아닙니다. 오히려 가장 강력한 충성파들이고 그들은 명분을 신의주가 북한과 김동일 체제를 멸망시키게 된다는 것에서 얻고 있으니 만치 반당, 반역 세력으로 제거하기도 어렵다는 것이 문제입니다."

그것은 한국의 반대 세력도 비슷했다. 인권문제부터 시작하더니 몽땅 신의주에 쏟아붓고 북한 좋은 일만 시키게 되는 것이 틀림없다고 한다. 이것이 소위 종북파들의 입에서 소문으로 만들어 퍼지는 것이다. 명분을 지어내는 데는 선수들이다. 서동수가 머리를 들고 안종관을 보았다.

"먼저 북한의 반대파를 제압, 또는 전향시키는 것이 순서라는 생각이 드는데, 의견은?"

"그렇습니다. 하지만 김동일 지도자한테 위임할 수만은 없습니다. 직접 손을 대면 정권에 문제가 생길지도 모릅니다."

그렇다. 모두 군부 실력자들이니 만치 두어 명만 뭉쳐도 쿠데타가 가능하다. 이왕 죽을 몸, 한번 해보고 죽자 하고 덤비면 대란이 일어난다. 장성택하고는 다를 것이다. 안종관이 어깨를 늘어뜨리며 말했다.

"방법을 강구하고 있습니다."

그때 서동수가 머리를 돌려 유병선을 보았다.

"비자금을 운용하기로 하지."

"예, 장관님."

유병선은 바로 대답했지만 안종관과 조기택은 눈을 껌벅였다가 서로 얼굴을 보기까지 했다. 유병선이 서동수한테 물었다.

"얼마나 찾을까요?"

그 말에 대답하는 대신 서동수가 안종관과 조기택을 보았다.

"내 재산을 비자금으로 쓰겠다는 거요."

호흡을 고른 서동수가 말을 이었다.

"뇌물작전이지. 그럴듯한 구실을 만들어서 돈뭉치를 안기면 넘어가지 않는 인간은 드물었지. 다 알고 계실 거요."

안종관이 천천히 머리를 끄덕이기 시작했고 조기택의 눈빛이 강해졌다.

"장관의 입에서 이런 말이 나오는 것이 우습고 부끄럽기도 하지만 쥐를 잡으려면 고양이를 데려와야 하는 겁니다. 말이나 돼지, 또는 호랑이를 내놓으면 웃음거리만 돼요."

잠깐 말을 멈춘 서동수가 유병선에게 물었다.

"이 말과 비슷한 말을 한 사람이 있는 것 같은데, 내가 두 번째로 말한 건가?"

"아닙니다."

정색한 유병선이 머리를 저었다.

"등소평이 전혀 다른 말을 했습니다. 흑묘백묘론은 검은 고양이나 흰 고양이나 쥐만 잘 잡으면 된다는 실용주의적 노선이었죠. 장관님께서는 전혀 다른 이론이십니다."

"그럼 이건 흑서백서(黑鼠白鼠)론이군."

서동수도 정색하고 말하더니 덧붙였다.

"쥐 서(鼠)자를 천천할 서(徐)로 바꿔도 되겠다."

안종관과 조기택이 눈만 치켜뜨고 있었으므로 서동수가 마무리를 했다.

"자금은 얼마든지 내놓을 거요. 모두 내 개인 재산으로 말입니다. 시작해 봅시다."

7명의 사형이 집행된 것은 그 다음 날 오전이다. 현장 보도는 통제했지만 나머지는 모두 공개했고 교도소장의 집행 발표까지 생방송으로 중계돼 세계 언론에 톱뉴스로 보도됐다. 4명이 사형당한 한국은 난리가 났다. 정규방송은 물론 모든 종편도 방송을 중단하고 '사형집행' 보도만 했다. 방송 분위기는 '신의주 정권'의 무자비, 인권말살, 독재, 시범사형, 차기 대권 등으로 대부분이 부정적이었는데 목표는 서동수였다. 서동수는 장관실에서 수시로 들어오는 보고를 받았으나 예상하고 있던 일이어서 차분했다. 오후 4시경에는 전영주가 들어와 보고했다.

"북조선에서는 보도하지 않았습니다."

전영주의 얼굴을 보면서 서동수가 머리만 끄덕였다. 유병선이 보고를 했다면 "북한은 단 한마디, 한 장면도 보도를 하지 않았습니다." 이런 식이 됐을 것이다. 그러나 휴대폰, 인터넷이 터지고 있던 터라 다 알고 있다고 봐야 된다. 전영주가 말을 이었다.

"국제인권위원회 소속 회원 7명이 사형집행을 저지하려고 중국 쪽 국경을 넘어 밀입국을 했다가 경찰에 체포됐습니다. 비서실장이 장관님의 지시를 받고 오라고 했는데요."

서동수는 전영주가 말하는 동안 시선을 떼지 않았다. 전영주를 처음 본 순간부터 아름답다고 생각하기는 했다. 그러나 이런 순간마다 서동수는 신의 위대한 능력을 확인한다. 세상에는 수백만 명의 미인이 있지만 모두가 다른 미모를 소유하고 있는 것이다. 미인의 관점이 시대에 따라 달라지기는 하지만 본질은 같다. 르네상스 시절에 비만형 체격을 미인으로 보았지만 용모 기준은 같은 것이다. 전영주는 북한의 기준형이 돼 있는 통통한 체형이 아니다. 얼굴도 윤곽이 날카롭고 피부는 연한 황갈색을 띠고 있다. 쌍꺼풀이 없는 눈, 도톰하지만 약간 크고 야무진 입, 큰 키에 가슴과 엉덩이 볼륨이 크지만 날씬하다. 그렇다. 이지적이면서 성적 열기를 품은 것 같은 여자다. 그래서 북한이 어떤 의도를 갖고 보냈는지 의심이 들기도 했다. 전영주의 눈 주위가 조금 상기된 것처럼 느껴졌으므로 서동수는 시선을 조금 내렸다. 너무 오래 응시한 것 같다. 길어야 5, 6초 정도겠지만 서동수가 입을 열었다.

"모두 재판에 회부하고 법정 최고형을 받도록 조치하라고 전해."

"예, 장관님."

머리를 숙여 보인 전영주가 몸을 돌렸다. 서동수는 잠깐 전영주가 걷는 뒷모습을 보다가 시선을 돌렸다. 그러나 2초쯤 보았던 전영주의 풍만한 엉덩이의 흔들림이 머릿속에 박혀 있다. 서동수의 시선을 의식했는지 전영주의 엉덩이는 조금 불규칙하게 흔들렸다. 그것이 더 자극적이었던 것이다. 잠시 후에 들어선 유병선이 결과보고를 했다.

"체포된 7명은 출입국법 위반으로 3년형을 받게 될 것입니다."

유병선의 보고가 이어졌다.

"미국인 3명, 프랑스인 2명, 영국과 스위스인이 각 1명씩입니다."

"선전이 잘 되겠군."

"각국의 반발이 더 거세질 것입니다. 미국 의회가 경제규제를 거론할 가능성도 있습니다."

"기회를 잡은 것인가?"

서동수의 시선을 받은 유병선의 얼굴에 희미하게 웃음이 떠올랐다.

"대비하고 계셔야 될 것 같습니다."

"그런데 전영주가 육감적이군."

불쑥 서동수가 말하자 유병선의 얼굴이 굳어졌다. 어깨를 부풀렸다가 내린 유병선이 입을 열었다.

"전영주 인사기록에는 나타나지 않았지만 3년 전 결혼했다가 작년에 이혼을 했습니다."

조사를 한 것이다. 유병선이 말을 이었다.

"전 남편은 군 장성의 아들로 외국무역을 했는데 성격 차이로 헤어졌다고 알려져 있습니다."

"……."

"전영주 조부는 인민군 대좌 출신으로 한국전 참전 영웅이고 부친은 김일성대 교수, 모친은 평양병원 의사인 환경입니다. 최 부장관이 추천을 했지만 그 윗선은 아직 밝혀지지 않았습니다."

서동수가 길게 숨을 뱉었다.

"그렇다면 직접 물어보는 것이 가장 빠르겠군."

둘은 전영주가 믿을 만한 대상인가를 두고 이야기를 한 것이다. 신의주와 김동일 지도자와는 핫라인이 설치되어 있지만 덜컥 전화 통화를 할 수는 없는 노릇이다. 비밀 유지도 그렇고 사연이 길다. 그때 유병선이 생각났다는 표정을 짓고 말했다.

"안 특보가 작업을 시작했다고 합니다."

유병선의 얼굴에 웃음이 떠올랐다.

"마치 군 작전을 시작하는 것처럼 비장한 태도였습니다, 장관님."

서동수의 얼굴에도 웃음이 떠올랐다. 뇌물 주는 것도 기술이다. 상대방이 경계심을 품지 않도록, 놀라게 하면 더욱 안 되며 기분 좋게 받도록 한다면 최상이다. 뇌물을 주다가 오히려 역효과를 보는 경우도 많기 때문이다. 서동수도 그 방면의 전문가였으므로 안종관에게 공감이 간 것이다. 유병선이 나간 후에 다시 전영주가 들어섰다.

"거기 앉지."

눈으로 앞쪽을 가리킨 서동수가 소파에 앉은 전영주에게 물었다.

"여기 오기 전에 최 부장관 만난 적 있나?"

"네, 장관님."

"최 부장관이 추천해서 하는 말인데, 평양에서 어떤 지시를 받은 적 없나?"

"정오석 부총리 동지를 만났습니다."

이제는 머리만 끄덕인 서동수에게 전영주가 말을 이었다.

"장관님의 말씀을 직접 전하는 역할을 맡으라고 하셨는데 이 말을 비서실장께 먼저 이야기해야 할지를 몰라 망설이고 있었습니다."

"……."

"지도자 동지께 전하실 말씀도 부총리하고 같이 가시는 것이라고 하더군요."

"그래야겠지."

"먼저 말씀드려야 했는데 망설이다가 늦었습니다."

"신중한 성품인가?"

"최 부장관한테 그런 말씀은 드리지 않았기 때문에 상의할 수도 없었습니다."

"그렇군."

서동수가 다시 머리를 끄덕였다. 신중한 성품이 맞다. 부총리 정오석은 전영주가 장관의 특사 역할로 직접 자신을 통해 지도자 동지를 만나는 통로를 만들었다. 부장관도 통하지 않는 특사이며 거치는 단계가 적을수록 비밀 보장에 유리하다. 전영주는 중간 단계인 유병선과 최봉수를 놓고 고민한 것 같다. 그러다 기회가 온 것이다. 서동수가 똑바로 전영주의 얼굴을 보았다. 맑은 눈이 서동수의 시선을 받는다.

"신의주에 온 지 며칠 안 되었지만 대답해봐. 신의주에서 무엇이 가장 문제라고 생각하나?"

"불안감입니다."

바로 대답한 전영주가 시선을 준 채로 말을 이었다.

"신의주 발전을 시기하는 세력이 많은 것 같고 그것을 주민들도 느끼는 것 같습니다."

맞다. 서동수는 숨을 들이켰다가 길게 뱉었다.

그날 저녁, 신의주 유흥구에 위치한 한국식당 '서울관'에 들른 서동수가 웃음 띤 얼굴로 식당 안을 둘러보았다. 오후 7시 반이 되어 가고 있었는데 손님이 가득 차 있다.

"장사가 잘되는군."

"네, 모두 장관님 덕분입니다."

웃지도 않고 말한 사장 진윤화가 앞장서서 방으로 안내했다. 오늘 서동수는 안종관과 유병선을 대동하고 있다. 방으로 들어간 셋이 자리 잡고 앉았을 때 곧 한정식 상이 들어왔다. 이곳은 방에 앉아 있으면 교자상을 가져온다. 상 위에 가득 놓인 음식을 보자 서동수가 활짝 웃었다.

"역시 한정식은 품위가 있어. 이렇게 차갑고 뜨겁고 크고 작은 음식의 조화가 어느 곳에 있단 말인가? 거기에다 맛 또한 각양각색이니 바로 이것이 국보야."

상과 함께 들어온 진윤화의 얼굴에 웃음이 떠올랐다,

"감사합니다, 장관님."

"내가 감사해야지."

"더 필요하신 것이 있으시면…."

"여자."

순간 진윤화가 긴장했고 유병선과 안종관은 제각기 딴전을 피웠다.

"옆에서 시중을 안 들더라도 섹시한 여자가 앉아 있다면 더 흥취가 날 것 같은데."

"저는 안 될까요?"

진윤화가 웃음 띤 얼굴로 묻자 서동수는 머리를 저었다.

"진 사장은 소임을 다했어."

"그럼."

머리를 숙여 보인 진윤화가 방을 나갔을 때 어느덧 정색한 서동수가 젓가락을 들면서 안종관에게 물었다.

"진 사장한테 피해가 있을까요?"

"거의 없을 것 같습니다."

바로 대답한 안종관이 어깨를 늘어뜨렸다.

"오히려 식당이 유명해져서 손님들이 더 모일 것입니다."

"그럼 잘됐군."

전을 한 점 집어 먹으면서 서동수가 입을 다물었다. 내일이면 한국 언론에 신의주장관 서동수와 서울관 사장 진윤화의 스캔들 기사가 보도될 것이다. 안종관의 정보에 의하면 장관 관사를 나오는 진윤화의 사진까지 찍혔다는 것이다. 신의주는 반대세력의 공작이다. 전을 삼킨 서동수가 둘을 번갈아 보았다.

"장치 교수한테는 내가 말해 줘야겠군. 충격을 받겠지만 내 진면목을 미리 알려 주는 효과가 있는 것 같소."

"한국 여론은 더 나빠질 것 같습니다. 진 사장한테 특혜를 준 것을 물고 늘어질 테니까요."

유병선이 말하자 안종관이 머리를 조금 기울였다.

"그건 알 수 없습니다. 언론에 보도되고 나면 샅샅이 뒤집을 테니까요. 그때 어떻게 변할지 모릅니다."

"역시 죄 짓고는 못 산다니까?"

갈치속젓을 젓가락으로 찍어 먹은 서동수가 입맛을 다시면서 웃었다.

"진 사장이 충격을 받지 말아야 할 텐데. 내가 오늘밤 같이 지내면서 이야기해 주는 게 어떻겠소?"

"그건…."

유병선이 힐끗 안종관을 보았지만 벌써 외면을 한 채여서 입맛을 다셨다.

"내일 언론이 터뜨리고 나면 만나기도 힘들 텐데 말이야…."

서동수가 혼잣소리처럼 말을 이었다.

"돈은 좀 모았을 테니 이번 기회에 좋은 남자 만나서 잘살았으면 좋겠는데…."

그때 안종관이 머리를 들고 서동수를 보았다.

"장관님, 오늘밤 제가 모시고 가겠습니다."

진윤화의 살은 따뜻하고 탄력이 있다. 밤 12시 반, 서동수는 진윤화를 안고 숨을 고르는 중이다.

"아유, 오랜만이라 뻐근해."

서동수의 가슴에 더운 숨을 뱉으면서 진윤화가 말했다. 둘 다 알몸이어서 진윤화의 풍만한 젖가슴이 숨을 쉴 때마다 가슴에서 출렁거린다. 둘은 방금 정사를 마친 것이다.

"난 이때가 제일 좋더라."

서동수의 허리를 껴안은 진윤화가 다시 다리 한쪽으로 하반신 위를 비스듬히 걸쳐 감았다.

"나른하고, 뻐근하고, 아직도 그곳에는 쾌감이 남아 있는 지금이."

"색골 다 되었구나."

서동수가 진윤화의 엉덩이를 한손으로 움켜쥐었다.

"누가 만들었는데?"

진윤화도 손을 뻗쳐 서동수의 남성을 감싸 쥐었다. 서동수가 진윤화의 이마에 입술을 붙였다가 떼었다.

"난 여자가 많아."

"알아, 누가 뭐래?"

"상처를 많이 입혔을 거야."

"난 그렇지 않으니까 나한테는 그만해."

"내일 한국 언론에서 나하고 네 이야기를 보도할 거야."

진윤화가 주무르던 손길을 멈췄다. 가슴에서 머리를 든 진윤화가 서동수를 보았다. 서동수가 진윤화의 어깨를 부드럽게 쓸었다.

"나한테 타격을 입히려고 꽤 조사를 한 것 같다. 내일 언론에서 보도가 되면 너한테도 귀찮게 할 거야."

"…."

"사실대로 다 말해도 돼. 날 의식할 것 없어. 숨기지 마. 그것이 날 위한 일이기도 하니까."

그때 진윤화가 입을 열었다.

"오빠는 괜찮아?"

"나?"

되물었던 서동수가 숨을 들이켰다. 진윤화의 첫말이 이쪽 걱정이었기 때문이다. 서동수가 진윤화의 어깨를 당겨 안았다.

"난 괜찮아. 어디, 이런 일이 한두 번이냐?"

"그래도 나한테 특혜를 주었지 않아?"

더구나 부정행위를 한 신의주 공무원과 업자들을 처형까지 시킨 직후인 것이다. 서동수가 진윤화의 이마에 다시 입술을 붙이고 나서 말했다.

"내가 너한테 특혜를 주고 나서 이득을 받은 거 있어?"

"아니."

"돈 내놓으라고 했어?"

"아니."

그때 진윤화의 손이 다시 서동수의 남성을 쥐었다. 그러더니 서두르듯 문지르기 시작했다.

"오빠는 그런 거 없어."

어느덧 상기된 얼굴로 진윤화가 말했다. 이제는 두 손으로 남성을 문지르면서 진윤화가 말을 잇는다.

"그래, 다 말할 거야. 괜찮지?"

"괜찮아."

"이젠 내가 오빠한테 진 빚을 갚을 차례야."

"무리하지 마."

"어, 섰다."

진윤화가 번들거리는 눈으로 서동수를 보았다.

"오빠, 올라 와."

서동수는 소리 죽여 숨을 뱉었다. 가슴이 먹먹해졌고 코가 막혔기 때문에 심호흡을 해야만 했다.

"뭐해?"

진윤화가 이제는 서동수의 어깨를 잡아 올리는 시늉을 했다. 서동수는 진윤화의 몸 위에 올랐다. 그때 진윤화가 말했다.

"오빠, 사랑해."

다음 날 오후 4시 10분, 대한민국의 TV 시청자들이 TV 앞에 모여 있다. 3개 공영방송은 물론 종편들도 지금 신의주에서 생방송을 쏘아대고 있기 때문이다. TV 화면에 나온 주인공은 여자, 미모의 신의주 '서울관' 사장 진윤화다. 오전부터 각 신문 방송사에서는 신의주장관 서동수의 '서울관' 특혜에 대해 집중 보도했다. 언론에 도배질이 된 타이틀은 다음과 같다.

"제가 하면 '로맨스', 남이 하면 불륜인가?"

"서동수 장관, 자신은 타인에게 특혜를 주고 공무원과 업자는 처형했다."

"엄청난 이권 개입, 독재의 산물."

"신의주, 과연 서동수에게 맡길 것인가?"

"타락한 독재자."

"안하무인, 독재자의 말로."

"부정한 남녀의 뒷거래, 이것이 서동수의 신의주다."

한국의 시청자들은 오전부터 계속해서 쏟아붓는 언론 보도에 중독되고 세뇌되었다. 그리고 분노했다. 이제 TV에 진윤화의 인터뷰 장면이 비친 것이다. 이것으로 서동수의 숨통이 끊어진다. 여의도 의원회관의 회의실에 둘러앉은 국회의원들도 마찬가지다. 대형 TV를 중심으로 둘러앉은 10여 명의 의원 중에 야당 4선 의원 백기현도 포함되어 있다. 자, 이제 진윤화가 KBC방송 기자의 '특혜' 질문에 대해서 첫 대답을 했다.

"특혜요?"

되물은 진윤화가 똑바로 TV 화면을 보았다. 순간 시청률 57%, 기록이다. 진윤화가 도전하듯 57%의 시청자하고 눈싸움을 한다. 백기현도 순간 숨을 죽였다. 그때 진윤화가 말을 이었다.

"그래요. 서 장관한테서 특혜 받았습니다."

"오오."

백기현 옆쪽 동료 의원들이 탄성을 뱉었다. 대부분 야당인 민족당 의원들이지만 한국당 의원들도 있다. 모두 '신의주 인권회복운동'에 서명한 의원들이다. 그러자 흥분한 KBC 기자가 열띤 목소리로 물었다.

"그, 특혜를 받으신 내용이 뭡니까? 말씀해 주실 수 있습니까?"

"그럼요."

"오오오."

의원들이 이제는 환성 비슷한 소리를 뱉었다. 의원들끼리 모였으므로 체면 차릴 것도 없다. 그때 진윤화가 말했다.

"저는 서 장관께서 도와주신 은혜는 평생 잊지 못할 것입니다."

"오오오."

진윤화가 말을 이었다.

"외국에서 사업 실패로 거지가 다 되어 있었거든요."

진윤화의 두 눈에 눈물이 맺혔다.

"서 장관께서 신의주에서 재기해 보라면서 저한테 투자해 주셨습니다. 지금까지 한화로 28억5000만 원을 해주셨죠. 저는 몇 백만 원밖에 없었는데 모두 서 장관께서 저한테 주신 것이죠. 그 증거가 모두 있습니다. 서 장관께서는 조건 없이 다 준 것으로 하셨지만 전 싫어요. 서 장관님이 받지 않으신다면 신의주 발전을 위해서 기부라도 하겠어요. 이젠 그만큼 벌었으니까요."

이젠 오오, 소리가 쏙 들어갔고 모두 당혹한 표정이다. 백기현은 지난번 경험이 있었기 때문에 가장 먼저 얼굴을 굳히고 있다. 그때 머리 회전이 좀 둔한 기자가 물었다.

"아니, 그럼 '서울관'이 서 장관 식당이란 말입니까?"

"저런, 병신."

의원 중 누군가가 욕을 했을 때 백기현은 자리에서 일어섰다. 왠지 속이 메슥거렸기 때문이다. 소변도 마렵다.

이 세상에 제 옛날 첫사랑한테, 그것도 세 번만 만났다가 차였던 여자한테 28억여 원을 주고 사업체를 차려준 남자는 없을 것이다. 그런데 그 주인공이 나타났다. 서동수다. '미친 놈', 그렇게 비웃으면서 동조를 구하려고 두리번거렸던 몇 명이 있었지만 분위기에 압도되어 꼬리를 말았다. 그렇게 떠들었다간 병신이 될 것 같았기 때문이다. 각박한 세상에 나타난 홍길동이다. 일지매 또는 로빈후드로까지 비유되었다. 진윤화의 인터뷰가 끝나고 두 시간도 안 돼서 서동수의 인기는 폭등했다. 재빠른 종편이 서동수의 '미담'을 찾기 시작했고 인터넷에서는 갖가지 소문이 범람했다. 서동수는 한 번 '자면' 1억 원씩 줬다는 '미담'도 퍼져나가는가 하면 '서사모'가 열다섯 개나 만들어졌다. 서동수를 사랑하는 모임이다. 작금의 세상은 순수한 '미담' 주인공만 뜨지는 않는다. 파격적이며 솔직하고 독특한 인간이 각광을 받는 것이다. 선악의 구별이 모호한 것 같지만 예민한 관중은 그것이 위선인지 진실인지를 알아차린다. 그날 오후 6시, 서동수는 신의주에서 헬기편으로 평양 대동강변의 제77 초대소에 도착했다. 전영주를 통해 김동일 대장과의 단독 회담을 요청했고 그것이 바로 받아들여졌기 때문이다. 서동수는 비서실장 유병선과 수행비서 전영주를 대동했다. 초대소에 도착한 지 얼마 되지 않았을 때 방으로 전영주가 들어섰다.

"장관님, 대장 동지께서 이곳으로 오십니다. 30분쯤 후에 도착하신답니다."

전영주가 굳어진 얼굴로 말했다. 김동일이 직접 초대소로 오는 것이다. 그로부터 30분쯤 후인 오후 7시경에 서동수는 김동일과 원탁에 둘러앉아 있다. 초대소의 식당 안이다. 배석자는 유병선과 내각 부총리 겸 자치령 담당 비서인 정오석까지 모두 넷뿐이다. 원탁에는 저녁상이 차려져 있었지만 넷은 밥그릇 뚜껑만 열었을 뿐이다. 김동일이 입을 열었다.

"오늘 남조선 방송 다 봤습니다."

김동일이 얼굴을 펴고 활짝 웃었다.

"남조선 여론은 안 봐도 짐작할 수 있겠습니다."

"반대 세력이 이번으로 그치지 않을 것 같습니다."

서동수가 정색한 얼굴로 김동일을 보았다. 잠자코 머리를 끄덕이는 김동일에게 서동수가 말을 이었다.

"신의주 반대 세력의 1차 목표는 바로 제가 되어 있습니다."

"알고 있습니다."

머리를 끄덕인 김동일이 포도주 잔을 쥐었다.

"오신다고 해서 상의를 했습니다. 자, 먼저 한잔 드십시다."

술잔을 들어 올린 김동일이 서동수를 보았다.

"마침 오늘 사건도 있었겠다, 내일쯤이면 시기가 적절할 것 같습니다."

다음 날 아침, 초대소에서 아침 식사를 마친 서동수와 유병선, 전영주가 응접실에 앉아 TV를 보고 있다. 오전 9시 정각, 서동수에게도 낯익은 북한 국영 방송의 중년 여자 아나운서가 나오더니 지그시 이쪽을 보았다. 위엄 있는 표정이었고 서동수는 이 여자만 나오면 채널을 돌렸었다. 그때 여자가 말했다.

"남조선 반역 도당에게 경고한다."

숨을 들이켠 서동수가 채널을 그대로 둔 채 여자를 응시했다. 유병선과 전영주도 석상처럼 굳어져 있다. 다시 여자가 말을 이었다.

"신의주 발전을 중상모략하고 신의주의 북남한 공동 대표인 서동수 장관을 음해하는 세력이 있다. 지금 이 순간부터 북조선은 그들을 반역도당, 역적으로 간주하고 철퇴를 내릴 것이다."

12시가 되었을 때 서동수는 주석궁의 식당으로 안내되었다. 이번에는 김동일과 독대다. 김동일은 아무도 배석시키지 않았고 서동수도 혼자다. 그렇게 김동일이 원했기 때문이다. 식당은 안쪽에 주방이 있었고 30평쯤의 공간에 원탁이 하나 놓여졌다. 오른쪽 벽에 대좌 계급장을 붙인 호위군관이 벽화처럼 붙어 서 있을 뿐이다. 김동일이 포도주 잔을 들면서 웃음 띤 얼굴로 물었다.

"오늘 평양방송 보셨지요?"

"예, 대장 동지, 감사합니다."

서동수가 앉은 채로 머리를 숙여 보였다.

신의주 반대세력을 북한 정부에서 공적(公敵)으로 선언했으니 한국의 반(反)서동수 일당은 충격을 받았을 것이었다. 그때 김동일이 정색하고 서동수를 보았다.

"신의주 내부에서도 반신의주 세력이 있지 않습니까?"

김동일의 시선을 받은 서동수가 심호흡을 했다. 김동일이 모를 리가 없다.

"예, 있습니다, 지도자 동지."

서동수가 말을 이었다.

"그 뿌리는 북한 내부에 있습니다."

"군부 강경파겠군요."

"그렇습니다. 대장 동지께 가장 충성스러운 세력이기도 합니다."

"나도 짐작은 하고 있었습니다."

한 모금 포도주를 삼킨 김동일이 잔을 내려놓았다. 서동수를 응시하는 눈동자가 깊숙하게 느껴졌다.

"장관 동무는 그들을 어떻게 다룰 작정입니까?"

김동일이 묻자 서동수의 시선이 경호군관을 스치고 지나갔다. 상반신을 조금 기울인 서동수가 입을 열었다.

"뇌물로 매수하려고 합니다, 대장 동지."

김동일이 시선만 주었고 서동수의 말이 이어졌다.

"명단이 있습니다. 이들에게 제 개인자금을 주고 분위기를 부드럽게 하려고 합니다. 서로 모르게 하면 제각기 긴장이 풀리리라고 생각합니다."

"…."

"제가 뇌물 주는 데는 좀 익숙합니다. 더구나 이런 일은 다 잘되라고 하는 일인 데다 대장 동지에 대한 충성심과는 상관이 없는 일입니다."

"…."

"신의주의 기반을 굳히는 것이 우선입니다. 대장 동지, 그때까지만 꾹 참고 견디어 보시지요."

"장관 동무가 미국의 스파이라고 하는 사람도 있소."

불쑥 김동일이 말했으므로 서동수가 어깨를 늘어뜨렸다가 폈다.

"미국이 저를 스파이로 만들려면 몇 백억 불 갖고도 안 될 텐데요."

"…."

"신의주 장관도 곧 그만두겠다고 한 저를 끌어들일 미끼가 없지요."

말을 그친 서동수가 정색하고 김동일을 보았다.

"대장 동지, 한국 대통령을 만나시고 나서 중국 주석, 미국 대통령을 만나시지요. 제가 밀사 역할을 하겠습니다."

"검토해 보지요."

머리를 끄덕인 김동일이 숨을 고르더니 목소리를 낮췄다.

"그, 뇌물 작전, 나한테 수시로 알려줄 수 없습니까?"

"당연히 말씀드리겠습니다."

"고맙소."

"제가 먼저 한국 대통령께 정상회담 말씀을 드리지요. 당분간 비밀리에 진행하겠습니다."

"나도 극비리에 진행시키겠습니다."

대답한 김동일이 이번에는 길게 숨을 뱉었다. 편안한 표정이 되어 있다.

"이렇게 탁 터놓고 이야기하는 건 처음이오."

그날 밤도 초대소에서 잤다. 정상회담 관계로 서동수가 실무자들과 협의를 했기 때문이다. 2박째가 되어서 초대소 분위기도 익숙해졌다. TV를 켜면 한국 방송이 종편까지 다 뜨는데 서동수의 평양 방문은 보도되지 않았다. 밤 11시 반, 방에서 TV를 켜놓고 얼음을 넣은 스카치를 홀짝이고 있던 서동수가 노크소리를 듣는다. 순간 심장이 철렁 내려앉는 느낌이 든 서동수가 문 쪽을 보았다. 서동수의 침실은 2층이다. 수행원 숙소는 아래층에 있다. 수행원들이 용건이 있으면 인터폰을 이용하면 된다. 이 시간에 누가 노크를 한단 말인가? 문득 미인계가 떠올랐다. 전에 북한 측이 미인계를 사용한다는 소문이 떠돌았었다. 다시 노크 소리가 들렸으므로 서동수는 소파에서 몸을 일으켰다.

"누구요?"

문으로 다가가면서 물었지만 대답이 없다. 서동수는 문을 열고 나서 숨을 내뿜었다. 전영주가 서 있었기 때문이다.

"응, 무슨 일이야?"

밤 11시 반이 넘었다. 인터폰도 사용하지 않고 왜 올라왔단 말인가? 순간이었지만 서동수의 머릿속에 생각들이 섬광처럼 스치고 지나간다. 혹시? 그때 전영주가 말했다.

"초대소 지배인의 전갈입니다, 장관님."

"뭔데?"

똑바로 시선을 주었더니 전영주의 눈동자가 조금 흔들렸다. 둘은 반쯤 열린 문 앞에 마주보고 서 있다.

"저기, 여성동무를 방에 보내도 되겠느냐고 여쭤보라고 합니다."

"아니, 고맙지만 사양하겠다고 전해."

"네, 장관님."

몸을 돌리려는 전영주에게 서동수가 물었다.

"이것은 지배인 혼자 생각인가?"

"네, 그렇습니다."

"그렇다면 전영주 씨가 지배인을 데리고 오지, 기다리고 있을 테니까."

"네, 장관님"

당황한 전영주의 목소리가 떨렸고, 서동수는 문을 닫았다. 기분이 나빠진 것은 아니다. 오히려 그런 제의를 받고 가슴이 뛰었다. 전영주가 지배인 박 선생과 함께 들어선 것은 5분쯤 후였으니 아래층에서 기다리고 있었던 것 같다. 박 선생은 밤이 깊었는데도 말쑥한 정장 차림에 넥타이도 목 밑까지 힘껏 올렸다.

허리를 기역자로 꺾어 절을 한 박 선생이 서동수를 보았다.

"장관 동지, 부르셨습니까?"

"들어오시오."

서동수가 문 옆쪽으로 비켜서며 말했다.

"전영주 씨도 들어와."

방안으로 들어선 둘을 소파에 앉도록 권한 서동수가 앞쪽에 앉았다. 박 선생은 40대쯤으로 흰 얼굴에 이목구비가 단정한 미남이었다. 서동수가 박 선생에게 물었다.

"내가 여자 좋아한다는 소문이 다 퍼진 모양이지요?"

박 선생이 몸을 굳혔고 서동수의 말이 이어졌다.

"여자 몇 명이 준비되었습니까?"

"예?"

의도를 알려는 듯 잠깐 서동수를 응시하던 박 선생이 곧 대답했다.

"셋입니다. 장관 동지."

"이건 지배인의 혼자 생각입니까?"

"예, 그렇습니다."

"그럼 내일 지도자 동지께 보고하면 혼나겠군요. 그렇죠?"

이제 박 선생의 얼굴은 시퍼렇게 굳어져 있다. 눈동자가 어지럽게 흔들렸고 굳게 다문 입술 끝이 경련을 일으키고 있다. 부릅뜬 눈에서는 금방 눈물이 떨어질 것 같다. 그때 서동수의 시선이 옆에 앉은 전영주에게로 옮아졌다.

"전영주 씨는 어떻게 생각하나?"

전영주와 서동수의 시선이 부딪쳤다. 그렇다. 문을 열고 전영주를 보았을 때의 감정을 순서대로 표현한다면 안도감, 기대감, 실망감이었다. 기대감과 실망감 사이에 전영주로부터 지배인의 제의를 들었다. 전영주가 아무 말 없이 방 안으로 들어섰다면 어떻게 되었을까? 장담할 수는 없지만 이렇게 삭막하게 되지는 않았을 것 같다. 그때 전영주가 말했다.

"지배인의 독단이었다면 순수한 호의였을 것입니다. 정황으로 봐도 악의인 것 같지가 않습니다, 장관님."

전영주의 목소리는 맑고 울림이 있다. 여자의 목소리를 듣다보면 성적 충동이 일어나는 경우가 있다. 탄성이나 신음을 연상시키는 목소리, 전영주가 그렇다.

"지도자 동지께 말씀드리면 선의로 한 행동이었어도 벌을 받게 되겠지요. 장관께서 판단해 주시기 바랍니다."

"성(性)접대는 최소한 쌍방의 합의하에 진행시켜야 되는 거야, 그것도 조심스럽지만 말이야. 무조건 방에다 접대하자고 넣는 것은 넣어진 대상뿐만이 아니라 받아들이는 입장도 무시하는 거야."

서동수가 차분하게 말했다. 거칠게 말한다면 '돼지한테 먹이 던져 주는 거냐?' 했을 것이다. 그때 지배인이 자리에서 일어서더니 다시 머리를 깊게 숙였다.

"제 불찰입니다. 사과드리겠습니다."

"호의만은 고맙게 생각해요, 마침 어제 한국 언론에서 내가 여자를 너무 밝힌다고 떠들어댔으니 당연하지요."

"아닙니다."

당황한 지배인이 손까지 저었을 때 서동수가 머리를 끄덕였다.

"오늘 밤 일은 잊읍시다. 재미있는 추억으로 남기기로 하지요."

"감사합니다."

허리를 꺾어 절을 한 지배인이 몸을 돌렸으므로 전영주도 자리에서 일어섰다. 그때 서동수가 말했다.

"전영주 씨는 기다려."

지배인이 방을 나가고 문이 닫혔을 때 서동수가 아직도 서 있는 전영주를 보았다. 시선이 닿은 순간 전영주의 눈동자가 흔들렸다. 서동수가 물었다.

"지배인이 직접 나한테 찾아와 묻는 것이 오히려 더 자연스러웠을 거야, 그렇게 생각지 않나?"

전영주는 시선을 내리지 않았다. 눈동자도 흔들리지 않는다. 차분해진 표정으로 서동수만 보았다. 서동수가 다시 물었다.

"내가 복잡하게 생각한 건가?"

"그러신 것 같습니다."

전영주가 억양 없는 목소리로 대답했다.

"제가 수행비서인 데다 북조선 출신이니까 자연스럽게 전달했을 것입니다."

"나한테 오면서 특별 지시는 받지 않았나? 오늘 밤 같은 경우 말이야."

"받았습니다."

"말해 주겠나?"

"받아들이라고 했습니다."

서동수는 숨을 들이켰다가 길게 내뿜었다. 누구의 지시였느냐고 물을 필요는 없다. 국가와 지도자에게 충성하는 애국자일 것이었다. 소파에 등을 붙인 서동수가 외면했다가 다시 머리를 들었다. 시선을 내렸던 전영주도 서동수를 보았다. 지금 이 상황에서 '네 생각은 어떠냐'고 묻는다면 고문하는 것이나 같다. 그것이 좋건 싫건 간에 상처가 될 것이다. 확실하게 하고 싶다는 생각에 이렇게 물었지만 말하다 보니 스스로의 본심이 드러났다. 전영주를 안고 싶었던 것이다. 처음 본 순간부터 성적 매력에 끌렸다. 이혼녀로 성 경험이 풍부한 몸일 테니 과즙이 줄줄 흐르는 복숭아 같지 않을까? 아니면 겉은 시고 안은 다디단 자두, 그때 전영주가 말했다.

"원하신다면 여기 있겠습니다."

전영주가 말하자 서동수는 빙그레 웃었다. 눈이 초승달처럼 굽혀졌고 이가 드러나면서 소리 없는 웃음이 일어났다.

"그래. 여기 앉아."

서동수가 소파 옆자리를 눈으로 가리켰다.

"신발도 슬리퍼로 갈아 신고 편하게."

전영주가 슬리퍼로 갈아 신고 옆자리에 앉았을 때 서동수는 따라놓은 술잔을 건네주었다.

“자, 받아. 한 모금에 삼켜.”

“감사합니다.”

“몇 잔 마시면 긴장이 풀릴 거야.”

“네, 장관님.”

전영주가 술잔을 입에 붙이더니 머리를 젖히면서 한 모금에 삼켰다.

“옳지, 잘 마시는군.”

서동수가 다시 웃었다.

“알코올은 분위기를 부드럽게 하는 효과가 있지. 또 적당한 알코올 기운은 성욕을 촉진시켜 주더구먼.”

전영주의 빈 잔에 술을 따르면서 서동수가 물었다.

“사랑하지 않는 사람과, 또는 내키지 않는 사람과 섹스를 해본 적 있어?”

“네, 있습니다.”

바로 대답한 전영주가 다시 술잔을 들고는 서동수를 보았다. 불빛에 반사된 눈동자가 반짝였다.

“하지만 지금은 그런 경우가 안 될 것 같습니다.”

“고맙다는 생각이 드는군.”

“지시를 받았기 때문이 아닙니다. 지시를 받았더라도 제 의지대로 행동할 수 있습니다, 장관님.”

“이유가 뭔데?”

어느덧 정색한 서동수가 묻자 전영주가 혀로 입술을 핥았다. 붉은 혀끝이 뱀처럼 날름거리면서 위아래 입술을 훑고 들어갔다.

"저도 성적 충동을 느꼈기 때문이죠. 장관님이 보실 때마다 전 몸이 뜨거워졌고 다리가 비틀거리는 것 같았습니다."

"대담하군, 표현이."

"저는 이혼녀입니다. 성의 쾌락에 대해서도 아는 몸이죠."

서동수가 천천히 머리를 끄덕였다. 대담하기보다 솔직한 성품 같다. 그리고 매력적이다. 머리를 든 전영주가 서동수의 시선을 받았다. 눈 주위가 붉게 상기되어 있다. 한 모금에 술을 삼킨 전영주가 말을 이었다.

"그리고 가장 중요한 원인이 있죠."

"말해봐."

"장관님이 쥐고 계신 권력과 금력입니다."

그 순간 서동수가 다시 빙그레 웃었다. 그렇다. 그것이 없었다면 이렇게 되지 않았다. 다른 이유는 잔가지에 불과하다.

"꿈을 말해봐."

서동수가 잔에 술을 따르면서 말했다.

"내 꿈은 통일 한국의 기반을 만들고 기업가로 돌아가는 거야. 한국인으로 그만한 성취를 이룬다면 인생을 산 보람이 있겠지."

"저는."

술잔을 든 전영주의 눈동자에 초점이 흐려졌다.

"부자가 되고 싶어요."

"옳지."

"대저택에서 하인들을 거느리고 사는 꿈을 꾸어요."

"혼자 말이지?"

"네, 장관님."

서동수가 다시 술을 삼키고는 더운 숨을 길게 내뿜었다. "내가 그 저택에 가끔 들러야겠지?"

"네, 장관님."

전영주의 붉어진 얼굴을 바라보던 서동수가 천천히 머리를 끄덕였다.

"됐다. 그러자. 그런데 오늘은 그냥 돌아가."

호색한이라고 절제력이 부족한 것은 아니다. 오히려 그 반대인 경우도 있다. 여자관계가 화려했던 서동수였지만 가릴 때는 가렸다. 직장 생활을 할 때도 같은 회사 여직원과는 관계를 삼갔던 서동수다. 다음 날 오전, 칭다오의 동성 본사에 도착한 서동수가 유병선과 회의를 끝내고 나서 말했다.

"그럼 지금 출발해."

"알겠습니다."

긴장한 유병선이 서류를 챙겨 들고 자리에서 일어섰다. 유병선은 남북정상회담에 대한 북한 측 제의서를 들고 가는 것이다. 이미 서동수로부터 연락을 받은 한국정부 측은 기다리고 있을 것이었다. 유병선이 방을 나갔을 때 비서 민혜영이 들어섰다. 민혜영을 본 서동수의 얼굴에 저절로 웃음이 떠올랐다.

"회장님, 출발하시기 전에 결재하실 서류입니다."

민혜영이 결재 파일을 서동수 앞에 내려놓더니 비스듬한 각도로 비켜섰다. 정면을 가로막지 않는 것이다. '동성'은 모두 전문경영인에게 맡겨져 있지만 결재할 것은 있다. 사인을 한 서동수가 파일을 건네주면서 민혜영에게 물었다.

"신의주의 진윤화 사장 인터뷰가 끝나고 나서 한국 여론이 바뀌었다면서?"

이미 유병선은 물론이고 박세중한테서도 이야기를 들었지만 서동수는 민혜영의 말을 듣고 싶어졌다.

"네, 회장님."

민혜영이 눈을 크게 뜨자 맑은 흰 창이 드러났다. 날씬한 몸매지만 어깨와 허리, 엉덩이의 곡선을 볼 때마다 숨이 들이켜질 정도로 감동을 받는 서동수다. 이지적인 얼굴이어서 더욱 짓밟고 싶은 충동이 일어난다. 민혜영의 시선과 마주쳤을 때 서동수의 얼굴에 웃음이 떠올랐다. 민혜영뿐인가? 중국계 비서 임청도 있다. 비서실 순환근무 방침에 의해서 임청은 지금 서울에 가 있지만 그쪽도 마찬가지다. 민혜영과 임청을 두고 그동안 절제력을 단련시켜 왔던 서동수다.

"거기 앉아서 말해봐."

서동수가 앞쪽 자리를 눈으로 가리키며 말했다.

"민혜영 씨의 감상평까지."

"네, 회장님."

앞쪽 소파에 무릎을 모으고 앉은 민혜영이 말을 이었다.

"지금은 사건을 터뜨렸던 KBC에 대해 엄청난 성토가 쏟아지고 있는 상황입니다. 알지도 못하고 장관님을 모함했다는 것입니다."

서동수는 쓴웃음만 지었고 민혜영이 말을 이었다.

"지난번 신의주에서 일어난 사형 사건도 이번 일에 묻혀 버렸습니다. 장관님을 비판했던 단체들도 숨을 죽이고 있습니다."

"…."

"전화위복이죠. 장관님께선 궁지에 몰리셨을 때마다 정면대결로 전세를 역전시킨다고 평이 났습니다."

이번 사건으로 신의주인권회복운동에 가담했던 40여 명의 현역 의원 중 벌써 20여 명이 탈퇴했다. 언론에서는 3, 4일 안에 모두 탈퇴할 것이라는 전망을 내놓았다. 과연 역전이다. 전화위복인 것이다. 그때 서동수가 입을 열었다.

"민혜영 씨 생각은?"

서동수의 시선을 받은 민혜영이 심호흡을 했다. 민혜영이 입을 열었다.

"그런데 그분, 사랑하셨어요?"

서동수가 숨을 죽였고 민혜영이 차분한 표정으로 말을 이었다.

"전 그것이 궁금했어요. 세 번 만났을 뿐인데, 더구나 손도 못 잡고 차였다는데 그것이 짝사랑이라고 해도 그렇죠."

입맛을 다신 서동수는 외면했다. 영리한 민혜영은 서동수에 대해서 잘 알고 있는 것이다.

리야드로 날아가는 전용기 안에서 서동수는 전화를 받는다. 리야드에 먼저 가 있는 안종관한테서 온 전화다.

"준비 다 되었습니다, 장관님."

"알았어요."

앞쪽 전용실에는 침대와 샤워실도 있다. 소파에 앉은 서동수가 구름 한 점 없는 창밖을 응시하며 말을 이었다.

"열 시간은 푹 쉴 수 있겠군요."

"그럼 쉬시지요, 장관님."

통화를 끝낸 서동수가 소파를 길게 눕히고 누었다. 그러나 곧 버튼을 누르고는 상반신을 일으켰다. 손목시계는 오후 1시를 가리키고 있다. 중국 시간이다. 비행기는 이륙한 지 2시간쯤 되었으니 아직 중국 대륙을 벗어나지 못했다. 그때 문에서 노크 소리가 들리더니 민혜영이 들어섰다. 민혜영이 이번 출장에 수행비서로 동행하는 것이다.

"회장님, 부르셨습니까?"

두 손을 앞으로 모은 민혜영이 공손하게 묻는다. 베이지색 투피스 정장 차림의 민혜영이 서동수의 시선을 받더니 눈동자가 조금 흔들렸다. 서동수가 앞쪽 의자를 눈으로 가리키며 말했다.

"앉아, 사무실에서 끝내지 못한 이야기를 하자."

서동수가 얼굴에 웃음을 띠었지만 민혜영은 정색했다. 긴장을 풀지 않는 것이다. 민혜영은 비서실에 다니면서 동성 매장을 소유하고 있다. 동성 직원에게 우선권을 주기 때문이다. 위치가 좋은 데다 규모도 커서 한 달 순이익이 1000만 원이 넘는다. 서동수가 앞쪽에 앉은 민혜영을 지그시 보았다.

"진윤화에 대한 내 집착이 어울리지 않는 것 같다고 들렸다. 맞지?"

"네, 회장님."

바로 대답한 민혜영이 똑바로 서동수를 보았다.

"회장님 스타일이 아닌 것 같았어요."

"내 스타일이라고 했나?"

"네."

여전히 두 다리를 가지런히 붙이고 두 손을 무릎 위에 얹은 민혜영이 서동수를 보았다. 서동수가 웃음 띤 얼굴로 말했다.

"내 스타일을 말해 봐."

"길게 끌고 연연하는 스타일이 아니십니다."

"계속해."

"어느 한 여자를 깊이깊이 사모하고 가슴속에 묻어두는 스타일이 아니세요."

"금방 잊는다고?"

"네."

"그럼 진윤화에 대해서 설명해 봐."

"우연히 만났다고 들었습니다."

차분한 표정으로 민혜영이 서동수를 보았다. 비서실에 있으니 이쯤 정보는 가만있어도 들린다. 민혜영이 최측근인 셈이다. 민혜영이 말을 이었다.

"우연히 만난 진윤화 씨 사정이 어려우니까 도와주신 거죠. 잊고 계셨다가요."

"……."

"파격이죠. 드문 일입니다."

"가만."

서동수가 손을 들었다가 그 손바닥을 자신의 심장 위치에 붙였다.

"그런 말을 들으니까 갑자기 심장이 허전해지는구나, 차가워졌다."

"회장님은 따뜻한 분이세요."

민혜영의 눈동자가 다시 흔들렸다. 얼굴도 조금 상기되었다.

"진정성도 풍부한 분이세요. 다만…"

"그만."

쓴웃음을 지은 서동수가 심장에 붙인 손바닥을 떼었다. 또 감동을 받았다. 민혜영은 알고 있는 것이다. 그렇다. 만나는 상대마다 진정성은 보였다. 그러나 그것이 과연 진정한 믿음, 사랑이겠는가? 거래였을 뿐이다. 그것이 내 진면목이다. 머리를 든 서동수가 민혜영을 보았다.

"너, 나하고 거래를 할 테냐?"

불쑥 서동수가 묻자 민혜영의 흰 얼굴이 순식간에 빨개졌다. 그러나 시선을 떼지는 않았다.

"네."

민혜영이 갈라진 목소리로 대답했다.

"하겠어요."

"조건은?"

"이미 다 주셨습니다."

"기다리고 있었단 말이야?"

"네."

"난 나하고 관계를 맺은 직원하고는 같이 일 못 해."

"각오하고 있습니다."

"보상은?"

"매장으로 이미 받았어요."

"네 능력이 아깝다."

"그럼 보내지 마세요."

한사코 시선을 떼지 않고 말한 민혜영이 자리에서 일어서더니 문으로 다가가 자물쇠를 잠갔다. 그러고는 자리로 돌아와 재킷을 벗기 시작했다. 이제는 눈동자가 흔들렸고 얼굴이 조금 상기되었지만 자세는 꼿꼿했다. 민혜영이 재킷을 벗어 의자 위에 놓았을 때 서동수가 물었다.

"뭐 하는 거냐?"

"다 벗을까요?"

민혜영이 되물었으므로 서동수는 숨을 들이켰다. 뻔한 것을 물었다가 허를 찔린 셈이다. 그러나 조금 전부터 온몸이 불덩이처럼 달아오르고 있다. 입안이 말라서 침도 모아지지 않았고 눈알이 앞으로 빠져나갈 것 같다. 스커트 지퍼를 내린 민혜영이 스커트를 끌어내렸을 때 팬티 차림의 하반신이 드러났다. 흰 허벅지와 종아리, 이제는 신발도 벗어서 맨발이 바닥을 딛고 서 있다. 가냘파 보였던 민혜영의 하반신은 곡선이 뚜렷했다. 허벅지는 단단했고 분홍색 팬티 앞부분은 조금 돌출돼 있다. 그때 서동수가 자리에서 일어섰다. 민혜영 앞으로 다가간 서동수가 두 손을 어깨 위에 얹었다. 시선을 맞추었던 민혜영이 넘어지듯이 서동수의 가슴에 안겨왔다.

"창피해요."

서동수의 가슴에 얼굴을 묻으면서 민혜영이 말했다. 두 손으로 서동수의 허리를 감아 안은 민혜영이 몸을 비볐다.

"해주세요."

서동수는 민혜영의 턱을 손끝으로 들어 올리고 나서 반쯤 열려진 입술에 키스했다. 입술이 부딪치자 민혜영의 입에서 바로 혀가 빠져나왔다. 서동수는 달콤하고 탄력이 강한 민혜영의 혀를 빨았다. 민혜영의 하반신이 서동수의 몸을 비벼대고 있다. 입이 막힌 민혜영의 목구멍에서 신음이 이어졌다. 서동수는 민혜영의 몸을 들어 다시 소파에 앉았다. 그러고는 아이처럼 안아들고 허벅지에, 무릎에, 그리고 종아리와 발에까지 입술을 붙였다. 민혜영이 몸을 비틀어 대었으므로 분홍빛 팬티 위에도 입술을 붙였다가 떼었다. 민혜영이 가쁜 숨을 몰아쉬며 말했다.

"침대로 가요."

서동수가 대답 대신 민혜영의 셔츠 밑으로 손을 넣어 브래지어를 밀어 올렸다. 그러자 민혜영이 서둘러 셔츠를 벗어 던지더니 브래지어도 풀었다. 그 순간 밥그릇만 한 크기의 젖가슴이 튀어나왔다. 서동수는 젖가슴을 입안에 가득 물고는 혀로 젖꼭지를 애무했다. 그때 민혜영이 팬티를 끌어 내렸으므로 알몸이 되었다. 알몸이 된 채로 서동수의 무릎 위에 안겨 있는 것이다.

"어서요."

민혜영이 새빨갛게 달아오른 얼굴로 서동수를 보았다. 두 눈의 초점이 맞지 않아서 그것이 더욱 자극적이다. 서동수는 민혜영의 알몸을 안고 일어섰다.

서동수는 알몸의 민혜영을 침대에 눕혔다. 민혜영이 알몸을 가리려고도 하지 않고 꿈틀거리면서 서동수의 팔을 끌었다. 상기된 얼굴에 초점을 잃은 두 눈이 번들거리고 있다. 그때 서동수가 시트로 민혜영의 몸을 덮어주면서 허리를 굽혀 입술에 키스했다. 민혜영이 두 팔로 서동수의 목을 감아 안았다. 이윽고 입술을 뗀 서동수가 허리를 펴고는 침대 끝에 앉아 민혜영을 내려다보았다.

"널 내 옆에 두려는 거야."

"해줘요."

민혜영이 꿈틀거리면서 서동수의 어깨를 잡아당겼다.

"다 벗었는데, 다 한 것이나 같은데."

"난 달라."

쓴웃음을 지은 서동수가 시트 밑으로 손을 넣어 젖가슴을, 아랫배를, 그리고 숲이 무성한 골짜기까지 천천히 쓸었다.

"이렇게 억제하는 것으로 난 네 얼굴을 똑바로 바라볼 수 있게 돼."

서동수의 손이 골짜기로 다시 올라왔을 때 민혜영이 다리를 오므려 손을 골짜기에 넣고 조였다. 민혜영의 두 눈이 더 번들거렸고 어금니까지 물려졌다.

"안 하면 난 더 부끄러워서 얼굴 뵙지도 못할 거예요."

민혜영의 목소리가 떨렸다. 죄어진 민혜영의 골짜기에서 물기가 배어 나왔다. 이윽고 손을 뺀 서동수가 민혜영의 이마와 입술에 입을 맞추고는 몸을 세웠다.

"그래, 난 이것으로 너에 대한 욕구를 임시로 풀었다."

"난 아녜요."

"조금 있으면 괜찮아질 거야."

한걸음 뒤로 물러선 서동수가 말을 이었다.

"이제 언제라도 가능한 일이 되었어. 그렇지 않아? 그러면서 참는 거다."

몸을 돌린 서동수가 문으로 다가가면서 말했다.

"회의실에 있을 테니까 옷 입고 커피 가지고 와."

방을 나온 서동수가 통로 옆쪽의 회의실로 들어섰다. 창가의 의자에 앉은 서동수는 온몸이 가벼워진 느낌을 받는다. 평양 초대소에서 전영주와 함께 있을 때부터 쌓인 것 같던 찌꺼기가 다 증발된 것 같다. 민혜영과 침대에서 엉켰다면 이렇게 가벼운 느낌은 들지 않았을 것이다. 민혜영도 지금은 화가 날지 모르지만 곧 풀린다. 이윽고 10분쯤 후에 회의실로 들어선 민혜영이 전처럼 다소곳한 자세로 서동수 앞에 커피 잔을 내려놓았다. 슬쩍 보았더니 옷차림도 깔끔하게 다시 입었는데 스커트의 옆구리 쪽 지퍼가 1㎝쯤 덜 올라갔다. 그것 외에는 완벽했다. 시선이 마주쳤지만 눈동자가 조금 흔들렸다가 곧 중심을 잡았다. 그래서 참지 못한 서동수가 한마디 했다.

"그것 봐."

그러자 민혜영은 머리를 숙여 보이고는 회의실을 나갔다. 전과 같다. 어색하지도 않다. 전용기가 리야드 공항에 도착했을 때는 오후 9시경이다. 공항에는 안종관이 마중 나와 있었는데 전용기 앞에 대기시킨 리무진으로 곧장 호텔로 출발했다. 리무진 옆자리에 앉은 안종관이 서동수에게 보고했다.

"킹덤호텔 22층 옆방에 제임스 씨가 투숙하고 있습니다."

서동수가 머리만 끄덕였고 안종관이 말을 이었다.

"제임스 씨는 세 시간 전에 도착했습니다. 회의는 내일 아침 9시 정각에 제임스 씨의 방인 2201호실에서 열립니다."

제임스 우드는 미국대통령 외교안보 특별보좌관이다. 신의주장관 서동수가 미국대통령 특사인 제임스와 비밀 회동을 갖게 되는 것이다.

제임스 우드는 68세, 부시 정권 때 국무장관을 거친 거물이다. 오바마는 당적을 가리지 않고 요인을 기용했는데 제임스 우드는 대북 강경파에 속한다. 다음 날 오전 9시 정각에 서동수는 제임스의 방으로 들어섰다. 배석자는 안보특보 안종관, 제임스도 국무부 차관 고든 더글러스를 대동하고 있다. 인사를 마치고 넷이 마주보고 앉았을 때 제임스가 웃음 띤 얼굴로 서동수를 보았다.

"동북아 평화의 열쇠는 서 장관이 쥐고 계신 것 같습니다. 남북한과 중국 정부의 신뢰를 받는 유일한 인물이시더군요."

"이용가치가 있기 때문이겠지요."

서동수도 웃음 띤 얼굴로 대답했다.

"한자리에서 자면서 서로 다른 꿈을 꾸고 있는 것 같습니다."

동상이몽(同床異夢)이다. 머리를 끄덕인 제임스가 회색 눈동자로 지그시 서동수를 보았다. 마른 체격에 주름투성이의 얼굴이었지만 눈이 맑다.

"장관, 한반도는 어떻게 통일이 될 것 같습니까?"

제임스가 바로 본론으로 진입했다. 직선적이고 솔직한 성품이라고 알려져 있었는데 과연 그렇다. 서동수가 입을 열었다.

"이런 상태로 간다면 자유민주주의 체제의 통일이 되겠지요."

옆에 앉은 안종관이 숨 쉬는 소리도 내지 않는다. 머리도 돌리지 않는 것이 서동수의 발언에 영향을 미치지 않으려는 것 같다. 제임스와 고든도 시선만 주었고 서동수의 말이 이어졌다.

"하지만 통일 지도자는 북한에서 나올 가능성이 많습니다."

제임스가 심호흡을 하고 나서 물었다.

"북한? 그러면 김동일 말입니까?"

"이대로만 간다면 그럴 가능성이 많다고 생각합니다."

"통일 방법은?"

"남북한 직접선거가 되겠지요."

"남한 인구가 북한의 두 배 아닙니까?"

"그동안 북한이 달라져 있을 테니까요."

제임스는 다시 입을 다물었다. 그래서 동상이몽이라고 하지 않았던가? 제각기 자신이 주인공인 꿈을 꾼다. 신의주라는 침상에서 서동수라는 베개를 베고. 그때 서동수가 머리를 들고 말했다.

"통일된 한국은 중국의 영향을 받지 않을 겁니다."

서동수의 시선이 안종관에게 옮아갔다.

"안 특보가 대신 말씀드려요."

"예, 장관님."

영어로 대답한 안종관이 두 미국 관리를 정색하고 보았다.

"통일 한국은 1950년 미국이 극동방위선인 애치슨 라인을 그었던 당시와는 다른 상황이 되어 있을 것입니다."

두 미국 관리가 애치슨 라인을 모를 리가 없다. 1950년 1월, 미 국무장관 딘 애치슨은 미국의 극동방위선을 일본에서 오키나와, 필리핀에 이르는 선으로 결정했다고 발표했다. 그것이 북한의 남침을 불러일으킨 계기 중의 하나라고 알려져 있다. 안종관이 말을 이었다.

"통일 한국의 국력, 전력(戰力)은 중국이나 일본이 함부로 건드릴 수 없을 만큼 되어 있을 테니까요. 오히려 그들이 몸조심해야 될 겁니다."

서동수가 심호흡을 했다. 할 말 다했다.

제임스의 얼굴에 웃음이 떠올랐다.

"일본 정부가 불안해하고 있습니다. 장관께선 어떻게 생각하십니까?"

안종관의 시선이 서동수에게 옮아갔다. 대신 말하라는 것 같다. 심호흡을 한 서동수가 입을 열었다.

"혹시 새 통일한국정부가 일본정부에 대마도를 반환하라고 할지 모르겠군요. 그것 때문일까요?"

그렇다. 건국 후에 이승만 대통령이 제일 먼저 한 일이 일본정부에 대마도 반환을 요구한 것이었다.

리야드에서 제임스와 헤어진 서동수가 카이로에 도착했을 때는 오후 5시 무렵이다. 비공식 방문이었으므로 서동수는 매스컴의 추적을 받지 않고 나일강변의 이집트 호텔에 투숙했다.

"준비되었습니다."

먼저 카이로에 와 있던 비서실장 유병선이 말했다. 소파에 앉은 서동수가 시선만 주었을 때 유병선이 옆으로 다가와 섰다. 호텔 최상층 프레지던트 룸 안이다.

"저쪽 참석 인원은 네 명입니다."

서동수가 유병선이 내민 메모지를 받아 보았다. 북한군 총참모장과 호위총국 사령관 등 대장급이 두 명, 상장이 두 명인 장군들의 이름이 적혀 있다. 어제 이집트를 방문한 북한군 사절단 요인들의 명단이다. 서동수의 이번 비공식 외유 목적은 이들을 만나려는 것이었다. 그 도중에 미국 대통령 특사 제임스 우드를 만나 비밀회담을 한 것이다.

"여자들은?"

서동수가 묻자 유병선이 외면하고 대답했다. 어색한 것 같다.

"예, 일곱 명이 대기하고 있습니다."

북한 측 넷, 신의주 측은 서동수와 유병선, 안종관까지 셋이니 일곱이 맞다. 여자 일곱 명은 오늘 파티를 위해 한국에서 날아온 것이다. 북한 군부 요인들이 카이로에 간다는 정보를 듣고 만든 파티다. 물론 서동수는 이 파티를 주선하기 전에 김동일 위원장의 허락을 받았다. 마침 같은 시기에 카이로에 갈 일이 있으니 같이 저녁을 먹겠다고 한 것이다. 제임스는 서동수와 동선을 맞추려고 터키를 가는 길에 리야드로 왔다. 오후 7시가 되었을 때 프레지던트실 옆쪽 방이 파티장으로 변했다. 응접실이 룸살롱의 방처럼 꾸며졌고 일곱 쌍의 남녀가 둘러앉았다. 주방에서 만들어진 요리가 날라졌는데 한식이다. 아랍식 뷔페만 먹던 북한 측 장성들이 탄성을 뱉었다. 모두 표정이 밝다. 위원장의 허락을 받은 데다 서동수는 측근으로 분류되는 인사다. 두 대장과는 안면도 있었으므로 분위기는 화기애애했다. 인민군 총참모장 오대우가 문득 정색하고 물었다.

"장관 동지, 이 미인들은 한국에서 공수해 오신 겁니까?"

"그렇습니다."

오대우도 정색했다.

"모두 서울에서 왔지요."

이 일곱 명을 고르려고 동성 서울 비서실 직원들은 진땀 꽤나 흘렸을 것이었다. 그 결과가 앞에 펼쳐졌다. 눈이 번쩍 뜨일 만한 팔등신 미녀들인 것이다.

모두 선수들이어서 태도도 자연스럽고 분위기를 맞추고 있다. 오늘 하룻밤 접대 대가로 비행기 일등석 티켓과 특급 호텔 숙식 제공, 그리고 1000만 원을 받기로 한 것이다.

"신의주는 우리 조선민주주의 인민공화국의 희망이오."

술기운이 오른 호위총국 사령관 박영진 대장이 술잔을 들고 소리쳤다.

"자, 건배합시다."

"건배!"

함께 소리친 서동수가 한 모금에 위스키를 삼켰다. 오늘 밤 북한 측 장성들은 파트너와 함께 방으로 들어가게 될 것이다. 호위총국 사령관 박영진이 분위기를 주도하기로 계획돼 있다. 박영진은 김동일 위원장의 최측근인 것이다. 총참모장 오대우는 강성(强性) 군세력으로 분류된다. 김동일에게 충성하지만 신의주의 급변 상황에 불안감을 느끼는 부류다. 박영진의 시선이 서동수를 스치고 지나더니 오대우에게 술을 권했다. 그때 옆에 앉은 파트너가 서동수에게 불쑥 물었다.

"장관님, 저 기억하세요?"

서동수가 파트너를 보았다. 기억이 없다.

놀란 서동수가 파트너를 보았다. 갸름한 얼굴, 맑은 눈, 단정한 입술에 조금 웃음을 띠었다. 검은 눈동자가 깜빡이지도 않고 서동수의 시선을 받는다. 가슴이 저리는 느낌이 들 정도의 미인이다. 지금까지 손님 상대 하느라고 옆에 앉은 파트너 얼굴도 제대로 보지 못 했다. 그런데 모르겠다.

"잊으셨죠?"

파트너가 고른 이를 드러내고 웃었다.

"미안하다."

우선 사과한 서동수가 쓴웃음을 지었다.

"내가 40대 후반 아니냐? 너도 알다시피 내가 그동안 얼마나 휘젓고 다녔냐? 언론에서도 다 보도했잖니?"

"그러게요."

정색하고 파트너가 머리를 끄덕였다.

"이해해요, 장관님."

"너, 나 어디서 보았니?"

"홍진각에서요."

"그렇군."

머리를 끄덕이긴 했지만 요정 홍진각은 여러 번 다녔고 거기서 데리고 나간 파트너가 대여섯이다. 장관이 되기 전까지 서울에 오면 고교동창 강정만과 자주 다니던 곳이다. 파트너가 말을 이었다.

"못 뵌 지 3년쯤 되었어요. 마지막에 뵈었을 때는 강 전무님하고 오셨는데."

"그렇군."

"제 이름이 장선정이에요. 기억나세요?"

숨을 들이켠 서동수가 테이블을 둘러보았다. 최고급 파트너를 선별해온 값을 하고 있다. 모두 파트너와 이야기를 하느라고 정신이 팔려 있다. 간간이 웃음이 터졌고 술잔이 비워진다. 서동수가 다시 파트너를 보았다.

"기억 안 나는데, 미안하다."

그때 파트너가 활짝 웃었다.

"저, 홍진각 새끼마담이었어요. 장관님 하고는 파트너 안 했어요."

"이런."

눈을 치켜떴던 서동수가 따라 웃었다.

"도둑이 제 발 저린다고, 난 너하고 잔 줄 알았지."

"주무셨으면 기억하셨겠죠."

"야, 자고도 잊어버린다."

"전 잊지 못하실 걸요?"

서동수의 시선을 받은 장선정이 눈웃음을 쳤다.

"좀 서운했어요. 장관님이 오시면 제가 오 마담 대신 애들 관리 다 해드렸는데."

"그러고 보니 기억이 좀 난다."

"이번에도 외국 나갈 애들 고르길래 제가 나서서 다 골랐죠. 제가 인솔해 온 것이나 같아요."

"세상이 참 좁구먼."

"이쪽 손님들은 한정이 되어 있어서 바닥이 좁아요, 장관님."

"어쨌든 넌 오늘 나하고 자야겠다."

서동수가 손을 뻗어 장선정의 허리를 감싸 안았다. 믿을 만한 파트너를 만나자 이쪽도 긴장이 풀린 것이다.

"장관 동지, 한잔 받으시지요."

인민군 총참모장 오대우가 술병을 들고 일어났다. 60대 후반쯤의 오대우는 건장한 체격에 목소리도 컸다. 서동수의 잔에 술을 채운 오대우가 웃음 띤 얼굴로 말했다. 모두 양복 차림이어서 사업가 같다.

"장관 동지, 남조선 접대문화가 발달되었다고 하던데 과연 명불허전이오."

"감사합니다."

서동수가 한 모금에 술을 삼키고는 오대우의 잔에 술을 따랐다. 자리에 앉은 서동수에게 장선정이 땅콩 안주를 입에 넣어 주었다. 옆쪽에 앉은 안종관의 시선이 서동수를 스치고 지나갔다. 주연이 시작되기 30분쯤 전에 안종관은 오대우의 방으로 찾아가 현금 200만 불이 든 가방을 건네주고 온 것이다. 오대우는 그것까지 칭찬한 것 같다.

이집트에서 돌아오는 전용기 안이다. 서동수는 유병선이 건네주는 전화기를 받아 쥐었다. 북한 측 부장관 최봉수의 전화다.

"장관님, 보고드릴 것이 있습니다."

최봉수가 예의 바르게 말했다.

"노동인력 5만이 15일 후에 입국하게 되었습니다. 그러고 나서 한 달 후에 다시 5만을 보낸다고 합니다."

"잘됐습니다."

만족한 서동수의 얼굴에 웃음이 떠올랐다. 신의주는 급속 성장 중이다. 한국은 이미 1960년대에서부터 1980년대까지 30년 동안 세계사에 유례없는 성장 경험을 보유하고 있다. 그 경험을 바탕으로 신의주에서 다시 시작하고 있는 것이다. 이제는 폭풍성장이다. 한국인은 신바람의 동기만 부여해주면 불가능한 일도 가능하게 만든다. 북한은 이제 이것저것 가리지 않고 건강한 노동력이면 바로 신의주로 보내는 것이다. 유병선에게 전화기를 돌려준 서동수가 눈으로 앞쪽 자리를 가리키며 물었다.

"아가씨들한테 보너스 주었지?"

"예, 장관님."

쓴웃음을 지었지만 유병선이 외면한 채 대답했다. 아가씨들 중에는 서동수의 파트너, 유병선의 파트너도 끼어 있는 것이다.

"각각 5000달러씩 주었고 닷새간 호텔비도 계산해 주었습니다. 비행기 티켓은 갖고 있으니까 언제든지 타고 올 수 있습니다."

공수해 온 파트너 일곱이 모두 온 김에 이집트 관광을 하겠다고 남은 것이다.

"큰돈은 부담이지만 적당한 돈은 행복하게 해주는 힘이 있지."

서동수가 웃음 띤 얼굴로 말을 이었다.

"나도 행복해하는 사람들을 보는 것이 즐겁고 말이야."

로비 자금은 물론이고 아가씨들 비행기 요금에서 호텔비, 수당, 보너스까지 모두 서동수의 개인 자금에서 나간 것이다.

"참, 내 파트너가 전에 내가 다니던 요정의 새끼마담이었어."

서동수가 말하자 유병선이 놀라 숨을 들이켰다.

"그렇습니까? 서울 비서실에서 극비로 진행시켰는데 그런 우연이…."

"잘나가는 곳은 뻔하니까, 시장이 좁은 것이지. 내 파트너가 말하더군."

"그 친구가 리더였습니다."

"알아, 그런데 방으로 데리고 가지 못해서 아쉽구먼."

소파에 등을 붙인 서동수가 혼잣소리를 했다.

"서울에 갔을 때 찾아가야겠어."

어젯밤 북한군 장군들은 모두 아가씨를 데리고 방으로 간 것이다. 접대는 제대로 받은 셈이다. 전용기가 칭다오 공항에 도착했을 때는 오후 7시 무렵이다. 이제 열아홉 살로 베이징대에 입학한 미혜는 할머니, 사촌 식구들과 함께 베이징으로 옮아가 있었기 때문에 서동수는 작년부터 칭다오에 오면 호텔에서 숙식한다. 그날 밤 서동수는 칭다오 중국은행 부대표가 되어 있는 고등학교 동창 우명호를 호텔로 불러내었다.

"응, 장관이 급했던 모양이군."

방 안으로 들어선 우명호가 대뜸 말했다.

"네가 날 불러낸 이유를 알겠다. 여자 생각이 나는 거지?"

"그렇다, 이 새끼야."

우명호와는 칭다오에서 온갖 풍상을 함께 겪었다. 지금도 우명호는 그 짓을 계속하고 있을 터였다.

"요즘 어떻게 지내냐?"

서동수가 묻자 우명호는 시계를 보는 시늉을 했다.

"아직 9시도 안 되었구먼, 여기서는 네가 장관님인지 모르는 사람 많으니까 나가자."

우명호가 데려간 곳은 시내의 작은 카페였다. 서동수가 투숙한 호텔에서 차로 5분도 안 걸렸는데 3층 건물의 1층이었다. 안은 어둑한 데다 낮은 음악이 흐르고 있었지만 깨끗했고 향내가 풍겨왔다. 붉은 양탄자가 깔린 복도 좌우가 모두 육중한 나무문이 닫힌 방이다.

그때 소리 없이 나타난 여자 하나가 인사를 하더니 둘을 안쪽 끝 방으로 안내했다. 우명호가 예약을 한 데다 아는 사이인지 둘이 낮게 소곤거렸다. 방으로 들어선 서동수가 머리를 끄덕였다. 조명이 어두웠지만 방 안은 품위 있게 장식되었다. 자리에 앉았을 때 우명호가 말했다.

"이곳은 중국인 전용이다. 한국인 손님은 거의 오지 않아. 아마 나까지 서너 명뿐일 거야."

"비싼 모양이군."

"그렇지. 이젠 돈이 다 중국으로 넘어갔다."

90년대만 해도 중국 룸살롱은 한국인 전성시대였다. 가라오케, 룸살롱 문화를 중국에 전파시킨 것도 한국인이다. 그때는 조선족 아가씨들이 한국인 손님 덕분에 중국인 아가씨들 위로 군림했다. 그 당시 룸살롱 마담은 대부분 조선족이었던 것이다. 그런데 지금은 역전되었다. 어지간한 한국인 기업은 철수했고 고전한다. 더 이상 중국이 기회의 땅은 아닌 것이다. 중국이 무섭게 성장하면서 룸살롱 문화도 달라졌다. 비싸고 좋은 곳은 중국인 전용이 되었다. 그때 방문이 열리더니 종업원 둘이 쟁반에 담긴 술과 안주를 가져왔다. 이어서 조금 전의 여자가 아가씨 둘과 함께 들어섰다.

"너 저기 앉고. 넌 여기."

여자가 중국어로 말하자 아가씨들은 시킨 대로 서동수와 우명호 옆에 앉는다. 조명이 어두웠지만 둘 다 흠잡을 곳이 없는 미인이다. 종업원들과 여자가 곧 나갔으므로 방 안에는 넷이 남았다.

"웃기는군."

마침내 서동수가 한마디 했다. 중국말로 한 것이다. 서동수의 중국어는 유창해서 중국인 수준이고 우명호는 중국인이라고 해도 속을 정도다.

"이건 뭐, 선택권도 없냐? 술도 제멋대로 들여오고 말이야. 안주는 또 뭐야?"

서동수가 투덜거리자 우명호는 쓴웃음을 지었다.

"얀마, 얘들 시내에서 픽업해온 놈들이다. 오늘 이런 곳 처음 나온 애들이고."

우명호가 중국어로 열변을 토했다.

"너 같은 촌놈은 처음이라 모르는 모양인데 그냥 주는 대로 먹고 마시라고."

그때 서동수 옆에 앉은 아가씨가 풀썩 웃었다. 북방계 한족이다. 갸름한 얼굴, 눈 꼬리가 솟은 눈, 곧은 콧날에 입술이 얇다. 젖가슴과 엉덩이는 작고 다리가 길다. 서동수의 시선을 받은 아가씨가 거침없이 물었다.

"아저씨, 어디서 오셨어요?"

"나? 옌지(延吉)."

"조선족이시군요."

"잘 아는구나. 너는 어디 출신이야?"

"지난(濟南)요."

"근데 여긴 왜?"

"언니한테 놀러왔다가 여기 언니를 만났어요."

이야기를 주고받으면서 서동수는 조금씩 해방감을 느끼고 있다. 어깨의 짐이 내려진 것 같기도 하다. 그때 둘의 말을 듣던 우명호가 한국어로 말했다. 조선족이라고 시인한 터라 숨길 필요도 없다.

"야, 5000원이다."

이차값이다. 5000원이면 100만 원 가깝게 된다. 우명호가 턱으로 옆쪽 벽을 가리켰다.

"벽을 밀면 방이 나와. 침대하고 샤워시설까지 갖춘 호텔급이다."

여자 이름은 린린(林林), 23세. 지난에서 의상실 종업원으로 일한다고 했다. 사촌 언니한테 놀러왔다가 마담한테 픽업되어 이곳에 왔다는 것이다. 린린은 말이 많았다. 두 달 전에 산 차 자랑에서부터 제 남자친구 이야기까지 묻지 않았는데도 쉴 새 없이 재잘거렸다.

"신의주로 돈 벌러 갈 작정이에요."

불쑥 린린이 말하는 바람에 서동수가 머리를 들었다. 앞쪽에 앉은 우명호는 파트너 스커트 안에 손을 집어넣고 열중하고 있다. 곧 벽 쪽 문을 열고 들어갈 것 같다. 서동수가 물었다.

"어떻게 돈 벌 계획인데?"

"거기 유흥구 호텔에서 여직원 모집을 하는데 서류심사에는 합격했어요."

"그렇구나."

"카지노나 바에서 근무하게 되면 지금 의상실에서 받는 월급의 세 배를 받을 수 있어요."

"잘 되었다."

"거기서 애인 하나 잘 만나면 팔자 고치는 거죠."

"어떤 애인 말이냐?"

"돈 많은 남자요."

린린의 윤기 흐르는 입술을 바라보던 서동수가 빙그레 웃었다.

"린린, 네 애인은 어떻게 하고?"

"걔도 다른 여자친구 찾겠죠."

린린이 정색한 얼굴로 서동수를 보았다.

"젊었을 때 열심히 일해서 돈 모아야 한다고요. 기회를 놓치면 안 돼요."

"그렇구나."

"아저씨, 돈 많아요?"

"이런 데 올 만큼은 있어."

"그럼 부자네."

머리를 끄덕인 린린이 서동수의 옆으로 바짝 붙어 앉았다.

"칭다오에 닷새간 머물 작정인데 매일 데이트해도 돼요. 전화번호 드려요?"

"그래."

"방에 언제 가실 거예요?"

린린이 물었을 때 앞쪽 우명호가 파트너와 함께 일어섰다. 술은 세 잔밖에 마시지 않았다.

"나 먼저 들어간다."

우명호가 눈으로 서동수의 뒤쪽 벽을 가리켰다.

"네 방은 뒤쪽에 있어. 그림을 밀면 돼. 거기가 문이니까."

서동수는 우명호가 붉은색 벽을 밀고 사라지는 모습을 보았다. 문이 닫히자 다시 벽이 되었다. 마술처럼 사라진 것이다. 그때 린린이 말했다.

"아저씨, 일어나기 싫으면 내가 여기서 그냥 해 드릴까요?"

불빛을 받은 린린의 눈이 반짝이고 있다. 린린이 손을 뻗어 서동수의 사타구니를 부드럽게 쓸었다.

"저, 잘해요, 아저씨. 입으로 해드릴 수도 있어요."

"나 시간 많다. 천천히."

서동수가 팔을 뻗쳐 린린의 어깨를 감아 안았다. 린린이 서동수의 가슴에 얼굴을 붙이며 웃었다.

"그렇군요. 아저씨는 분위기파시군요. 천천히 달아오르는 스타일."

사타구니를 쓰는 린린의 손에 힘이 실렸다. 능숙한 손놀림이다.

"전 뒤에서 해 주는 것이 좋아요."

린린이 서동수의 바지 혁대를 풀면서 말을 잇는다.

"왜냐하면 내 그것이 뒤쪽에 있거든요."

서동수가 린린의 손을 잡았더니 혁대 푸는 것을 멈추었다. 그러더니 지퍼를 내리고는 손이 쑥 들어왔다. 린린이 서동수의 남성을 주무르면서 말했다.

"아저씨, CF에서 본 것 같아요. 냉장고 CF인가? 손님으로 나온 분 같은데."

뉴스 다음에 냉장고 CF가 나온 것 같다.

<2권 계속>